鬥芳華

7 完

目次

壹之章 弒君事敗倒臺

信鷹從狼神山上飛出，轉眼消失在了茫茫天際。

如今京城之中一切如常，文官們依舊是在你拿下我個小官，我砍掉你個周邊般的咬來咬去，局面僵持了起來。

安清悠提著那盞比橘子大不了多少的小燈，慢慢習慣了新身分、新差事。

壽光帝對於她那常常和別人不同的看事角度非常欣賞，時不時讓她談些對於局勢的看法。眼看著官員們一邊糾結在無數小事上，一邊朝廷運轉效率反而有所提高，他老人家一天比一天心情大暢。

「今天北胡來了新消息，妳想不想看？」這一日又免了幾個李系一派的小官，壽光帝很是高興，突然摸出一封紙箋來。

安清悠又驚又喜，一直以來，北胡那邊的消息猶如石沉大海，忽然聽到有新的消息傳來，更別說這消息很可能是關於蕭洛辰的，看壽光帝那笑吟吟的模樣，十有八九是好消息，讓人如何不喜？

匆匆接過壽光帝遞來的紙箋來，安清悠打開便看，卻是自己的公公征北軍主帥蕭正綱發來的訊息，言道大軍出征已至關外，一路長驅直入，進展順利。蕭洛辰夜襲金帳之事已然發動，只是雙方尚未會合云云。

京城距離北胡草原千里之遙，雖有信鷹傳書，壽光帝和安清悠等人此刻接到的卻只是近二十天前的消息。那時莫說是蕭洛辰尚未奔襲狼神山，就算是蕭正綱自己也尚未與辰字營派出來送回了空大師等人的小股部隊會合，也正因為如此，傳過來的幾乎全是好消息。

「怎麼樣？朕的後手現在雖不能對妳說，可是妳還是該相信朕這個義父的！這麼多年行棋布子的準備，又哪裡是一個李家能夠破壞得了的？」壽光帝罕見地露出了幾分得意洋洋之色。

在這個義女面前，他怎麼繃著都會被她看穿，既是如此，他在私下裡索性也不繃著了。

「那是，皇上您運籌帷幄，一般人怎麼比得上您？下次要是有北疆那邊的消息傳過來，您可得第一時間告訴我，不然我跟您急！」

雖然這鷹信上只是寥寥數語，傳來的更是十幾二十大前的消息，但是只憑此信便可得知塞外的不少形勢。蕭洛辰顯然是沒有在被李家出賣的情況下遭遇到北胡人的圍攻，北征大軍也是穩步突進。

安清悠只覺得心花怒放，做鬼臉、吐舌頭，最近與壽光帝倒是越處越熟，驟聞喜訊之下，竟是什麼規矩都不講了。

「妳這個丫頭，這封信箋來到朕手裡不過兩個時辰，這就給妳看過了，還想怎麼樣？還跟朕急……妳急一個看看？」壽光帝笑罵。

不知怎麼的，這不繃著端著也有不繃著端著的好處，在安清悠面前，壽光帝頗覺輕鬆。他的子嗣雖多，但一直以來，眾皇子不是像太子那般循規蹈矩，在他面前戰戰兢兢，便是像睿親王那般故作賢明恭敬之態。

天家情最薄，隨著孩子們一天天長大，也變成了戴著面具的冷淡之人，如今這般敢和皇帝打鬧使小性子的場面，壽光帝很久沒有體會過了。

這便是所謂的天倫之樂？

壽光帝心中一動。他亦有兩女，只是一個早亡，另一個也被送到北胡遠嫁和親。自己若真是有這樣一個女兒，還真是不錯……

就在壽光帝和安清悠等人為了北胡傳來的過時消息而開懷大笑的時候，李華年卻得到了一份同樣來自於北胡，內容卻完全相反的消息。

「祖父，這麼和劉家那邊纏下去不是個事，皇上這明顯是在拖。如今成了這等僵持之態，時間越拖越久，我反而越覺得古怪，而且北胡那邊這麼久居然沒有消息傳來，實在是太詭異了。莫不是塞外並不像我們想的那樣，皇上有把握拖到北征大軍回京來對付我們？」

李寧秀臉上泛起了憂色，拜李家多年來的精心栽培所賜，她對於局勢的嗅覺非常靈敏。打著省親旗號前來大學士府裡的文妃……不，現在是李皇后，聞言登時臉色一變。她的才能手段雖然差了一籌，但是久居深宮，對於李寧秀這話裡的意思倒也明白。

皇后也好，太子也罷，既由壽光帝所立，亦可由壽光帝所廢，如今在冷宮瀛台裡圈禁著的蕭皇后和廢太子，就是擺在眼前的例子。

自己能做皇后，睿親王能成太子，不過是壽光帝因為北胡戰事已開，而和文官集團做出的妥協罷了，若大梁真的戰勝北胡，李家可能轉眼之間便死無葬身之地。

李華年在椅子上調整了坐姿，自從上次朝會中挨了一記猴子偷桃，他不知道怎麼就多了個腰酸的毛病。不過，哪怕是當著自家人，他還是永遠會把腰挺得筆直。眼見著妹妹和孫女變色，依舊悠悠地道：「慌什麼，前日老夫已經接到博爾大石的親筆傳書，妳們看看。」

說話間，李華年拿出一份信函，正是草原上流行的羊皮紙卷寫成。

李寧秀和李皇后先後接了過來，只見上面言道，已按李家密報設下了陷阱全殲使團，蕭洛辰力戰身死，蕭正綱大軍如今身陷苦戰，崩潰之日指日可待云云，兩人不禁又驚又喜。

「怎麼樣？現在還擔心北征軍有回轉的可能嗎？老夫說無妨，就是無妨！」李華年拈鬚大笑。人最容易相信的，恰恰是自己最見不得光的一面。

李家這核心的三人做夢也想不到，如今的博爾大石認定李家是和壽光帝做了一場大戲，想要把他碎屍萬段還來不及，又怎麼會傳什麼密函？

這封羊皮紙親筆信，其實是出自於李家的死對頭，蕭家後人之手。蕭洛堂詐死埋名多年，如今正在博爾大石身邊發揮著越來越大的作用。

李家對於前線將士的出賣，尤其是對蕭家的出賣，蕭洛堂當真是恨到了骨子裡，這一封偽造的書信對應著李家的密報而做，便是要讓他們全都犯下大錯。

蕭洛堂相信，以壽光帝的手段，絕對不會錯失這樣一個收拾李家的機會，只可惜身在漠北的他卻同樣沒有想到，如今京中的局勢之微妙複雜，已經遠遠超出了他這個遠離故土多年的四方樓頭號臥底的想像。這樣一封書信，竟然導致了一場本不該有的大動盪。

「早跟你們說什麼來著？對於咱們這位萬歲爺，要順著他行事，才有機會在最關鍵的時候給他下一記重的！這拖字訣連秀兒都看出來了，老夫豈能不知？」李華年冷笑道：「皇上要拖，咱們就陪著他拖，讓他自以為此計得逞，慢慢地一點一點麻痹他。如今蕭家北征即將兵敗，正是咱們出手之日！」

「如何出手？」李寧秀和李皇后齊齊問道。

李華年指敲桌案，自言自語般的嘀咕著：「之前種種安排，謀的便是個名正言順，如今皇后是小妹妳來做，太子也已經換成了睿親王。妳們說，如果此刻陛下忽然暴斃歸天，新任的皇上和太后，又該是誰呢？」

◉ ◉ ◉

紙終究包不住火，北疆大軍幾十萬出塞，這麼大的事情終究瞞不住人。

在北胡草原上開打之際，各種各樣的流言已經從草原擴散到了大梁境內，如今草原上已經打成一團，縱使是朝廷中的各方都心照不宣地極力掩飾，但流言終究沒有減慢它的步伐，從北疆一直傳向了大梁京城。

道聽塗說和添油加醋，這本就是流言最明顯的兩個特點，在各種小道消息終於傳到京城之時，已經出現了無數個版本。

「聽說了嗎？咱們大梁和北胡人打起來了，幾十萬大軍如今就在草原上！」

「當然聽說了，我還聽說這次出塞的大軍還是蕭家人領的，前左將軍蕭正綱啊！不光是出塞打到了草原深處，聽說連北胡人的金帳篷都給端了呢！」

「吹吧，你們就吹吧！咱們大梁的有軍隊出塞不假，可是壓根兒沒有幾十萬那麼多，就幾千人，而且也沒你們說的什麼橫掃草原，聽說都陷進了草原腹地，生死不知啊！」

「扯淡！我有個叔伯兄弟就在北疆，昨天剛接到他給家裡寫來的信，蕭大將軍領了幾十萬大軍出塞，絕對錯不了啊！」

「有個叔伯兄弟在北疆有什麼了不起，真要是幾十萬人的大仗，皇上早下旨昭告天下了！說你這廝沒學問，你還不服氣……」

酒樓茶肆、街頭巷尾之間，彷彿熱了起來，大梁和北胡開戰，這種東西對於老百姓而言，吸引力甚至超過了最近李劉兩家你彈劾我我參奏你的官場糾纏。

民眾的想像力一下子爆發出來，上百個不同的戰爭版本此起彼伏，其中最令人覺得不靠譜，卻又傳得最有鼻子有眼的一種說法居然是，大將軍蕭正綱認為蕭家是被李家陷害的，心中不忿之下，官也不做了，帶著幾個兒子跑到邊境拉起了一支隊伍，劫富濟貧，專搶北胡人，還立了個山寨叫蕭家寨呢！

無論那些謠傳出來的小道消息是荒誕的，還是接近真相的，壽光帝都很篤定，不僅僅因為他遠比外面那些平頭百姓更清楚這事情的經過，更因為他剛剛接到了主帥蕭正綱從北疆軍裡發來的第二封飛鷹傳書。

「這臭小子，這是算準光端了金帳，博爾大石未必肯回來，他不會真的憑著一個辰字營就去打狼神山吧……」壽光帝一臉的沉吟之色。

由於路途遙遠，蕭正綱傳來的第二封書信中所寫的亦是十幾天前的情況，只言蕭洛辰消失無蹤，懷疑去攻狼神山，己方已派五萬騎兵向此方向搜索接應云云。

「這……夫君不會出什麼事吧……」安清悠看完了飛鷹傳書，又喜又憂。喜的是夫君不僅沒有被李家的出賣所害，而且初入草原就打了極漂亮的一仗，憂的是辰字營和大軍失去了聯繫，不知安危如何？

「沒事，肯定沒事！朕自己教出來的徒弟自己還不清楚？這小子別的不說，匿行蹤打埋伏的本事絕對是天下第一。如今他又身在暗處，怕是只有他抽冷子，給別人放暗箭的份，沒有別人占他便宜的可能。你說是不是？皇甫公公！」

皇甫公公面無表情地點了點頭，蕭洛辰的謀略是壽光帝親傳，這武藝方面，一半是蕭家家傳，另一半卻是他親手訓練出來的。別的不說，起碼要開溜的話，世上還真沒幾個人能留得下他。

安清悠聽了這些安慰的話，輕輕舒了一口氣，她對於這些行軍打仗之事是個道道地地的外行，此刻聽了這些安慰的話語，只能往寬裡想，可卻莫名其妙湧起一種不好的預感，這……真的不會有什麼事吧？

說起來，自壽光帝以下，此間的知情者每個人都想錯了，蕭洛辰匿行蹤打埋伏的本事天下第一不假，若是要逢敵而避，但求自保也沒問題，可是他既沒有潛在暗處，也沒有腳底抹油，而是把自己放在了一個全草原最為顯眼的地方當作了誘餌。

此刻援兵未至，孤軍困守，仗打得極苦。

只可惜這種事情壽光帝是不知道的，這第二封的飛鷹傳書讓他極為興奮，因為上面不光是有蕭洛辰的部隊去向不明的消息，更有征北大軍已經派兵押解著戰利品和被俘的大可汗，護送了空大師等人一道往京城獻俘而來的訊息。

金帳啊！從大梁國還沒開國立朝的時候，中原和北胡之間就交兵不斷，可是這數百年來，又有哪一個皇帝能夠把象徵著北胡最高權力所在的金帳當作戰利品置於座前？又有哪一個皇帝能夠把北胡的大可汗作為俘虜獻於宮門之外？

就算是個傀儡的大可汗……那也是北胡草原上各部承認的大可汗不是？

壽光帝已經在暢想著獻俘的盛大場面了，僅此一條，數百年來就沒人能辦得到。

一想到這個，他就覺得這麼多年來的謀劃果然沒有白費。

一想到這個，他就情不自禁想到將來史書上對自己的評價。

無論如何，至少超越大梁自開國以來所有君主的功績是少不了的！

不，就連前朝加在一起，也都在自己之下！

對了，還有現在這局勢，自己是不是應該發詔書明告天下了？

嗯……等獻俘的時候一起辦吧！還有李家、李家的黨羽，他們不光是逼著朕換了皇后、太子，還和北胡人勾結，這是叛國，這是叛君，該誅九族！

朕已經忍了他們這麼久，到時候什麼都亮開了……

壽光帝陡然對著皇甫公公冷聲問道：「李家最近如何？睿親王府如何？」

皇甫公公躬身道：「回皇上的話，李家最近並無異動，依舊在和劉大人那邊一邊寫摺子打嘴仗，一邊找破綻拿下對方派系裡的小官。睿親王府亦是近日平淡，睿親王正忙著接待那些所謂的名士，賢王之名倒是又有人大力傳頌。」

「哼！沽名釣譽罷了！賢王？到時候把他和北胡人勾結的證據翻出來，朕要看看這個兒子還有沒有人說他是賢王！至於李家……由著他們和劉忠全那邊擠兌去，他們也蹦躂不了幾天了！」壽光帝冷哼一聲，忽然又加了一句：「宮中可有異動？新后如何？」

如今的皇后已不是蕭皇后，而是換成了當初的文妃，可是壽光帝私下卻從不稱這位李皇后為皇后，只叫她新后。

皇甫公公道：「新后最近倒是忙碌，那邊新進了不少山石花草，說是要整修裝飾慈安宮。今兒早上還派人來問，說是三日後要在宮中賜宴給京城裡各誥命官婦，問皇上您能不能駕臨同樂。」

「駕臨同樂……朕跟他們李家哪有什麼好同樂的？怕是看著和劉總督糾結不休，想走女眷的路子來些威逼利誘罷了！她剛做了六宮之主，原來領天下命婦事的權職也還在，要這種威風更是名正言順，這時候還搞這種繞來繞去的東西，蠢不可當！若非是李家的底子，她別說是妃子是皇后，便是個嬪也封不上！」

壽光帝的眼中閃過一絲厭惡之色，「也罷，就去露個臉，眼瞅著朕的好消息該來了，最後這幾天陪他們應酬！丫頭，這些官宦女眷之間的勾兌，妳應該是熟得很，到時候提著妳的小燈籠跟朕一塊兒去，好好幫義父看看誰家的女眷上趕著捧李家的臭腳，誰家的女眷是迫於懿旨無奈而來走過場。若是有那對新后陽奉陰違，不肯低頭的，更要留心，如此局面下尚能如此，這是忠臣之家啊！」

安清悠對於這種躲起來看誰忠誰不忠之類的事情，其實不太有興趣，但是皇上說了，也只能點頭領命。雖然如今自己對於女眷交際這種事情頗熟悉，卻還是覺得無奈。

這次小燈籠打得可是大有不同，滿慈安宮的官宦貴婦、誥命夫人，不知有多少人的命運便攥在自己手裡，自己一言說不定便可讓對方滿門抄斬，或是青雲直上。

可是……李皇后為什麼偏偏選在這個時候搞什麼賜宴？拉攏女眷雖然不失為一個法子，卻太繞圈了。如今李家的地位，想壓誰、逼誰，直接找正主便可，涇渭分明的車馬都已經亮到了這分上，需要搞這套嗎？

忽然又是一種不好的感覺冒了出來，這種不好的預感很難用言語形容，卻比剛才聽到蕭洛辰的部隊去向不明的感覺更強烈。

安清悠皺了皺眉頭，對著壽光帝道：「皇上，民婦總覺得李皇后賜宴之事透著古怪，這時候搞這等事，好像用處不大。就算李皇后手段才智一般，她後面還有李家，還有李大學士，難道就這麼做這些無用之事？」

「妳是說……其中另有蹊蹺？」

安清悠又一次發揮了查漏補缺的作用，壽光帝眉頭微微一皺，手指在桌上輕彈了幾下，到底是搖了搖頭道：「無妨，多加小心便是，便是有什麼蹊蹺，到了那裡一看便知。正所謂見怪不怪，其怪自敗，哼，憑李家那幫文官，朕又有皇甫公公和四方樓明暗保駕，他們又能奈朕何？朕就不信，難道他們還敢弒君不成？」

◉　◉　◉

「咱們那位萬歲爺一定會來的！」李華年放下茶杯，對著李寧秀道：「他這人剛愎自用，我們做出要拉攏女眷、逼迫他人的姿態，他定是會親身前往擺譜。就算他覺得咱們在這裡面有花巧，也會大模大樣來瞧瞧咱們會使什麼手段。還有……她雖然進宮這麼多年，如今又當了皇后，可始終沒什麼長進，去了以後，關鍵時刻妳要敢做主，成敗與否，就看這一次了。」

李華年所說的「她」，李寧秀心知肚明，指的是曾經的文妃，現在的李皇后。此時此刻，表現堪稱大梁女子典範的李寧秀，眼睛閃過了一道興奮的光芒。

今日若敗，那是諸事休提，可若是成了……

婆婆缺手段，睿親王是個繡花枕頭，我李寧秀是不是會變成大梁國最有權勢的女人？甚至，會不會是天下最有權勢之人？

便在李寧秀心潮澎湃的時候，安清悠卻是老老實實提著她的小燈籠，無欲無求地走在壽光帝的前面，做她的擺設宮女，堪堪走到慈安宮門口，卻是微微一驚。

這……這還是自己認識的那個慈安宮嗎？

一段日子不見，這裡與蕭皇后在位之時，竟已變了大樣。

雕樑畫棟猶在，上面的人物卻已變了形象，原本是大梁開國皇帝躍馬征戰奪江山，現在同樣是開國故事，卻變成了一幅幅太祖皇帝禮賢下士、君王與士大夫共治天下的場景。

慈安宮的大殿，如今的擺設也與當年大相徑庭，蕭皇后昔日的布置被一掃而空，許多地方亦是被重新裝修過，絲毫看不出原來的風貌。

不過，包括皇甫公公在內，壽光帝身邊的一干人等倒是沒有安清悠這麼多感慨，六宮之主換了人，新后要新模樣新氣派是慈安宮的慣例，更何況，此刻眾人關注的，是這慈安宮中大批坐得規規矩矩的貴婦人。

「皇上駕到！」

隨著皇甫公公尖利的高喊，慈安宮正殿裡黑壓壓跪倒一片，李皇后也行大禮輕聲道：「臣妾率京中命婦，恭迎皇上聖駕！」

「罷了，都起來吧。皇后在中宮有一段日子了，如今召命婦們賜宴也是應當，妳們都是當朝重臣的賢內助，又是有品級的，不用這麼多禮。」壽光帝擺了擺手，臉上居然掛上了溫和的笑意，絲毫看不出他在私下從來都只把李皇后稱之為「新后」的樣子。

安清悠打著小燈籠，繼續當她的擺設當先而行，到了龍椅前面向邊上一轉，不顯山不露水地便站在了龍椅之側。

她今天的任務是站在這裡冷眼旁觀，好幫壽光帝探查眾人的態度。她並無誥命在身，之前亦是從未有登上此等場面的資格，此刻拿眼一掃，倒是覺得頗為壯觀。

皇后召見命婦賜宴，與皇帝賜百官宴席頗有不同，並非一桌桌在宮殿中擺了開去，而是用特製的一整條長几案在慈安宮兩側排成數列。命婦們按照文武之分、品階高低各坐兩側，離中間過道越近的，品階越高，而距離皇上、皇后越近的，越是位高權重，與男人們上朝一般。

「臣婦先祝陛下龍體康泰，萬壽無疆！」

壽光帝在龍椅上坐定，第一個說話的居然是此次受召前來領宴的蕭老夫人。

她雖是武將的官婦之首，但大梁國素來重文輕武，當初便是蕭皇后在位之時，第一個說這等頌詞的，也是內閣首輔李大學士的夫人蔣氏，如今蕭老夫人竟搶著第一個出聲，而且只頌皇帝不頌皇后，這賜宴一開場便火藥味十足了。

對面的女眷們登時面色驟變，許多人立刻拿眼瞧著上面，卻見李皇后神態微微恍惚，文官貴婦們著急起來。這時候愣什麼神，趕緊出言斥責啊！

開場便讓武將的婦人搶了先，這還了得？

可李皇后卻好像忘了什麼一樣，恍惚之色一閃即過，心中不由自主念叨那兩句被無數人說過無數遍的吉祥話：「龍體康泰，萬壽無疆……」

就這麼微一耽擱，壽光帝已輕輕地嗯了一聲，又朝著蕭老夫人那邊頷道，算是受了下來。

武將命婦那一側登時士氣大震，微露喜色。

文官貴婦們卻是一個個傻了眼，慣例雖是慣例，可畢竟不是宮規，誰也不能說打破了慣例便要如何，且如今皇上都已經首肯，皇后便是再有什麼主六宮領命婦的權責所在，那也同樣不好說話了。

難道宮中又有了什麼變故？這等做派有沒有什麼暗示？

是有人刻意安排，還是皇后剛主中宮沒兩天又不行了……

天家賜宴便是如此，很多其實並沒有什麼暗示的宴會，卻被有心人想了偏去。

安清悠冷眼觀瞧，只見那些命婦們一個個神態起了微妙的變化，待看到蕭老夫人的時候，不禁心口一熱。婆婆身體一直不好，自己留在宮中時她尚在臥床，現在面上猶有灰敗之色。只是這等大場面，卻不能退縮，必須故作硬朗。如此堅強的女人，有多少男子能及得上？

可惜蒼天弄人，安清悠易容改裝，又是處在如此場合下，便是面對面，也無法與親人相認，倒是蕭老夫人一雙眼睛帶著疑問和凌厲看了過來，似是在疑惑宮中何時變了規矩？

安清悠難過又不捨地移開了視線，只是這無意之間，看到什麼似的，微微一怔。

在慈安宮一排排長案之間，一盆又一盆淡藍色的小花正擺在眾人身側。

雖說這宮中擺宴添些花草調劑氣氛很常見，可是這花……似乎擺得太多了些？

安清悠靈光一閃，這種花她像是在什麼地方見過。只記得這是一種蘭花，雖說不是什麼名貴種類，卻有一些特殊的特性，只是當時驚鴻一瞥，一時半會兒想不太清楚。

「這種花是……」安清悠輕輕嗅了嗅，沒錯，就是這個味道。她以前曾經想用這種原料調香來著，後來是為了什麼事情放棄了。凝神細思之際，只想起那似乎是一件極不好的香料，卻想不出是怎麼回事來著……

便在安清悠苦苦回想的時候，文官命婦中間又站起一人來，卻是如今的太子妃李寧秀。

「恭祝父皇龍體康泰，萬壽無疆！」

龍體康泰，萬壽無疆，這八個字放到李寧秀這裡，既沒有蕭老夫人那般火藥味十足，也沒有李皇后那般神色恍惚，規規矩矩，挑不出半點錯處來，那氣質更是有著富貴典雅的皇家姿態。

這才是天家女子！

一干文官女眷們眼前一亮，剛剛被蕭老夫人拔了個頭籌，此刻就算是李大學士的夫人蔣氏再出來，那也是弱了勢頭。這邊也破個常規，換個人出頭剛好。

李寧秀如今是太子妃，誰也說不得什麼，便是壽光帝也要應的。

「嗯。」果然壽光帝也是嗯了一聲，點了點頭，卻面無表情。

「恭祝皇后娘娘鳳體寧健，克享遐齡！」

李寧秀不是那種簡單人物，你做了初一，我不僅要做十五，還要做個二月初二龍抬頭，又送上一句恭賀之語，卻是對著李皇后。

李皇后此刻也已經回過神來，知道自己剛才走了神，此刻見李寧秀語氣雖然恭謹，一雙眼睛卻緊緊盯著自己，連忙笑道：「太子妃的好意，本宮心領了。也願在座的諸位命婦們身體都好，都有個長壽的福氣。」

此言一出，文官那邊的家眷們，無論是李家一派，還是劉家一派，都是下意識答了一句「謝娘娘賜福」，而武將官眷那邊雖是對這李皇后大是不忿，依舊得行禮，結果，原本剛起的氣勢，登時又被李寧秀一個陡然出頭壓得死死的了。

李寧秀這才微微一笑，正要坐下，忽見皇帝身旁那個提燈的宮女眼神有異。

她原本就對皇上身邊多了這番新規矩感到詫異，順著那提燈宮女的視線看去，心中大驚：

「這……這宮女一直盯著那富貴龍膽花做什麼？難道她識得此物？不可能！祖父親口說的，這富貴龍膽花是多年前從一個天竺苦行僧那裡引入之物，中土絕無僅有，此物的效用更是無人知曉……不，不會，這個布局不會有人勘破的！」

心中雖想著不會，可今日之事只許成功，以李寧秀這樣的性格，絕不會容忍有半點失敗的可能性，忽見她一揮手，直接把酒杯端了起來，對著上面微笑道：「兒媳自嫁入天家以來，承蒙父皇和母后照拂，今日恰逢母后賜宴，借花獻佛，兒媳便想討個恩典，第一杯酒便由兒媳敬了吧？」

此言一出，慈安殿裡的眾貴婦們臉色皆是一變，第一杯酒向來是由在場年紀最大的命婦先敬，以示天家恩重，優容老臣。如今太子妃搶著敬第一杯酒，這可不光是既做初一又做十五外帶二月二，可是連後面的一串都讓她一個人給做了。

可是，李家終究是李家，能夠發動百官叩闕的家族不是白來的，更別說李寧秀如今已是太子妃，很有可能便是下一任皇后。這一舉杯，後面便有許多人默然不語地舉起杯子，雖然沒有說話，那意思便是跟著太子妃行事了。

「這麼早便要……提前動手了嗎？」

李皇后心中哀嘆，可是早在這擺宴之前，兄長便告訴她，此行全由李寧秀做主，此刻箭在弦上，不發也得發，當下親手斟了一杯酒，硬著頭皮笑道：「難得太子妃一片孝心，要不，今兒破個例，由她來敬這第一杯酒如何？」

壽光帝皺眉，李寧秀忽然搶著要敬第一杯酒是什麼名堂？

這是立威？不可能！她不過是個太子妃罷了，要想立威還早了點，更何況如今這局面已經從李家逼宮變成了李家、劉家、文官、武將，乃至京中和北胡的一場博弈，便是去立這種威也不過是些虛的……莫不是另有所圖，這敬酒不過是個由頭罷了？

壽光帝心中冷笑，淡淡地點了點頭。

皇上此刻所想果然如李華年所猜測的那般，是你要敬，我便讓你敬，看看你究竟是敢跟朕玩什麼花樣？

旁邊的皇甫公公卻是不敢托大，搶先把李皇后親手斟滿的御用金樽接了過來，做出一副要幫著呈給萬歲爺的模樣，可拇指上早就戴了一個銀指套，趁著接酒遞酒之際，出手如電輕輕一沾，驗起毒來。

結果，銀指套光亮潔白，沒有變黑的跡象，顯示酒裡沒毒。

「諸位隨意！」壽光帝拿著金樽一抬手，對著眾命婦微微一揚。

「謝皇上賜酒！」下面揚起一片恭敬的答應聲。

「賜酒……酒！對了，是酒！」

安清悠正苦苦回想，忽見前面密密麻麻的酒杯，登時反應過來。

那種在記憶裡非常遙遠的小蘭花，在另一個時空中有一個非常不好聽的名字，叫做酒毒蘭。

安清悠剛做調香師的時候，曾經對這種花高貴又清香的味道非常欣賞，有想過要拿它做製香原料，但是這種想法很快就遭到了前輩們的反對。此物雖然本身無毒，但再加上酒精之後，如果被人服下，便會和人的胃酸發生反應，形成一種劇毒物質。

這種花的香味消散得很快，溶解並緩釋它的唯一方式，就是在裡面加上現代香物中經常被添加的酒精。

這種在此間被稱之為「富貴龍膽花」，在另一個時空中被稱作酒毒蘭的植物，在現代調香師圈子裡還有一個稱呼：雞肋。

正因為太過雞肋，安清悠在上一世的時候，對這種原料沒有太多關注，才一時沒有想起它的名字。如今這裡擺上了大批的酒壽蘭，散發著清香味的物質瀰漫了整個大殿，真要是再由壽光帝飲下那杯酒去……

心中大駭，轉頭一看，卻見壽光帝那酒已經送到了唇邊。

安清悠完全來不及細想，脫手便將手裡的小燈籠對著壽光帝手中的金樽砸去，同時大叫道：「這酒喝不得！」

小燈籠瞬間體現了能量與速度的物理法則，劃過一道清晰的弧線，砸中了壽光帝的……臉？

酒當然是沒喝成，金樽從皇上他老人家的手被砸落到地上，壽光帝更被砸得落下兩道鼻血。

「混帳……」壽光帝下意識爆了粗口。

慈安宮裡一片寂靜，一群平日裡把教養規矩掛在嘴邊的命婦們，臉色煞白，齊刷刷低下了頭，裝作沒看見皇上破口大罵的樣子，一個勁兒研究著桌上的酒菜，好像那是可以決定他們生死的聖旨一樣。

兩個太監打扮之人跳了出來，條件反射般抓住了安清悠的左右雙臂，乾淨俐落地拿下了這個敢於用燈籠襲君的宮女，他們的臉色亦是白得嚇人。短短這麼短的日子，怎麼陛下身邊的宮女淨出事？若要刺駕，連著上回的陛翎打皇上的頭，這已經得手兩次了！

唯一依舊面色如常的是皇甫公公，他似乎不論什麼時候都是那副死人臉。此刻，他是唯一動作與別人不同的人，目光落在壽光帝掉下的金樽上。

他把金樽撿起，裡面的酒還沒灑淨，還剩下一點。再拿銀針試了試，依舊是沒有變化，不由得眉頭越皺越緊。

有人下毒要害朕嗎？

壽光帝畢竟是壽光帝，驚怒之餘，並未失態，轉瞬便冷靜了下來。看看地上那個剛剛砸了自己的燈籠，真要弒君沒這麼搞法的，更何況這砸了自己的人還是安清悠。

壽光帝不認為安清悠想害自己，甚至並不認為以她的眼光才智，會在這種時候、這種場合存心搗亂，那剩下的可能，就只有一種了。

真的有人想弒君！

安清悠毫不遲疑，在眾目睽睽之下，將這蘭花氣味如何、遇酒如何，人再喝下去又會如何，原原本本地說了。壽光帝越聽越奇，卻也越聽越怒。

「照妳這麼說，蘭花香氣原本無毒，酒也原本無毒，甚至混合在一起都無妨，但混合在一起又被人喝入腹中，便會變成劇毒之物，中者立斃。有人會弄這麼七拐八繞才會起作用的毒藥嗎？」壽光帝當眾審問安清悠，眼睛卻看向一邊的皇甫公公。

皇甫公公拿著金樽，衝著銀針發怔了半天，忽然道：「有可能！」

若論各式各樣的殺人手法，壽光帝身邊這位老太監當真是天下數一數二的宗師級人物，他說有可能，便真是有可能。這麼七拐八繞才起作用的毒藥看似麻煩，放在宮中卻最為合適，尤其是在對付有四方樓重重檢驗護駕的壽光帝身上。

慈安殿中人人色變，眾命婦無不心中大驚，低頭瞅著那杯酒。若是那宮女此言當真，那蘭花香氣加酒的毒物人人有份，自己豈不是剛剛在鬼門關上轉了一圈？

壽光帝的臉色越來越冷，緩緩地道：「有人出手這麼狠毒，一把便要屠盡這慈安宮中之人嗎？誰能安排出這麼大一個場面來？」

說話間，壽光帝已經把目光投向了旁邊，若說有能力控制這個局，而又有弒君動機的，以他的心思謀算略略一想，簡直呼之欲出。

昔日的文妃，如今的李皇后，早已面如土色，身體都有些發顫，怔怔的一句話都說不出來。

便在此時，忽然有個命婦咕咚一聲倒在地上，昏了過去。適才壽光帝就差那麼一點沒喝上那金樽中之酒，下面卻未必沒有手快的，這個命婦剛剛已經喝了一大口酒下去。

壽光帝駭然變色，沒想到這毒性發作得竟如此猛烈，能得誥命者，無一例外是京中重臣之妻，若真是盡皆喪命，說出亂子那是輕的，根本會引起一場大動盪。

無暇細想，壽光帝猛然喝道：「剛才有多少人喝了酒？快傳太醫！」

慈安殿裡寂靜了一瞬，陡然爆發出了一大片女人們的驚叫聲、號哭聲，什麼品級誥命，什麼宮廷規矩，什麼貴婦儀態，在這個生死一線的時候，都被打得粉碎。

「都給朕閉嘴！哭哭啼啼，成何體統？」壽光帝被吵得心煩意亂，大吼一聲。

殿中的哭聲頓時小了不少，轉為了壓抑的抽泣。

皇甫公公快步走到那昏倒的命婦面前，翻了翻眼皮，又仔細觀察了她一陣，抬頭說道：「不是中毒，是嚇的！」

「嚇的？」一干命婦們吃驚地張大了嘴巴，人人都當作是有人毒發，怎麼卻是嚇的？再過片刻，沒有一人再有什麼「毒發」的反應，太醫匆匆趕來，為眾人檢查了一遍，對著壽光帝奏道：「啟稟皇上，以臣看來，慈安殿內諸位命婦並無中毒之象，這是不是……」

太醫的意思很明白，是不是有人搞錯了？

眾人長長出了一口氣，齊刷刷看向了安清悠所扮的那個宮女。

搞錯了？這鬧的可是李皇后賜的宴，用燈籠打的可是皇上，若真是搞錯了，這宮女必然大有問題，罪誅九族那是想都不用想的，還有……她背後可有主謀？

「來人，把這宮女給本宮帶下去，好好地拷問，好好地查！」李皇后彷彿一下恢復了生氣，高聲叫道。

「且慢！」壽光帝出聲打斷了李皇后的話，臉色鐵青，緊緊盯著安清悠。所謂這宮女背後的主謀，其實就是皇上他老人家自己，如何肯讓李家把人帶走？

可既是無人中毒，這義女為何又要忽然出來將這個局面攪得如此混亂，還用燈籠打了朕的頭？究竟是她看走了眼，還是故意在這宴席上鬧出什麼事來……

壽光帝皺著眉頭思忖良久，終究說道：「茲事體大，這事情皇后妳就不要插手了，把這宮女帶下去……交由四方樓查問！」

安清悠被人擒著，亦是驚駭，難道是自己記錯了？如果真是這樣，那可是天大的禍事！

不，不會，她不會看走眼的，那形狀獨特的蘭花，那與眾不同的香氣，定是酒毒蘭！

可是……可是，大殿中怎麼會沒有人有中毒的跡象？

「皇上，此等諸般物事混合之後的確是劇毒……」安清悠不甘心地掙扎著叫道。

「放肆！如今事實清楚，妳這宮女居然還敢惑亂人心，快快將她帶了下去！」

出聲打斷安清悠的是太子妃李寧秀，從頭到尾，沒有人比她心裡更清楚是怎麼一回事。李家今日布局周密，雖然弒君之舉功敗垂成，但只要不出什麼亂子，誰也發現不了什麼，弄個全身而退未必不行。

那來歷古怪的宮女便是看出了組合之毒又能怎麼樣？大殿之中並無一人有中毒症狀，她也是百口莫辯，甚至，說不定……今日還有讓壽光帝喝酒的機會？

「將這宮女帶下去！」皇甫公公喝道。

兩個四方樓裡的太監押著「肇事宮女」便走，安清悠心中大苦，這一瞥眼間，忽然見皇甫公公皺眉看著壽光帝，神色有些遲疑，腦子電光石火般的一閃，立時轉過頭對著皇甫公公拚命地大喊道：「皇甫公公，那金樽！那金樽裡頭還有酒，這劇毒……」

話還沒說完，安清悠人便被帶了下去。

李皇后和太子妃不約而同鬆了一口氣，李寧秀揚起溫柔地微笑，正準備著說點什麼，卻聽壽光帝問道：「皇甫公公，你捧著那金樽做什麼？」

安清悠最後一刻的掙扎終究起到了效果，壽光帝何等人物，見著安清悠到了此時猶自不肯放棄，心覺有異，也留意到了皇甫公公的異狀。

「老奴在想，這宮女倒不像是個瘋的。殿中雖是無人中毒，可陛下的這只金樽中所盛之酒……未必就那麼安全。」皇甫公公面無表情地道。

奉召而來的太醫看了那金樽中的酒一眼，心說剛剛不是拿銀針試過了？可是，再看說話的人是皇甫公公，便沒敢吭聲。

「簡單，找個人來試試便知！」壽光帝對於人命這種事情看得極淡，瞇著眼睛左右看看，忽然看見李皇后身邊的總管太監侯旺，冷笑道：「你，過來，朕把這金樽中的酒賜給你了！」

侯旺自李家引百官叩闕之時，便開始抖起了威風，如今李皇后主中宮，他越發水漲船高，可這好日子沒幾天，居然攤上了這麼個差事，一張臉煞白，哆哆嗦嗦地走過來接了金樽，都快哭了，「奴才……奴才謝皇上賜酒……」

「沒出息，這麼多人喝了酒都沒中毒，你幫朕試點酒有什麼大不了的！」壽光帝有幾分不屑。

「皇上……說的對，能為皇上試酒……這是奴才的福分……」侯旺捧著金樽，哭喪著臉。

他當然知道壽光帝為什麼會選自己試酒，就因為他是李皇后在宮中的頭號爪牙，可是君要臣死，臣尚且不能不死，更何況他一個天家的奴才？

不過是福不是禍，是禍躲不過，侯旺把心一橫，張口就把金樽中的殘酒喝了下去。伸手一抹嘴，眾人的目光齊刷刷看向了他……好像沒什麼事？

「哈哈哈，看來真沒什麼問題！侯公公，你忠勇可嘉，以身試酒，該賞！」壽光帝大笑。

侯旺也有一種劫後餘生的驚喜，噗通跪在了御前，高呼道：「皇上龍威震天，邪魔歪道不能侵，奴才也是託了陛下的洪福，才能平安，為皇上試酒是應當應分的，哪裡敢要這……」

侯旺最後一個「賞」字未出口，嗓子好像被什麼東西卡住了一般，半點聲音也發不出來。接著，噗的一聲，一口血噴在地上，面上發黑，已是出氣多進氣少，眼見是活不成了。

「好霸道的毒物！」站在不遠處的太醫悚然而驚，那金樽之中的殘酒不過淺淺一層，毒性之烈，發作之快，卻是如此凶猛，便是他做了一輩子的太醫，也沒見過幾次。

大殿中的命婦們臉上又一次布滿了驚恐之色，又有人驚叫著昏了過去。那太醫手忙腳亂地跑了過去救治，尤其是文官家眷那邊，這次可不光是嚇的，不少人都暈血了。

李皇后已經傻了，她軟軟地靠在鳳椅上，腦子裡只有一個念頭：「怎麼辦……怎麼辦……」

怎麼辦？這個問題李寧秀也在想，可是想著想著，忽然覺得不對勁，轉頭一看，只見皇甫公公那雙毫無人氣的眼睛正一眨不眨地看著自己，好似看著死人一樣。

「哈哈哈……」大殿裡陡然響起笑聲，卻見那大笑的居然是壽光帝。

這位大梁天子不但笑得出來，更是像見到什麼滑稽的事情一樣，連眼淚都快笑出來了。

「好好好！」壽光帝一邊笑著一邊連說了三個好字，只是那笑聲全無半點歡愉，似乎有冷漠，有自嘲，更有著驚駭和憤怒，良久才歇。

「果然要殺的只是朕一人！之前朕還在奇怪，究竟是什麼人會布一個這麼古怪的局，要害朕不說，文臣武將的家眷難道還要一網打盡？眼下朕倒是想明白了，諸位命婦他們是捨不得殺的，這是要把朕的死訊以最快的速度散播出去是不是？可嘆啊可嘆，朕命大，沒死成！以前總想著國戰大起，穩一刻是一刻，能少動盪一點便少動盪一點，如今看來，朕臨老倒有點天真了，世事豈能都似你想得那麼如意？」
壽光帝這番話似是自言自語，又像是在說給所有人聽，還帶著幾分發洩之意。
下一刻，他的笑容蕩然無存，取而代之的是滿臉的猙獰狠厲。
「皇甫公公！」
「老奴在！」
「傳朕旨意，即刻封閉慈安宮，所有人等皆不得擅自離開。著宮中侍衛暫歸四方樓調遣，若無朕親筆手諭，宮城四門許入不許出。傳九門提督，京東、京西兩大營統領立刻入宮覲見，有不遵聖諭者，有妄圖出宮者，有行止異動者……殺無赦！」

一隊隊侍衛在宮中匆匆來去，在四方樓派駐人員的指揮下，他們迅速把皇宮中的各個要害之處嚴密地管制起來，慈安宮更是被圍得水洩不通。無論是李皇后，還是太子妃李寧秀，全都被封進了慈寧宮，而和她們被關在一起的，還有幾乎是京城所有的官婦。
與此同時，皇宮的北書房裡，壽光帝嘆了一口氣，「丫頭，這次是妳救了朕一命，朕這個做義父的，差點還把妳懲處一番……朕欠妳一個人情！」
「皇上言重了，只要您龍體無恙就好，此時此刻，您可是千萬要小心了。」安清悠笑著又加了一句：「如今大家可都指望著您呢！」
「朕是沒想到他們真的敢弒君，人心啊！」壽光帝頗為感慨，這場突如其來的變故，其實已經非常清楚，若不是李皇后親自出手，根本就不可能實現。再加上根據現有的條件一推測，背後是李家策劃主使這種事情簡直呼之欲出。

想到侯旺死時的慘狀，壽光帝也不禁有些害怕，當時那個盛滿了酒的金樽離他的嘴唇不過半寸多，若是真把那毒酒喝下去……

壽光帝打了個哆嗦，有些事情一旦發生，後果難料。再一想那古怪的蘭花和酒水，更是讓人不寒而慄。這等下毒之法，當真是防不勝防，不禁問道：「妳既能看出那古怪毒物，可知這李家到底是如何下手的？那蘭花密布殿中，人人面前有酒，為何只有朕的酒喝下去會死人？」

安清悠微微一笑，今日既救下了壽光帝的性命，這功勞便是實打實的，此刻倒不必再邀功，便指著皇甫公公道：「說起來還是皇甫公公最後的堅持才使真相大白，皇上何不問皇甫公公？」

「哈哈，妳這孩子還知道避功？也罷，皇甫公公，這到底是怎麼一回事？」

「皇上恕罪，老奴逾越了。」皇甫公公看了安清悠一眼，拿起北書房裡的一個茶壺道：「這是命婦們的酒，她們喝的酒和皇上您喝的不同。」

皇甫公公一邊說，一邊拿起一份茶葉，先用銀勺加了一點在壺中，慢慢地道：「命婦們喝的酒都是加過解藥的，自然無妨。與陛下共飲一壺未加過解藥水酒的唯有新后一人，不過她必是事先已經服了解藥。」

皇甫公公又將那茶葉挑了一丁點，放在口中咀嚼幾下嚥入肚中，卻不說話了，逕自向壽光帝行了個大禮，來到一旁垂手而立。

壽光帝反應過來，幾種原本無毒的物事合到一起便成了劇毒，喝酒之人原本都受影響，可是人人又都相當於服下解藥，針對之人只是自己罷了。

至於李皇后身邊的總管太監侯旺，雖然把持慈安宮中諸般事務，卻不夠資格參與此事。他本不是需要飲酒之人，也就沒人給他解藥，最後反倒是稀裡糊塗死在了這試酒上。

安清悠甚是佩服，自己能夠想明白此局，可說有不少運氣的成分，而皇甫公公卻能夠單憑推斷，便看穿了這事的來龍去脈，如今更是幾句話便用最簡單的形式說分明，果然是四方樓裡最頂尖的高手。

「李華年啊李華年，你是真看明白了朕的安排，把什麼都算計到了！」壽光帝出了一會兒神，輕嘆了一聲。

李家的這番設計與普通下毒手段處處反其道而行，竟讓宮中往常的護衛毫無察覺，如此布局更是瞅準了壽光帝的性子，一環一環，無孔不入，當真是鐵板也鑽出個孔來。

「朕這義女果然是智將加福將，今天若無她在場，後果不堪設想！」壽光帝看了安清悠一眼，心中默念道：「這孩子還知道避功，很好很好！朕該賞她點什麼呢……」

便在此時，有人來報，言道九門提督與京東、京西兩處大營的統領皆已進宮。

壽光帝一拍龍椅扶手，大聲道：「來得正好，宣！」

◉　◉　◉

「臣等參見陛下，吾皇萬歲萬歲萬萬歲！」

「罷了，全都起來，事情緊急，幾位都是朕的心腹，虛禮就免了。」壽光帝揮了揮手，「今日在慈安宮賜宴之時，有人要弒君。」

九門提督掌管著城防軍，京東、京西兩處大營更是保京城無恙的禁軍駐紮之所在，這三個位置壽光帝始終把持得牢，再加上大內侍衛統領和四方樓，這便是他掌控局勢的真正底氣所在。

如今既知李家起了弒君之心，壽光帝便不可能再一邊妥協一邊拖下去。只有千日做賊，沒有千日防賊的道理，便是引發什麼中樞混亂，此刻也顧不得了。

京東、京西兩處大營的統領和九門提督，聞得有人要弒君，大驚失色，同時也知道皇上能夠好端端地坐在這裡召自己前來，宮中形勢必已得到了控制，如此算來，這卻是天大的信任和功勞擺在面前。當下一個個屏息凝神，等候壽光帝示下。

壽光帝道：「卿等速去安排，自此刻起，內外九門緊閉，不得放人出城。調京東、京西兩處大營的兵將進來，京城立刻戒嚴，尤其是大學士府和睿親王府兩處，務必監視住，等朕派去督辦的人一到，便衝進去拿人。」

「臣遵旨！」九門提督和京東、京西兩處大營的統領跪地領旨，卻見壽光帝看了安清悠一眼，微微一笑道：「朕的這個義女今日立下了天大的功勞，若不是她，朕今日可就在劫難逃了。她從今兒起不必再扮什麼勞什子的宮女了，你們估計也聽說過這丫頭，蕭家的五夫人，清洛香號的女東家！」

此言一出，下面跪著的幾個將領皆感詫異。

皇甫公公親自上前，轉瞬間便將安清悠臉上的易容之物抹了個乾乾淨淨。

這幾人本就聽過安清悠在清洛香號的名氣，那九門提督還親自去轉悠過一次，此時乍聽她居然還是皇上的義女，這身分一下子就高了上去，幾人連忙齊聲見禮道：「給蕭五夫人請安。」

安清悠不肯在這些重要官員面前托大，忙跟著還禮。

待幾人從壽光帝手中拿了調兵手諭告退離去後，安清悠心想，自己喬裝宮女是機密，今日皇上忽然說出不用再扮宮女，又在非私下的場合挑明自己的身分，這用意難道是……

「皇上，您允民婦出宮了？」一想到此節，安清悠眼睛一亮，大喜過望。

「當然！妳這丫頭留在宮裡做什麼？難道還讓妳再拿個東西砸朕的頭啊？今兒朕可是連鼻血都

被砸出來了……」壽光帝笑罵道：「先是陛翎，後是燈籠，哪天說不定用個更大更重的什麼東西砸過來，朕嗚呼哀哉了怎麼辦？再說妳如今身子越發不便，再過一陣子，就不好裝什麼宮女了！不回去好好養著，給妳男人生個大胖小子，朕可擔心妳那位婆婆一會兒從慈安宮裡出來的時候，會為了她未來的孫子和朕拚命。」

該安排的都安排了下去，壽光帝如今踏實了許多，他相信京東、京西兩個大營，加上九門裡所能調動的城衛軍，對付一群諸如李家和睿親王府之類的文官絕無問題。心情大好之下，雖說是指著安清悠笑罵，自己卻先笑出了聲，北書房裡的氣氛一下子輕鬆了不少。

安清悠更是喜不自勝，在宮中這麼久，沒有什麼比家裡人更重要，此時終於能夠出宮回家，當真是恨不得下一刻就飛奔回去，卻聽壽光帝笑道：「不急不急，義父說了要賞妳，怎麼能夠食言而肥？如今妳這丫頭要銀子有銀子，要名氣有名氣，又不是個把官位權勢看得重的，沒法子，朕只好賜妳一道聖旨讓妳帶回家去，弄點虛的東西來！」

「皇上是要我把密旨送到蕭安兩家……」安清悠話沒說完，壽光帝便大笑道：「想把朕的旨意送到你們蕭安兩家不過是小事，派四方樓的手下就夠了，何必讓妳去做這些？」

「那皇上的意思是……」

「今天朕賜給妳的可是一份明旨，將來要昭告天下的！妳現在就回蕭府替朕宣旨，這可不是什麼簡簡單單送點東西，朕要的是妳去宣旨，還要給妳一個欽差的身分！」壽光帝很有氣勢地一揮手，高聲說道：「丫頭，妳是朕的欽差，是咱們大梁國自開國以來的頭一個女欽差！」

◉ ◉ ◉

京城，大學士府。

「老太爺，宮中忽然四門緊閉，許入不許出，不知是出了何事？」

「知道了……凡事盯緊點，若有異狀，隨時來報！」李華年雙目微閉，點了點頭。宮中四門緊閉，自然是有大事發生，作為今天這一切的始作俑者，這位李家的家主心裡比誰都明白。所有該出的招都已經出了，所有該打的牌已經打了，此刻就如同買定離手後搖了色子等著開賭盅一樣，便是這位大梁國的首輔，眼下也只能坐在家中等待最後的結果。

李華年曾經做過無數次揣想，如果今日之事得手，接下來便是拱睿親王這個新太子繼位。此人不過是個繡花枕頭，卻是個做傀儡的絕佳選擇。挾天子以令諸侯，可做的事情太多了。

對外先與北胡議和，嫁個公主，再多送些歲幣，憑藉著那博爾大石和自己的內引外聯之盟，應該不難吧？嗯，忍辱負重，一定要忍辱負重，有一天，天下人會理解老夫這一片苦心的。

對於北胡一定要徐徐圖之……對內呢，一點一點把那些武將該收攏的收攏，該換掉的換掉，該砍頭的砍頭，對付這些武人，不過是各個擊破罷了。

李華年甚至想到了是不是要保留睿親王這個草包，究竟是繼續大梁國號，效仿古時的曹公魏王呢，還是把一切操控在手中之後改朝換代？畢竟做一把開國太祖皇帝的誘惑，即便是他，也很難不動心。

至於安家、蕭家之流？這反倒不在他的考量之列。

反正這樣的死敵是一定要誅族的，斬草除根，絕不能手軟。

按照他收到的那封「博爾大石親筆信」，蕭家父子已經命喪北胡，剩下安家幾個白身加上一群寡婦？掀不起大浪來，倒是那號稱忠犬的劉家一定要剷除……

在這段等待的時間裡，各式各樣的想法在李華年的心中此起彼伏。他當然不是沒有想過弒君失敗，只是若真的如此，那就什麼都不用想了，不過是毀家滅業罷了。滿門抄斬，誅九族，那是一定的。依壽光帝的性格，說不定還會把他編入權奸錄佞臣傳一類的東西，讓李家被後人唾罵。

「大丈夫若不能流芳百世，那便該遺臭萬年！老夫這輩子什麼福都享了，什麼官都做了，就什麼人間之事也都該折騰的折騰了，到了這把年紀，還有什麼可遺憾的？」

李華年坐在正廳中的太師椅上，一身朝服穿戴整齊，平靜地等待著結果。

不知過了多久，終於有下人來報：「老爺，宮裡出來人了，是……是睿親王府的馬車，是孫小姐的馬車！」

「什麼？是秀兒？」聽到這個消息，即使是李華年，也拿捏不住。

秀兒出宮了？這……這豈不是說大功告成？

四世三公，多少代人的基業，難道居然一舉定乾坤了嗎？

「快……快去請兵部尚書夏大人過府商議，快讓人準備迎接秀兒！」李華年只覺得一股巨大的喜悅從天而降，甚至有些頭昏。

馬車離開了宮門，在大街上不疾不徐走著。白玉八駿馬，鎏金五騰鳳，皇家的規制自然是豪華尊貴，只是刻著睿親王府印信花紋的馬車裡，坐的卻不是它原本的主人李寧秀。

「什麼規制？朕的兒媳婦是天家人，是皇子妃，朕的義女就不是天家人了？就衝今天救了朕一命，封她個郡主、公主都沒什麼大不了的！丫頭，就拿這個馬車湊合湊合，先到大學士府門口晃蕩一圈再回家去給妳祖父宣旨，回頭義父讓人專門給妳做個五騰鳳的馬車！」

壽光帝的話言猶在耳，安清悠微微苦笑。她明白這位皇帝義父為什麼非得讓自己坐睿親王府的馬車到李家那邊晃一圈。

皇上是真的動了殺心，就算一邊扛著朝中動盪的亂子，一邊和北胡人開戰也認了。

對方都已經把主意打到弒君上了，你不殺人，人就殺你，皇上沒了退路。和李家糾糾結結地虛與委蛇撕扯了這麼多年，皇上心裡不知道有多憋屈，光殺人當然不解恨，還得誅心。

說實話，安清悠對於李家同樣是恨到了骨子裡，別的不說，單憑李家向北胡出賣蕭洛辰父子這件事情，她就有一萬個理由走進那所大學士府，用最具侮辱性的方式，拿李家的上上下下撒氣。皇上特地讓安清悠這麼出來，其實就是給她一個機會，而且不僅不會為此罰她，只怕還會私下誇讚她。

「五奶奶……前面就快到大學士府門口了，咱們怎麼做？」趕車的車夫抖繩索的手腕沉穩有力，正是皇甫公公親自從四方樓裡挑出的好手。

安清悠沉默許久，輕輕嘆了一口氣道：「馬車不要停，加上幾鞭子，從大學士府的門口直接衝過去吧！」

「就這麼過去？」車夫幾乎不敢相信自己的耳朵，就這麼衝過去，回宮裡怎麼交差？他定了定神，小心翼翼地加上了一句：「五奶奶不用擔心，如今這學士府外必有安排，咱們的人……」

「我不是怕了才讓你衝過去。」安清悠打斷了車夫的話。

臨出宮的時候，種種安排皇上並沒有瞞著她，安清悠絕對相信，就在大學士府周圍早就布滿了四方樓的暗樁，就算她此刻大搖大擺走進去逼李家人吃屎，也會有一群不知道從哪冒出來的手段狠辣之人搶著把那位首輔第一個按到糞坑裡。

「如今這局面，無為既是處處為。我也恨李家，他們出賣我的公公和丈夫，抓走了我的弟弟，逼病了我的婆婆，可是我並不想像一個潑婦那樣打上門去。照我說的做吧，四方樓那邊有誰說你什麼，讓他們來找我問便是。」安清悠淡淡地說道。

殺人誅心，要殺死一個人的心，最有效的武器不是折辱和惡毒，而是他自己內心深處的痛苦和恐懼。

車夫沒有再吭聲，他得到的任務是五奶奶怎麼說就怎麼幹，低頭把車馬又放慢了幾步，讓馬車慢悠悠地輕鬆前行。上頭一下令就甩鞭子的那叫憨子，懂得蓄力而發才是四方樓裡人的做派。

而此時此刻，大學士府裡已經比之前又多了兩人，李華年手掌輕輕敲了兩下桌子，緩緩地道：「守仁，如何？若是陛下為宵小之輩所害，你這個兵部尚書可是要做好把軍隊攥在手裡的準備，擔子不輕啊！」

夏守仁住在離大學士府不遠的地方，那輛刻有睿親王府標記的馬車慢悠悠一路行近的時候，他已經來到李華年面前。此時此刻，確認己方已經事成的李華年，終於對著頭號手下攤牌了。

「恩師放心，學生必為恩師戮力而為。」夏守仁恭敬地道。只是他心中卻對李華年這位所謂的恩師不敢有半點信任，現在大家都在同一條船上，李家需要兵部尚書出面去控制軍隊，而自己呢？

夏守仁心裡不停地轉著念頭。

「呵呵，守仁啊，老夫生平門徒不少，最得意的便是你啊！你做事，老夫放心！」李華年笑著說放心，心裡卻已經把自己這位得意門生的名字劃掉，只消把軍隊那邊穩上一穩，第一個須殺的便是此人。

「二位愛卿如此忠心朝廷，勤於王事，孤實在感動不已。如今父皇遇害，宵小横行，孤若是身登大寶，定是少不了對二位愛卿的……」

睿親王猶自在那裡許著願，死個老爹這種事情，對於九五之尊來說實在不值得一提，可是他卻也沒注意到，人家二位剛才說話的時候，說的可都是恩師學生，就算是各有心思，也沒搭理他這個自我感覺良好的太子。

「臣必盡忠為國，報效朝廷……」睿親王許了一堆願，擺了一堆禮賢下士的姿態，換來的是兩個朝臣廉價的官場套話。李華年和夏守仁的眼睛裡，不約而同閃過了一絲輕蔑，還帶著那麼點憐憫。

下人忽然來報：「孫小姐的馬車回來了！」

一輛鑲著鎏金五騰鳳的馬車出現在了街口。

「愛妃回來了？」睿親王興奮得一躍而起，口中卻是把那愛妃兩個字說得極重。

大學士府裡人人都將李寧秀稱之為孫小姐，這種稱呼一直以來都讓睿親王覺得很不舒服。出嫁從夫，自己堂堂的太子，被弄得跟個上門女婿似的，他可受不了。

夏守仁心裡一嘆，都什麼時候了，還要爭這點表面功夫？這時候了還一口一個愛妃的，如果李家真把你當上門女婿，你才該燒高香念阿彌陀佛呢！

「我出去瞧瞧愛妃！」睿親王卻完全沒有半點覺悟，施施然走到門口，等待車馬駛近。

睿親王努力裝出毫不知情的樣子，想要出去迎接，卻又停下腳步，一個人站在正院裡，故作矜持地負手而立，正自想著一會兒弄個什麼樣子的姿態接過李寧秀，才會讓自己在這大學士府裡顯得比較講究。

馬車緩緩行來，車夫卻一點一點地算計著距離大門口的路程，眼瞅著將近大門，猛然手上一緊，狠狠一勒一帶……

睿親王就這麼站在大學士府的大門口內側，看著眼前那兩匹拉車的馬立起，前蹄還沒落下，車夫的馬鞭已經落在馬臀上，啪的一聲響，睿親王爺沒來由得臉上一抽搐，這鞭子就好像是抽在了他臉上，也抽在了整個李家的身上一般。

馬臀吃痛，瘋狂向前跑去，轉眼就消失在遠處。

安清悠甚至連車窗上的簾子都沒有拉開過，她遵守了自己的原則，殺人誅心最有效的武器不是折辱和惡毒，而是把對方內心深處的痛苦和恐懼充分挖掘出來。

現在的李家，命運已經註定，並不需要自己再去刻意加上點什麼。未知，便足夠讓他們陷入最沉重的煎熬了。

「這……愛妃為什麼不進府？」睿親王有些發愣，轉頭問向那兩個之前還一直在他面前表現出「忠臣」模樣的人。

李華年和夏守仁的臉色已經變了，他們不是睿親王這樣的繡花枕頭，那輛本該是李寧秀乘坐的馬車急行而過，他們當下便看出了不對勁，原本的計劃顯然是出了問題。

便在此時，外面的消息已經流水般報了過來。

「老爺，京城九門已經封了，說是沒有皇上手諭，所有人等一概不許出入，有……有幾個官員說有緊急公務鬧著要出城，當場被九門提督親手砍了腦袋，就掛在城東主道上示眾……」

「老爺，各個城門都湧進來很多士兵，都是來自京東、京西兩大營，一隊隊進了城裡，全副武裝，殺氣騰騰的……」

「老爺，那些兩大營的士兵進來以後，說是京城戒嚴，現在他們在各處張貼皇上頒下來的封城令，所有百姓須留家中，無故不得上街，有舉止異動者殺，小的們也沒法再在外面打探消息，街上都沒人了，誰上街亂走就砍誰的頭……京城亂了……」

最後一次來報信的李家手下說得有些顛三倒四，街上沒人了，京城又如何亂得起來？

其實是他前來報信的時候，一路上看了不少人頭。那倒是城內百姓看到封九門和兩大營的士兵進城初期的時候，由於驚恐引發了騷亂，一些潑皮無賴想要趁火打劫，卻被九門提督麾下的城防軍毫不遲疑地砍了腦袋。一顆顆吊起來示眾的人頭，讓李家派出去打探消息之人慌亂不已。

此刻的李華年，一臉木然。

這些突如其來的情況根本就不在李家的計畫之中，這麼大手筆的調動，更不是李皇后和李秀寧那個太子妃所能搗鼓出來的，眼下這種情況，答案只有一個：壽光帝沒有死，那就該李家人死了，該這京城裡的很多人死了！

夏守仁的臉色變得比死人還難看，什麼另立新君，什麼扶傀儡挾制天下，什麼先配合李家再對付李家，這時候都變成了鏡花水月般的可笑。

夏守仁哆嗦著下巴，似乎想說些什麼，忽然一跺腳，向大門外衝去。

壽光帝的行事風格他明白得很，既然已經下了決心動手，就不會再給他們這些人留半點機會，現在趕緊回去，還來得及和家裡的人死在一塊兒。

可惜已經晚了，夏守仁堪堪奔到大學士府的正門口，迎面撞上了一個賣冰糖葫蘆的小販。這小販一腳踹在了他的胸口上，力氣之大，直把夏守仁踹得一個栽了個跟頭，跌回那兩扇鎏金描紅的大門內。

夏守仁灰頭土臉地爬起來，呆呆地看著門外，不是說京城戒嚴了嗎？不是說隨意上街者格殺勿論嗎？怎麼會出來個賣冰糖葫蘆的小販？

不僅如此，不遠處居然還有一個算命先生、一個乞丐，還有幾個腳夫……就是偏偏沒有一個本該出現在此時此刻的城防軍或者京東、京西大營的士兵。

「你們是四方樓的人嗎？你們早就在這裡等著了嗎？你們……」夏守仁用力大喊著。

那些人一個個面無表情，沒有應答。

「我有事稟告皇上，我要揭發李家，他們做的惡事我都知道，他們的黨羽我也都清楚……」夏守仁忽然聲嘶力竭地狂叫著又衝了出去。

迎接他的依舊是迎面的一腳，夏守仁這次被踹回來之後，沒有再叫嚷，爬起身來就呆呆地望著那扇似乎永遠也出不去的大門，他彷彿明白，自己今天已經不需要再說什麼話了。

可是，有人不死心，夏守仁的做法似乎提醒了睿親王，他整了整衣冠，沒有向外猛衝，而是保持著他那賢王風範，一步步走向門口，高聲叫道：「我要面聖，我要見父皇！孤一直以來都是被這李家人所挾制脅迫，不得已才委與虛蛇，還好父皇明鑒……」

不得不說，睿親王難得急中生智了一把，卻仍然沒忘了自稱「孤」，在他無數次擺姿態中，這是擺得最好的一次……

然而，睿親王飛了回來，他是被直接踹飛的，胸口同樣印了一個大鞋印。這一腳他挨得更重，比夏守仁摔得更遠，落地的姿勢也更難看。對於四方樓的人來說，他們眼裡只有完成任務和任務失敗兩種，不管你是兵部尚書，還是皇子親王，都沒區別。

「再有意圖闖門而出者，殺無赦！」門外終於有人出聲，除此之外，依舊是令人窒息的靜默。

睿親王好半天才眼淚汪汪地爬起來，看了看門外那些面無表情的便裝之人，卻沒勇氣再走近那扇門。一轉頭，忽然幾近崩潰地衝著剛剛還在和自己扮賢臣的李華年衝去。

「都是你，都是你……都是你們逼我去搶那個位置的，都是你們非要我去做這些事……」

睿親王哭喊著狂叫著，李華年猝不及防，一下子被推倒在地上。

一個長隨模樣的人衝了上來，把睿親王撲倒在地。

「狗屁！誰逼過你？誰逼過你？還不是你自己想當皇帝？如果你這個廢物能夠有手段一點，今天就不會落到這個田地……」

三個人的身體扭打糾纏在了一起，什麼長幼尊卑，什麼世家大族，什麼下人主子，什麼皇子閣老，這一刻都在冰冷的地面上翻滾，落得滿身裏塵土污泥。

陽光照射下來，在距離大學士府已經很遠的地方，那輛鑲著鎏金五騰鳳的馬車停了下來，停在蕭府門口。

「這個馬車不是好人的馬車……」一個甕聲甕氣的聲音忽然傳出，緊接著人影一閃，一個鐵塔般的大漢向著這輛刻有睿親王府標記的馬車衝來，揮拳就打。

「咦？大木？……別動手！」安清悠猛地撩開簾子，說話如此顛三倒四的，只有當初自己和蕭洛辰帶回來的郝大木了。他應該在五房院子裡才對，怎麼會跑到蕭府的大門口看門來了？

「阿安？」郝大木看見安清悠，也是一呆，好在他身體的反應比腦子快，一拳擊出雖然來不及收回，卻在空中拐了一個彎，搗在了旁邊的地面上。

轟的一聲響，地上多了一個砂鉢大的坑，負責趕車的四方樓車夫嚇了一大跳，蕭五夫人這裡竟有如此人物？

郝大木卻是放開了喉嚨，興奮地大喊道：「阿安，是阿安回來了！」

被郝大木這麼一吼，蕭家門口陡然湧出了一堆人來。

「悠兒，妳怎麼回來了？」又驚又喜的聲音傳來，當先走出的一個中年人卻不是蕭家人，而是安德佑。

「達叔，你說錯了，這個不是壞人的馬車，是阿安啊！」郝大木猶自埋怨著蕭大管家，弄得這位老忠僕一臉愧疚，一邊給郝大木指著看睿親王府的徽章，一邊向安清悠賠罪。

他也不明白死對頭的馬車裡，為什麼會出來自家的五奶奶。

「老夫人怎麼樣？」林氏滿臉焦急。蕭老夫人奉李皇后懿旨進宮至今未歸，她正擔心害怕。

「別急，大家七嘴八舌的，我哪裡回答得過來？咱們進去說！」安清悠笑著說道。

見她一副笑模樣，眾人猶如吃下了一顆定心丸，若是壞事，還能是這樣？

一群人在進蕭家內宅的路上，安清悠才得知，原來自己入宮後，外界的形勢一日緊似一日。

雖然有了劉總督站出來和李家、睿親王府糾纏，但是官員們彼此攻擊反而更激烈了，尤其是安子良被抓到刑部那件事出來之後，針對蕭安兩家的事情越來越多。

安老太爺和蕭老夫人合計一番，索性帶著幾個兒子常駐在了蕭家，有事照應起來更方便。

「照你這麼說，李家竟然是要弒君？」安老太爺聽得駭然，李家可真是敢想敢幹，幸虧這事情被安清悠陰差陽錯地撞破。要是真被李家得了手，倒過來便是蕭安兩家死無葬身之地。

「不過，現在還是皇上掌握了局面，李家事敗，東西兩人營的駐軍進城戒嚴，這城中形勢已經是定下來了，只是後面的事情還有很多。皇上的意思是說，要重新啟用祖父您來收拾這些首尾。」

「讓老夫來做此事？」安老太爺精神一振，隱忍了這麼久，陪壽光帝演戲演了這麼久，安家終於有苦盡甘來的一天了。

「皇上聖諭，安翰池接旨！」安清悠忽然從袖口掏出一卷明晃晃的黃絹，朗聲道。

「臣安翰池接旨，吾皇萬歲萬歲萬萬！」

安老太爺幾乎是條件反射式地站起，準備要率領眾人下跪叩頭，卻被安清悠一把攔下，笑道：「祖父別急，來之前我跟皇上討了個恩典，此次傳旨一不用擺香案，二不用三拜九叩，三不用面南背北，您就這麼坐著聽便是。」

「這……」安老太爺皺眉，有些猶豫地道：「這恩典雖大，何須如此？這時候妳找皇上討這種恩典，會不會有恃寵邀功之嫌？要不，還是擺香案三叩九拜吧，回去妳就說皇上大恩，咱們蕭家不敢自專……」

「祖父，您就放心吧，咱們兩家為皇上出了這麼多力，皇上那邊只嫌給咱們的恩典不夠多，如今討上些不用皇上花本錢的虛頭，他老人家高興還來不及，只會給咱們家加分的！」安清悠抿嘴一笑。

「哦？若是這樣倒還使得……」安老太爺想了一想，這才勉強應了。

安清悠攤開聖旨，微笑著讀道：「奉天承運，皇帝詔曰：茲有前左都御史安翰池，性情耿直，勤於王事。不惜一身榮辱，獻自貶之良策於廟堂，引行佞之奸虜現惡暴。今北胡諸虜已為朝廷大軍所討，某朝賊子諸般反跡天下皆知。著其自即日起官復左都御史之職，賞金筆一枝，賜龍義閣大學士銜，掌都察院諸務，並全權主查前龍淵閣大學士李華年並皇九子睿親王弒君某逆一案。其子安德佑、安德經、安德成、安德峰俱為忠良，尤以安德佑持家有道，堪為眾官楷模，賜玉帶花翎，著從二品銜秩，其餘諸子自即日起官復原職，原有之品秩各升一級，另交吏部敘優而定其恩賞……」

這道聖旨一頒布，安家眾人個個興奮不已，熬了這麼久，安家總算是熬出頭了！

安老太爺不僅官復原職，更被賜龍義閣大學士銜。

朝廷裡的大學士雖不少，可是前面帶「龍」字的卻只有三人。安老太爺的名頭加了龍義閣三個字，那可是實打實的正一品位置，出將入相，以後別人得叫他一句安閣老了。

安德佑更是激動，他原來不過是從四品的禮部散官，這一下卻是瞬間蹦到了從二品，多少年未有寸進的官場路，如今是青雲直上。

由安老太爺領旨謝恩後，安德佑抓著安清悠的手道：「悠兒，這次為父可是沾了妳的光……」

「我可是什麼都沒做，都是祖父和父親持身正又忠心，這是父親應得的！」安清悠微微一笑，又轉頭向著安老太爺道：「好啦，一道誅心一道傳旨，孫女這短短的欽差使命辦完了，往下該是祖父登場了！」

安老太爺微微一怔，「誅心？」

「我剛剛從大學士府那邊過來，皇上下令要祖父查辦李家和睿親王府謀逆一案，眼下四方樓已經將李家的大學士府團團圍住，此時此刻，皇上只怕是正等著祖父回宮覆命呢！」

安老太爺何等人物，微一琢磨，轉瞬便想明白了安清悠話中那「誅心」二字的意思，微微皺眉問道：「適才妳又是如何誅心？」

「不動即是處處動，孫女只是從大學士府外坐著車馬疾馳而過，什麼也沒做。」安清悠淡然一笑，盡在不言中。

廳中眾人，安家的幾位老爺也好，蕭家的一干媳婦也罷，聽得安清悠居然只是打馬疾馳而過，都有些不以為然。李家和睿親王府這段時間實是把蕭安兩家欺負得狠了，如今好不容易有這麼個撒氣的機會，竟然只是打馬疾馳？

安德佑思忖一陣，猛地一拍大腿道：「悠兒好氣度，好手段！」

安老太爺則是瞇著眼睛嘿嘿地笑，忽然高聲叫道：「來人，伺候老夫換上朝服，進宮面聖之後，咱們便去抄了李家！」

貳之章

安氏乘勢起復

天色變暗，大學士府的正廳已經點上了蠟燭。這裡曾經接待過無數朝官，而此時此刻，一張擺滿了菜肴的大圓桌前，卻只有三杯水酒，以及三個面若死灰的男人。

「相逢一世，終是有緣，如今成了這個樣子，後面的事情……也無須老夫多說了。不過是勝者為王罷了。毒酒一杯，早在昨日便已經準備好，沒想到今天真的會用上。入口立斃，好過遭受那凌遲處死的千刀萬剮之苦。大家這就分了吧，一會兒等著拿問之人到來，咱們只怕想求速死亦不可得……」

昔日李氏，睿親王一系裡最為核心的三個人，如今都是一身塵土，彷徨煎熬、鎮靜崩潰，備受折騰之後，好不容易能夠坐下來，卻忽然發現毒酒是他們最好的歸宿。

李華年率先舉起了酒杯，睿親王則呆呆地望著那酒漿，沒有力氣伸手去拿，忽然間嘶吼道：「我不喝，我為什麼要喝這個？謀逆弒君都是你們幹的，我……我畢竟是父皇的親兒子，難道一定會死？說不定只是貶為庶人，圈禁一世，我、我……」

睿親王又一次失控大叫，做過太子的皇子，就衝這個身分，就算壽光帝一時三刻饒得了他，將來的太子復起之時，焉能容他？

李華年也懶得勸他，逕自把目光投向了旁邊的夏守仁。

「我……我還想再見家人一面，哪怕多看一眼也好……恩師好意，這個、這個……心領了。」夏守仁端起酒杯，到底還是又放了下來。

「咱們從來就沒有真正一條心過，才有今日之事。」李華年長嘆一聲，如今事敗，很多東西看得反倒比以前更清楚。

他搖了搖頭，端起毒酒，一雙手卻是越來越顫。從年輕到年老，如許的富貴榮華，如許的人生起伏，一幕一幕浮現在腦海中。

雖然明知一閉眼一張嘴諸事皆罷，可是真到了這個時候，那一下是真的那麼容易嗎？千古艱難唯一死啊！

便在此時，忽聽得門外有人高叫道：「聖旨到，龍淵閣大學士李華年等人接旨！」

安老太爺身著正一品的官服，手持黃絹，面色凜然地走進了這大學士府的正廳，眼見著三人灰頭土臉的樣子，輕嘆道：「華年兄，早知如此，何必當初？皇上的性子未必便是想在史書上留下酷殺之名，怕是很難用凌遲了。十有八九還是賜你毒酒一杯，既然左右都是如此，那螻蟻尚知秋寒之時多求半刻之生，你這又是何苦？」

李華年呆呆望著安老太爺，手微微一顫，那杯毒酒陡然落在地上，啪的一聲，摔了個粉碎。

安老太爺又嘆了一口氣，這才打開手中的黃絹道：「聖旨到！龍淵閣大學士李華年、兵部尚書夏守仁、九皇子睿親王，接旨！」

「罪臣恭迎聖旨！」睿親王是第一個跪下的。

李華年和夏守仁對視一眼，到底還是跪在了地上，「罪臣恭迎聖旨！」

「奉天承運，皇帝詔曰：查，龍淵閣大學士李華年、兵部尚書夏守仁、九皇子睿親王等，居心叵測，勾結胡虜，禍亂朝綱，陷害忠良，更以大逆不道之心圖謀不軌，行弒君之事。著，龍淵閣大學士李華年、兵部尚書夏守仁革去內外一切職務，交都察院並大理寺、刑部三司會審。著，九皇子睿親王入未央台圈禁，交宗室理院並四方樓問審。三人依律而定其罪，還朝綱之朗朗乾坤，欽此！」

「吾皇萬歲萬歲萬萬歲！」

三人齊聲謝恩，睿親王居然還有些高興。

先圈著再說？是不是真的有可能不殺？

李華年和夏守仁則是默然，對於他們來說，不過是怎麼死罷了。

廳中一片寂靜中，李華年忽然抬起頭來道：「翰池兄，有勞你親自來宣這道聖旨，可惜我籌謀了這麼多年，終究還是輸給了咱們這位萬歲爺。如今這地覆天翻，安兄終究是瞧得比我準，寧可闔家上下被貶成白身，也要跟著皇上站對了隊。鳥盡弓藏，兔死狗烹，恭喜你終於入閣，安家的好日子來了，但願他日莫要有我李家今日之時。」

此話一出，安老太爺身後一干隨員不少人都變了臉色，李華年這是徹底無所謂了，既沒勇氣即刻就死，卻是稍一緩過來就挑撥安家和皇上。此刻李家內外到處都是四方樓的人，這話既是向安老大人說的，卻更是說給皇上聽的。

禍到臨頭，還要給君臣之間添些芥蒂嗎？

一雙雙眼睛朝著安老太爺看來，安老太爺卻是面不改色，淡淡地道：「華年兄，我安家比不得你李家數代首輔，官脈深厚，若是歲月倒退個幾十載，你少年時便已經揚名天下，我不過還是個燈下苦讀的農家子弟罷了。可是，這跟著皇上站對隊？你我二人同殿為臣，朝堂中固有權謀固有偷巧，我也不例外，但你可見我這一輩子可有為了站隊結黨而有枉負國法之事？可有媚上求寵而負天子所託之查驗眾官之事？可有為富貴二字而行諂媚逢迎賣國求榮之事？咱們都是這把年紀的人了，入閣也好，白身也罷，有朝一日你我九泉相會之時，我安翰池還能堂堂正正地說一句，我這輩子活得踏實！」

一番話說完，眾人紛紛在心裡喝彩。

李華年看著眼前這個和自己年歲相仿的昔日同僚，面色緩緩地變了。他忽然明白自己為什麼在最後一瞬間沒有勇氣喝下那杯毒酒，甚至是明白了為什麼今天會由對方來宣讀這份宣告李家覆滅的旨意。

自己這一輩子，活的就是少了兩個字：踏實。

李華年站起身來，一邊一個四方樓之人站在他兩側，陪著他向門外早已備好的囚車走去。行到半途，李華年陡然轉身，對安老太爺抱拳作揖：「朝聞道，夕死可矣！翰池兄，佩服！」

「不敢！」安老太爺微微一笑，拱手回禮道：「我安家由上而下，所持者不過八個字——但憑本心，問之無愧！」

李華年默然無語，緩緩走出了門外，任憑旁人將自己的頭和雙手鎖在囚車頂端的木枷之中。與此同時，另一輛真正刻著蕭家徽章的馬車，卻是從宮中駛出，飛速駛向了蕭府。

蕭老夫人是慈安宮被封之後，滿京城的命婦裡第一個被確定沒有與李皇后串通弒君嫌疑的，而且還是皇上他老人家親自拍板說不用查的。

之所以這麼晚才出宮，是壽光帝把這位老太太留下來敘話。如今蕭家沒半個男人在京裡，安撫也好，慰賞也罷，除了蕭老夫人之外，還真沒有第二個人來。

只是這天恩深重，簡在聖心，蕭老夫人一出宮門就把這些事情扔到了九霄雲外，一路上不停地催促著車夫快走。進了蕭家，幾個媳婦立刻圍了上來。

「老夫人！老夫人……」

七嘴八舌的一通問候，蕭老夫人都沒搭理，只衝著安清悠道：「五媳婦，妳妳妳……妳真的是有了？」

蕭老夫人這一嗓子喊得簡直是驚天動地，旁邊的德佑原本正要跟親家母問好，此刻卻也變了臉色，直勾勾看著安清悠道：「悠兒，妳有喜了？」

安清悠看看父親又看看婆婆，有點不好意思地點了點頭。

「妳瘋了妳啊，這麼大的事情都不告訴家裡人一聲，我我我……我當初要是知道妳有了，死活也不能讓妳再去什麼清洛香號找四方樓聯絡宮裡啊！我記得妳進宮那天，正好趕上沈從元那個王八蛋拽著夏尚書和刑部那個什麼官去鬧事抓人封鋪子是不是？那場面多亂啊……對了，還是皇甫公公把妳給帶走的，老天爺喲，到了宮裡還左一個事右一個事的，萬一有個三長兩短可怎麼辦？來人啊，趕緊去請大夫……」

在宮裡和皇上敘話半晌，皇上無意說出安清悠有身孕的時候，蕭老夫人差點跳起來。

如今出了宮回到自家這一畝三分地，就更是心急火燎，招呼著眾人這一通忙活。

蕭老夫人不光是急吼吼地要下人請大夫診脈，讓廚下燉補品不說，連未來孫子腳上穿的虎頭吉祥鞋都吩咐下去做了……要是孫女怎麼辦？對，那就得連九華燈籠鞋也得多備上一份！也不管安清悠懷孕三個月不到，剛開始害喜連懷都沒顯。

「老夫人，瞧您急得。」安清悠無奈地道：「宮裡對我恭敬得很，我做的雖是扮宮女的差事，可是每天都有太醫診脈，就是當初查出我有喜的那位。何況這事情本也是機緣巧合，若非如此，只怕我也不會有後來陰差陽錯救了皇上一命的事情，我蕭安兩家如今如何，卻也難說得很了……」

「知道知道，但這事情不光是咱們兩家的問題，皇上那的麻煩豈不是更大？」蕭老夫人滿不在乎地說：「妳不留在宮裡，就不會拿陛翎打皇上的頭，更不會用小燈籠把皇上砸傷臉救了他一命，可是這一切也同樣都是因為妳有了喜，這等帶著身孕，還為天家出力，不就更顯得皇上欠咱們？這事我是一邊罵著皇上一邊說的，妳當妳婆婆就會跟皇上嘮嗑呢？我有度！」

「那皇上怎麼說？」安清悠難得八卦了一把。一想到壽光帝被蕭老夫人像訓小媳婦一樣地叨咕個沒完沒了，差點噗哧笑出聲來。

「皇上說……」蕭老夫人洋洋得意，抬起頭來四十五度仰望遠處的黃昏晚霞道：「這都是命，這都是命啊……」

別說是蕭家的幾個媳婦，就連一直以來習慣繃著的安德佑都笑了。

接下來，安清悠開始了養胎生活，原本快節奏的生活一下子慢了下來，任憑外面戒嚴，家家關門閉戶，蕭家的重心卻似乎轉移到了五少奶奶身孕生養的大問題上來。

而奉旨查案的安老太爺把一大疊卷宗放到壽光帝的龍案上時，時間也已經過去了三天。

「皇上，臣奉旨清查李家及睿親王謀逆案，目前已經有了頭緒。都察院在四方樓相助之下，查前龍淵閣大學士李華年、兵部尚書夏守仁等黨羽官吏共二百七十九人，皆為初步查有實據者，如何處置，請皇上聖裁。」

安老太爺刻意強調了「皆為初步查有實據者」這幾個字，這是給皇上留著餘地。

睿親王謀逆案絕對屬於驚天大案，李家數代首輔，門徒黨羽之多更是遍布天下，若是真要大挖深挖，可以從京城挖到各地，到時候牽連出多少個官員來都不稀奇。

「初步查有實據就有三百多個官……安愛卿忠心國事，讓朕欣慰不已，有安愛卿在，朕真是少操了太多心了。」壽光帝輕嘆一聲，這句話倒是真心實意。

京城戒嚴容易，可就算是有京東、京西兩大營，加上城防軍的兵丁強硬彈壓著，也不能總是不讓老百姓窩在家裡上不了街，短短三天，已經有不少四方樓的密報送至御前，言道底層民眾的怨氣越來越大，商人出不得市，菜農進不來城，讓老百姓怎麼過正常日子？

壽光帝又道：「此事當速斷，安愛卿對於處置的結果又有何高見？」

安老太爺心裡一鬆，皇上能夠說出速斷這等話來，顯然是不欲把這事情弄得太大一般，把大梁國從上到下弄得震盪不休，人人自危，不是朝廷之福。皇上固然對有人弒君憤怒不已，倒還沒有被沖昏了頭。

「臣以為，李、夏等人率其朋黨篡逆，罪無可赦，然值此變局之事，亦無須擴大，將京城之中的罪官盡數誅滅，調外省官員進京補職，召天下賢能及補官待缺者入替地方官務……」

「朕之前也這麼想過，但是……有個人隨口說了句話，倒讓朕有了新的想法，你看看朕這副字寫得如何？」壽光帝忽然古怪一笑。

安老太爺湊到龍案上一看，只見字跡端正，正是壽光帝剛寫下的墨寶：坦白從寬，抗拒從嚴，首惡必辦，脅從不問。

安老太爺看著這十六個大字，越看越覺得有意思。

這副字雖說未必放在什麼地方都行得通，但若應在如今這局面，倒是極為合適。

他心中叫妙，卻是試探著向壽光帝問道：「這是……」

「這是朕那個義女所言！有兩把刷子吧？」壽光帝倒是不掩安清悠之功，不過很快就一臉傲然地加上了一句：「天資聰穎，見識不同於旁人，有這樣的好天賦，這才不枉朕一番苦心教導了。」

「那孩子能得陛下教導真是她的福氣……」安老太爺口上稱是，心裡卻有些不以為然。

安清悠回家時已將宮內遭遇對他這個做祖父的說得請清楚楚，皇帝讓她幫著查漏補、看人看事的差事做了不少，這頂多就算是戰鬥中成長，皇上他老人家什麼也沒做，聽聽就算了。

壽光帝冷不丁又道：「不過，最近這段時間裡，沒聽她在朕耳邊嘮叨那些奇談怪論，倒還真有些不習慣，要不，你跟蕭老夫人說說，讓她進宮來再待些日子？反正新后必是要廢，蕭后復立也是他們蕭家的人，進來多走動走動，朕讓太醫天天給她診脈燉補品保胎行不行？」

「啊？」安老太爺登時露出了苦瓜臉，就如今蕭老夫人那惦記著抱孫子的架勢，真要是去跟她商量這個，她肯定把自己直接從蕭家打出來……

不對！安老太爺心中一動，回過味來，這是皇上和自己打趣呢！

當下好整以暇，對著壽光帝恭恭敬敬地道：「此事……皇上您不如自己召蕭老夫人進宮說道說道，或者請皇后娘娘代勞也行。」

「還是別吧！」壽光帝想到那日被蕭老夫人從頭埋怨到腳，登時打了哆嗦。再看安老太爺，只見這位老鐵面眼睛裡居然也劃過了一絲狡猾的神色，君臣二人對視了一眼，一起哈哈大笑起來，就像一對老小孩。

壽光三十九年的這場「慈安宮賜宴弒君案」，在大梁國的歷史上引發了濃墨重彩的篇章。受命審理此案的這段時間裡，亦是皇室和蕭安兩家最為融洽的蜜月時光，在如今已貴為龍義閣大學士並署左都御史的安翰池主持下，事情以驚人的速度有了進展。

第一道公開的聖旨自然是調整國之大位，睿親王從被立為皇子到被被廢，總共只經歷了三十三天，這便是被後世之人稱為著名的「失位三十三天」。

不過，眼下他還真應了那僥倖，壽光帝不知是出自於什麼樣的考慮，還真就沒有殺他，而是昭示天下，將其從天家金冊裡頭除名，剝奪了權力，圈禁在西苑之側的一間小院子裡，著四方樓嚴加看管。

第二道聖旨是睿親王的生母李后同樣成了「三十三天皇后」。作為睿親王的生母和弒君案的直接參與者之一，她連廢后入冷宮的資格都沒有，直接被賜了三尺白綾。

她被賜死的時候已經發瘋，口口聲聲說什麼自己不是皇后而是太后，兒子終於當了皇上云云。

這等慘狀連謠言都沒有傳出慈安宮，皇甫公公親自帶著四方樓的好手辦差。

那些不久以前還因為能再新皇后身邊而趾高氣揚的太監宮女隨侍嬤嬤之類，在同一日同一時刻「急病暴斃」，整個慈安宮裡原有的常規編制人員自李皇后以下，沒一個活口。

那些曾經參加當日賜宴之事的命婦，倒是都被放了出來，一殺一宮殿這種事情足以讓她們三緘其口。雖然四方樓很快查明，當日之事主要是睿親王妃李寧秀和前皇后李氏所為，其他人均清白無涉，可還是有二十幾個命婦一出宮門便直接裝進了囚車。

再怎麼縮小範圍，李家和睿親王府派系的核心人馬還是要抓的。六部尚書一個不落，十二個侍郎裡抓了十一個，三公九卿位高權重者被全族抄家者亦是大有人在。那些命婦們是被送去和他們的家人團聚，囚車去往的方向被送進了大理寺欽犯的天牢。

很長一段時間裡，京城官眷的圈子中談論「慈安宮賜宴弒君」案都成了禁忌，誰也不想一不留神禍從口出。這段日子裡，連官眷們之間的走動都少了，當然也有另類的，天下第一忠犬劉忠全就派人十萬火急地去江南接自己的夫人。

事實證明劉總督的先見之明無比正確。

第三四五道聖旨一連串地昭告天下，江南六省經略總督劉忠全除去原有的一切差事，替代因罪闔家下獄的罪魁禍首李華年成為新的龍淵閣大學士內閣首輔。

蕭皇后廢而復立，再度執掌中宮。前廢太子從瀛台出來後，有驚無險地回到東宮成為儲君，劉忠全的孫女劉明珠嫁給太子成為側妃，如今那被解除了戒嚴禁令的京城又開始了閒話四起，說這會不會是第二個文妃李皇后。

劉總督……不對，現在是劉大學士了，他一家子都和壽光帝綁在了一起，家裡多有幾個女眷誥命能夠進宮去向蕭皇后沒事多請請安是很必要的，他倒不惦記著什麼替孫女展現娘家實力，如今的劉家很有點高處不勝寒的架勢，把家小一股腦兒接到京城來既是示弱，也是讓蕭皇后多放放心。

第六道聖旨雖然亦是重量級的，但相對於其他幾道聖旨，倒有些姍姍來遲的意思。朝廷以無比強硬的姿態告訴世人，大梁終於和北胡宣戰了，雖然這個時候草原上早已經亂成了一鍋粥，但是聖旨在坐實了京中流言的時候，更不妨礙壽光帝表明態度——這場仗是滅國之戰，大梁和北胡之間是不死不休的局面，什麼歲幣和親之類的事情已經成了過眼雲煙，再沒有什麼和談的餘地，就算一邊朝廷政局動盪，一邊和北胡死磕也在所不惜。

這道聖旨一出，舉國譁然。大梁自開國以來被北胡欺負了上百年，這一條消息很得老百姓，尤其是一腔熱血的年輕人的支持。隨著李家和睿親王府勾結北胡的事情被抖出來，那些如今被下了天牢的人立刻成了千夫所指。

當然壽光帝心裡如明鏡一樣，再過幾天征北軍大帥蕭正綱派回來的先遣部隊就會回到京城，到時候民心士氣高漲，任誰也翻不過來李家和睿親王府這不仁不義不忠不孝的罪名了——史書也不可能。

第七道，也就是最後一道連發的聖旨，在這個大背景下，反倒顯得沒那麼有震撼力了。天家仁慈，犯有過往與李家及睿親王府勾結的官吏，只要主動坦白認錯，痛心悔改，最高程度可以寬大到既往不咎，至不濟也可以弄個從寬發落。

皇上是明白的，是知道在那等環境下很多人或是一時糊塗，或是身不由己，才上了李家的賊船，首惡必辦，脅從不問，大家來一起議議，這李家與那一圈圍繞著的核心人等應該如何辦。

壽光帝打出的這套組合拳可以說起到了驚人的效果。

這第七道聖旨明告天下後，老百姓固然離得有點遠，又覺得這事情不如朝廷征伐北胡解氣痛快有震撼力，充其量也就是罵李家和廢睿親王是奸臣罵得更凶了，可是官員們卻把此道聖旨當作皇上連下七道聖旨中最重要的一道。在當初李家和睿親王府全盛之時，和那邊多多少少怕是都有些來往，就算當時沒被富貴沖昏了頭，跑過去上船，可是誰敢說就沒點趨附的首尾？

做好做歹，全在這一道聖旨上了！

一時之間，上摺子坦白自己當初「一時糊塗」和李家有這樣那樣瓜葛者有之，表明自己痛心悔改者有之，揭露李家那些隱藏起來的官員同夥者亦有之。

壽光帝和幾位新晉的大學士忙了個四腳朝天，大家上的摺子內容固然五花八門，但有一點卻是一致的，李家一定要重重地處置。

按律當誅九族是大梁律裡的規定，不過誅十族也不是沒有過，成祖不就在九族之上再添了一個「師族」？連人家的老師學生都一併殺了。

既有此例，那也可以添上第十一族，要不然就把天下姓李的人全都強制改姓了吧？這個叫做「姓族」，非如此不足以儆效尤，平民憤。

壽光帝自己都沒想到，那十六字的「坦白從寬，抗拒從嚴，首惡必辦，脅從不問」的方針在此時此刻居然起到了這樣的效果。

李家數代人苦心經營起來的龐大勢力，在短短幾天之內就有了土崩瓦解之勢。據四方樓回報，如今很多京中官員見了面打招呼都會聊上那麼一兩句：「年兄，今天您坦白了沒有？」

「這群傢伙，想洗脫自家罪名就在這裡拚命坦白，還搞什麼天下改姓，真是一派胡言！」好在壽光帝沒有被這一片大好的局面沖昏頭。

「啊？原來還有這事！這廝枉為朝廷重臣，居然還跟李家和睿親王府有這等勾結？真是氣死朕也！哼，既答應了從寬，那就先從寬，等局勢穩了下來，朕再慢慢收拾，想挑爾等的錯還怕找不到由頭嗎？」

躲起來看人主動坦白自己陰暗面，然後痛哭流涕大喊我要痛改前非，絕對是一件容易上癮的事情。壽光帝最近對這種事情很上癮，沒想到有人主動認罪伏法搞出來的東西比四方樓查出來的還多。

氣一陣笑一陣，自得其樂，洋洋得意一陣，然後抽過下一本摺子接著看。

而此時，安清悠卻是難得遠離了外界的喧囂，一心一意養起胎來。

「乖媳婦啊，再吃一口，就一口……」蕭老夫人親自端著一碗烏雞雪蛤當歸湯坐在安清悠面前，據說當年老太太之所以能在近四旬的高齡生下蕭洛辰，全是靠這蕭家歷盡千辛萬苦才尋來的名醫古方補的。

「老夫人……真的就是最後一口了，我實在是吃不下了……」安清悠打著飽嗝，拿起調羹，艱難地舀起一口湯灌下。這玩意兒簡直就是補品亂燉，滋味先不說有多詭異，就算是什麼名醫古方，天天這麼沒完沒了地吃也受不了啊！

「這就對了，多吃一口就是比少吃一口強，要想生個人胖兒子，就得嘴壯！」蕭老夫人身邊一溜煲湯罐子猶如出征的軍隊般排得雄壯，嘴裡還不停念叨著：「乖媳婦，妳放心，婆婆就在這裡陪著妳，一會兒要是妳害喜吐出來，咱再接著吃……」

安清悠臉都嚇白了，想我如今也算是經歷了不少大風大浪，連皇上咱都揍過，如今難道要栽在這裡不成？

便在此時，門外有人稟報道：「老夫人、五奶奶，有客求見！」

安清悠登時如蒙大赦，連來人是誰都沒問，直接斬釘截鐵地道：「快請！我親自去見！」

安清悠上輩子曾經三大夢想，一是要按自己的想法嫁一個好男人，然後有一個活潑可愛的孩子，再就是盼著能做一個天天躺著睡，醒了吃，對於什麼事都不操心的幸福吃貨。

如今這男人嫁了，孩子已經在腹中，可是吃貨生活好像不如自己所料想的那樣，尤其是不得不做吃貨的時候……很讓人頭疼啊！

安清悠三步併兩步奔著正廳就去，能夠把安清悠這樣的女子生生給養出點閒得無聊強說愁來，蕭老夫人絕對是大梁國裡頭一份。

然而，走到正廳後，一張輕飄飄的禮單遞過來，安清悠立刻就覺得不妙了。

這是禮單？

安清悠對著厚厚的一個正方形禮單發愣，禮單能有四書五經疊起來那麼厚，禮物該有多少？

能拿出這等手筆的，自然也不是一般人，便是如今那位貴為新任首輔大學士劉大人家的孫女劉明珠。

「姊姊，許久不見，聽說姊姊有了身孕，妹妹特來看望一番，給姊姊請安……」劉明珠作勢真要行禮請安，安清悠連忙攔住。

開玩笑，這位劉明珠雖說當初是和自己一起進宮選秀，兩人還結拜了，可是今非昔比，人家嫁進了太子府，貴為太子側妃，豈能叫她給自己行禮請安？

「使不得使不得，這不是要折我的福嗎？」安清悠趕緊著把劉明珠按到椅子上，規規矩矩地向著對方福身，「民婦蕭安氏，見過太子側妃。」

劉明珠當初嫁入太子府，很快便趕上太子先是被圈禁瀛台，後來乾脆被廢，宮外見過她之人極少。今日不知為何，她卻是特地換了一身常服前來蕭家。周圍從人見著安清悠這舉動，才知道眼前這位一口一句叫著自家五奶奶為姊姊的女子是太子側妃，一個個不由得都驚了。

劉明珠卻是露出落寞之色，輕聲道：「姊姊總是這麼守規矩，昔日入宮選秀的時候如此，如今為人婦亦是如此。我雖然是做了太子爺的側妃，可是當初既是認了姊姊，那便什麼時候都是我的姊姊，如何受不得這禮？」

說著堅持要拜，安清悠只是不允，最後還是蕭老夫人抽空插了一句：「清悠這孩子也是陛下的義女……」

於是，禮數就這麼定了下來，安清悠作為壽光帝的義女，同樣有著天家身分，又是結拜的姊姊，當然受得起太子側妃這禮，只是請安那就算了。

兩人坐定，安清悠心生好奇，自己不知道是不是合了太子妻妾的緣，前些日子裡碰上前太子妃李寧秀一口一個妹妹叫得親熱，打的卻是讓蕭安兩家墜入深淵的主意，現在多了個太子側妃劉明珠，卻是自己正牌認下的乾妹妹，這麼一身常服到來，不知又是什麼緣故？

「沒事我就不能到姊姊這裡來嗎？」劉明珠妙目一轉，似是猜到了安清悠在想什麼一樣。

「正巧，我如今有了身子，什麼事也做不得，能有妹妹來和我說說話聊聊天，求之不得呢！」安清悠微微一笑。劉明珠這人本性倒是不壞，早在選秀時兩人談的最多來往最多，這一點她倒是相信自己不可能看錯。

只是如今隔了許多時日，誰也說不準誰變成了什麼樣。現在大家各自有了不同的去處，身後的背景家族也好，地位使命也罷，很多事情更是身不由己。

就算自己有了身孕，可是沒來由送上這麼一大堆禮物財貨？安清悠可不信真是無緣無故，索性一上來就把話說在了頭裡，身子不便，什麼事也做不得，咱就是拉拉家常聊聊天就好！

大家都是聰明人，劉明珠自然是聞其聲便知雅意，笑咪咪地說道：「昔日選秀一別，這麼久都沒見了，就是想和姊姊說些私房話。姊姊雖是有了身子，卻是保養得極好，人也比妹妹印象裡胖了不少呢……」

這話一說，坐在上首的蕭老夫人很是面有得色，安清悠卻是很有點怨懟。

「又胖了……」安清悠悲憤不已。

若是蕭洛辰真打了勝仗回來，自己卻成了肥胖的黃臉婆，會不會帶來什麼不良的影響？雖說對於兩人的感情，安清悠有著充足的信心，可是又有幾個女人真不在意自己的身材？

更別說這是在古代，男人們養小三那是合理合法，大丈夫三妻四妾正常無比，若真是只有自己一個，反倒容易傳出什麼獨房專寵之類的風言風語。

自己有孕在身，會不會被人乘虛而入？

安清悠第一次有些患得患失起來，和其他女人分享自己的丈夫，她無論如何不可能接受的。

「那傢伙要是敢納妾，我就大掃帚把這混球打出去！」

安清悠忽然直勾勾地看著劉明珠，這劉家別是想和蕭家搭什麼線，派劉明珠來探探自己口風吧？嗯，一定是這樣，太子側妃，關鍵不就是在側妃這兩個字嗎？

劉明珠嚇了一跳，滿臉的不明所以，自己誇一句乾姊姊養得白白胖胖那是福氣話，怎麼和納妾什麼的扯在一起了？難道乾姊夫要納妾？不會啊，蕭家一家子的男人都在北胡打仗呢，哪來的空閒納妾？

「納妾？他敢？媳婦，妳放心，最起碼咱得生兩個，還得是兒子，然後才能輪到那臭小子琢磨納妾的事！在此之前，什麼妾啊姨娘的，進來一個婆婆幫妳弄死一個，都不用妳自己動手！」

偏偏旁邊還有個蕭老夫人幫腔，這位老夫人年近四旬才有了蕭洛辰，之前瞅著丈夫的姨娘一個接一個地生，深受其苦，此刻提起這等事情來，滿臉的肅殺之氣。

婆媳倆一時衝動脫口而出，下一刻卻是一下子都回過神來，人家太子「側」妃就坐在這裡呢，這不是指著和尚罵賊禿嗎？

「劉側妃，您別多心……」婆媳倆竟又異口同聲說出了這麼半句話，彼此對視一眼，又都覺得挺不好意思地住了嘴，氣氛頓時尷尬起來。

「沒事沒事，我也沒多想！」劉明珠連連擺手，一臉苦笑，心說這都哪跟哪啊？如今這劉家已經夠高處不勝寒了，要是再一個不留神弄出個自己想當正妃，也就是未來皇后的謠言出去，還讓不讓人活了？索性也不兜圈子了，對著安清悠說道：「姊姊，其實小妹這次來，主要是為了……」

便在此時，忽然聽得有人遙遙高喊道：「大姊！弟弟看您來啦……」

這聲音透著幾分不著調，安清悠卻是熟悉無比，正是安子良。

劉明珠一聽有人喊安清悠大姊，登時就住了嘴，一雙眼睛往門外瞧去，目光之中居然頗有期待之意。

安清悠陡然冒出了個奇怪的念頭，這位乾妹妹……不會是衝著自己那個胖弟弟來的吧？

且不說太子廢立之事後，安老太爺帶著兒子在蕭家很是「聯合辦公」了一段時間，兩家關係早鐵得如一家人一般。

單是當初開清洛香號時，安子良就早已經不知道往蕭家進出了多少趟。安清悠愛護弟弟，蕭洛辰又和這位小舅子極為臭味相投。安公子出入蕭府，就跟在自己家裡一樣，什麼通報啊等門啊，早就不用了。

結果今兒安子良一路大搖大擺闖了進來沒人攔，就這麼嚷嚷著進了正廳，卻是一怔，「大姊，有客？」

「不得無禮，這是太子府上的劉側妃，亦是你師父的孫女，還不快快見禮？」安清悠笑著輕聲斥道。

「啊……啊！原來是劉側妃，學生安子良，給劉側妃請安了！」安子良反應極快，連忙上前規規矩矩行禮，剛才還一副憨樣，此刻卻是恭謹得很。

「不敢，安公子千萬別多禮。之前曾聞安公子在城外統一馬市，後來更是輔助姊姊、姊夫開起清洛香號，勇鬥與刑部勾結的夏守仁等輩。您是我祖父的學生，說起來還算是我的世叔，千萬別做那拘泥條框之事。」

劉明珠居然向椅子旁邊側了一側，算是沒受安子良這大禮。

「別別別，您是太子側妃，什麼世叔不世叔的，我可萬萬當不起！這個真要算，妳是我大姊的乾妹妹，我是我大姊的弟弟，這個這個……」

安子良額頭冒汗，猶豫了一下，還是沒敢問自己和劉明珠誰年歲大點，最後只好對劉明珠客客氣氣地道：「便如我師父所言，各交各的，您是天家貴冑，我是秀才，見到您行禮請安那是朝廷法度，不敢有誤。」

這次劉明珠倒是沒推辭，只是微笑著點點頭，似是對安子良這等進退有度的樣子頗為欣賞。

安清悠和蕭老夫人對望了一眼，目光中均有驚異之色一閃而過，這劉明珠對於安子良好像很感興趣的樣子。

不過，這等事情卻不能明著問了，安清悠想了一想，對著安子良笑道：「本想說什麼時候去看看弟弟的，沒想到弟弟卻是來了。身子怎麼樣？前段時間在刑部吃了不少苦頭吧？可是好利索了？」

當初清洛香號被封之時，安子良亦被抓進了刑部，更因此事逼得當時還是江南六省經略總督的劉忠全提前出面，一張不死不殘不破相的條子遞進去，讓他雖然沒受什麼三刑大木之苦，身上可也挨了不少苦痛。

等到慈安宮賜宴弒君案發，壽光帝封城閉宮，下定決心對付李家、睿親王等人，安子良第一時間就被放了出來，卻是在家裡養了幾天傷，這才來和大姊相聚。

「沒事沒事，都好利索了！」

安子良呵呵笑了一聲，卻開始說起了刑部的遭遇。他口才本來就好，此刻說起刑部大牢裡的種種明暗手段，更是說得無比驚心動魄。安清悠偷眼瞧去，卻見旁邊的劉明珠聽得全神貫注，時而臉上露出替人擔心之色，時而又是欣慰不已，倒比自己這個做親姊姊的還要關注上三分。

「……他們打我、餓我，不讓我睡覺，我都扛過來了。我也知道是託了恩師他老人家的福，這一次刑部大牢裡那些讓人求生不得求死不能的厲害手段，我並沒有真的領教到，可是我在那裡面的時候也想，外面的形勢不知道怎麼樣，萬一真是乾坤惡化，那些東西有朝一日落到我自己身上怎麼辦？」

安子良說到最後，越發鄭重，緩緩地道：「後來想著想著我就想明白了，我安子良是爺們兒，是爺們兒就沒有挺不過去的事！大姊，經歷了這一輪，我覺得自己也是個男人了！」

安清悠看著自己這個弟弟，又是感慨又是歡喜，正要誇獎兩句，卻聽得旁邊有人喝彩道：「好！安公子果然不愧是真男人，真漢子！」

說這話的居然是劉明珠。

這喝彩聲一出，就連安子良都覺出些不對勁來了，再瞧那劉明珠，臉上竟是毫不掩飾的欣賞之色，不由得心中打了一個突。這目光……怎麼看著那麼不對勁呢？

忐忑歸忐忑，這事情可是不敢亂猜，安子良乾笑一聲，連忙轉換了話題，對著安清悠笑道：「淨顧著說話了，今兒還有一件大事差點忘了。大姊，我可是請來了咱們的一位故人，您猜猜今天是誰來了？」

安子良口中說著猜，卻是早已經跑了出去，不多時引入一人，來人朗聲道：「阿彌陀佛！當初藏軍谷一別，不覺竟已有三月，如今京城裡撥亂反正，蕭五夫人亦是喜懷子嗣，貧僧這廂先道賀了！」

安清悠驚喜地喚了聲：「了空大師！」

來人正是當初隨辰字營一起假扮使團北出塞外的了空大師。

蕭洛辰夜襲金帳後，了空大師沒有和他一起奔襲狼神山，而是由征北軍大帥蕭正綱將他和那傀儡大可汗及所繳戰利品一同送了回來，已至京城城外祕密駐紮。

了空大師不喜摻和入城獻俘之類的俗事，進宮面聖後便奔著蕭家而來，路上遇見了安子良。

「這……這……大師回來了，我夫君……我夫君他……他現在怎麼樣？」安清悠的腦子彷彿有些不轉了，說話難得的磕磕絆絆起來。

「阿彌陀佛，蕭將軍仍在草原，飛鷹傳書遠甚於人力腳程，貧僧所知，未必比蕭五夫人更多。只是離開之時，他無傷無病，安然無恙。」了空大師面帶微笑，言下之意甚是明瞭，他離開草原較早，所知狀況亦是幾十天前之事。

安清悠略感遺憾，卻反而更想知道丈夫在北胡的諸般細節，著實細細問了一番。

了空大師也不嫌煩，逕自把北胡的諸般大小事娓娓道來。說到一路上北胡人視漢人如草芥牛馬，眾人無不義憤填膺，待說到夜襲金帳那天晚上，蕭洛辰勇不可擋之時，眾人又是一陣熱血上湧。

堪堪一路講完，了空大師微笑著對安清悠道：「老衲和辰字營臨別之時，蕭將軍有話既要帶給夫人，也要帶給皇上。」

「啊？為什麼既要給我帶話，又要讓皇上知道……」

「蕭將軍原話是這麼說的。」了空大師難得露出了古怪神色，換了一種腔調道：「師父啊，等我掃完了北胡回歸之時，你賞我什麼都行，千萬別賞姬妾什麼的！扔下我媳婦兒一個人在家已經夠讓我心疼的了，再弄幾個姨娘妾侍之類的，也太對不起她了！」

安清悠一下子怔了，剛剛自己和婆婆還亂七八糟地瞎猜什麼有人會給蕭洛辰送女人，如今蕭洛辰千里迢迢送來這話……忽然間，一股莫名的感覺湧上了心頭，什麼話也說不出來了。

「這臭小子，也不說問個媳婦冷暖，竟說這些不著調的……」蕭老夫人嘴裡叨念著，卻有些得意洋洋。

劉明珠一聲不吭，卻是又羨又嫉。

「受人之託，忠人之事，皇上與蕭五夫人兩邊的話已帶到，老衲便不耽誤太子側妃和五夫人敘舊了。」了空大師微微一笑，告辭便走。蕭老夫人和安清悠苦留用飯，卻見這老和尚合十行禮道：「今日進宮時偶遇太子殿下，不意聞得殿下亦是心向我佛之人，老衲會在東宮與殿下談經說法一段時日。若有閒暇，怕是還會向蕭五夫人討教些調香之術，來日方長，何須爭在這一時一刻？」

「太子殿下？」

了空大師飄然而去，安清悠聽他臨走之時忽然提起了這麼一段事情，倒像是在提點什麼一般。瞥眼看見劉明珠臉上居然是一副似笑非笑的表情，半點也不避著自己，心中猛然一動。

「弟弟，你是怎麼碰上了空大師的？」安清悠問道。

「我這傷已經好得差不多了，今兒孫無病孫太醫又來幫我檢查了一遍，說起大姊有喜之事，我就這麼來了啊！誰知路上剛好遇到了空大師……」安子良說著，自己也覺出不對勁來了，世上事哪有如此巧法？

安清悠登時心中雪亮，那個孫太醫，便是當初在蕭皇后處診出自己有喜之人，他是正牌的太醫不假，更是四方樓的人。這麼好巧不巧，剛好在了空大師回京時弄出個診病之事，要是巧合那才叫怪了呢！

「側妃用心良苦，今日怕不是來看民婦，倒像是特地把我這不成器的弟弟釣了過來才是？」安清悠臉上泛起了一絲寒意，言語更是冷淡了幾分，又改回了官稱。

「姊姊哪裡來的話？」劉明珠苦笑道：「以姊姊的才智心思，這等小伎倆當然瞞不過姊姊，妹妹壓根兒也沒想過要抖那機靈……原想著等安公子來了一塊兒說的，可夫君在外征戰，那份牽腸掛肚的心思咱們做女人的誰又不知道？我又怎麼能插嘴耽擱了姊姊的正事？」

這話倒很是有幾分陪小心的意思了，安清悠眉頭微皺，「側妃此語，民婦實不敢當，到底是為了什麼，還請明言。」

劉明珠聽著安清悠還是一口一個側妃民婦云云，都有些急了，連聲道：「真不是壞事，姊姊有個弟弟，我也有個自幼疼愛的妹妹……此番過來，姊姊別的不為，專為保媒！」

「保……媒？」保媒二字一說，安清悠還沒接話，安子良倒是一下子叫了出來，小眼睛眨巴眨巴地道：「給我保媒？」

「這事……真是冤家！」劉明珠嘆了一口氣道：「我有一個幼妹，自幼活潑好動，性情倒與男子無異。當初我祖父祕密進京時，她不知道使動了什麼法子，竟讓祖父帶了她來。我之前在宮裡不得外出，也是近日才知，這位幼妹如今也是人大心大，動了那思郎君的念頭，她看上的人便是……便是……」

話說到這裡，那劉家的神祕小姐看上的難道還能有第二個人？

安子良摸了摸自己那肉肉的鼻子，有點暈乎乎地道：「劉家有位小姐看上了我？怎麼可能？怎麼可能……我在師父那邊常來常往的，也沒見過師父他老人家還有另一個孫女啊！」

劉明珠亦是愕然，有些莫名其妙地道：「我家小妹說是和安公子熟稔至極，亦是曾有些瓜葛。據說我祖父之所以會收安公子為徒，與她關係也不小，我這才來探探姊姊和安公子的意思，怎麼安公子竟然不知？」

事情說到這裡，安清悠對於劉明珠此行既遮掩又弄了些小手段的古怪緣由已是了然於心，安家不喜歡政治婚姻是出了名的。劉家如今已是首輔，安老太爺亦是入了閣的，若真是冒冒失失上門提親，鬧僵了大家都下不了臺。

讓個小輩先來勾兌一番，這倒是正路了，更何況這太子側妃的身分亦是當得。不過，安清悠現在關心的不是這個，剛剛劉明珠可是話裡有句瓜葛云云……

安清悠瞪著安子良道：「你把劉家的閨女怎麼了？」

「姊，弟弟我對著咱們安家的列祖列宗發誓，絕對沒有幹什麼偷香竊玉的勾當！」安子良愁眉苦臉地道：「我是真想不出來劉家怎麼會有位小姐和我很熟，再說了，弟弟我也不是什麼風流浪子，一沒有什麼潘安宋玉般的容貌，二沒有什麼風流才子的驚世才華，三又不像姊夫那樣會飛簷走壁武功驚人，整天也就是弄點假附庸風雅什麼的，壓根兒就是老老實實的小生意人……別的不說，您看我這身材模樣，像是會有女子一見鍾情的嗎？」

安子良是老老實實的小生意人？安清悠那是絕對不信的。

不過，要說身材模樣……肉鼻子、雙下巴、四肢粗短，渾身上下一堆肥膘，一雙小眼睛倒還算是有神，可是怎麼看怎麼是屬於紈袴子弟看人賊光亂竄的那種，就算是個胖子，也絕對不屬於憨厚可靠的形象。

安清悠盯著自家弟弟瞧了半晌，就連自己也覺得要相信這相貌身材會讓女孩子一見傾心，那是絕對比讓人相信安子良是個老實疙瘩還難。

劉明珠一聽這話不樂意了，俏臉一板道：「這身材怎麼了？誰說長成這樣就不討女人喜歡？我祖父便是個心寬體胖，家父家叔亦是身材富態，還不是一樣家庭和睦，恩恩愛愛？便說是我劉家的女兒，也向來都覺得男人是要……夠分量的！我那小妹素來崇拜祖父，自幼便說若是個精瘦乾癟的男人做她夫婿，那是寧死也不嫁的！」

安清悠聽了這話，差點笑出聲來。

一副誇張的假想圖在安清悠的腦海裡展開。劉家眾人相聚一堂，劉大人作為頭號大胖子坐在上首，劉明珠的父親、叔叔們同樣是大胖子，圍坐桌邊。

新銳胖子安子良根本上不了首桌，委委屈屈地坐在次桌，甚至三桌，不是因為他是晚輩，而是平時一張桌子能坐八個人，放劉家頂多能坐四個……椅子還得是經過特別加固的。

劉家這是要搞傳說中的胖子世家？

安清悠想像了下安子良成了劉家孫女婿的樣子，當真是談笑有肥仔，往來皆圓形，登時無言。

倒是劉明珠那句劉家的女兒愛胖子，讓安子良想起了什麼。只見安公子猛地大叫一聲，跳起來奔著門外撒腿就跑。速度之快，當真是烈若奔馬勢如流星，與他那臃腫的身軀絕沒有半點相稱。

安清悠撇嘴，也不攔他，直等到安子良都快奔到了大門口，才遠遠地高叫道：「大木，把安公子弄回來！」

郝大木那鐵塔般的身軀陡然從門房裡閃出，這位鐵漢那可是在桃花村裡徒手搏虎馴熊的，捉拿區區一個胖子，當然不在話下。這當兒也不廢話，衝著疾奔之中的安子良伸腳一絆，安子良登時就從衝刺變成空中半飛著的俯衝。接著，郝大木單手一撈，環住了安公子那粗壯的腰肢，往肩膀上一扛，動作嫻熟無比。

「阿安的弟弟，阿安讓大木把你弄回去。」郝大木抬腳就往屋裡走。

「大木啊，阿安的弟弟平時可跟你處得不錯啊，你把我放了，我給你買一百罈酒去，最好的酒最貴的酒……」安子良殺豬般的大叫。

可惜，在絕對的力量面前，耍花槍是蒼白無力的。

郝大木一言不發地把安子良扛回廳內，放在椅子上，這才甕聲甕氣地道：「好吧，等阿安說可以走了的時候，大木就把阿安的弟弟放了。你答應的，放了就買一百罈酒，最好的酒，最貴的酒……」

安清悠抿嘴一笑，郝大木雖然看似單純木訥，可誰要覺得他笨，誰肯定就笨了。

安子良立刻蔫了。

「說吧，到底是怎麼回事？有事咱解決事。你不是說你已經是真男人了嗎？我弟弟可不能當逃兵！」安清悠已經看出蹊蹺，安子良定是和那劉家的某位小姐有些說不清道不明的關係。只是她心裡也打鼓，自己這弟弟不會真的把人家姑娘怎麼了吧？這可是禮法森嚴的古代，莫要捅出什麼大亂子才好。

「我真沒把人家怎麼樣，我當初倒是看出來她女扮男裝了，可是真不知道她是師父的孫女，我一直以為她就是哪家商號的女掌櫃來著！當時我在城外莊子裡搞車馬生意，原本是談生意才交手，我掙了她幾次小錢，結果她就跟我打賭，她輸了給我兩千五百兩銀子，我輸了……」

一貫油嘴滑舌的安子良，這時候居然有點磕磕絆絆起來，不過倒似是安清悠那句真男人不當逃兵刺激了他，他一咬牙，還是硬著頭皮道：「我輸了就……就做她的上門女婿……」

安清悠聽得愕然，安子良的手段自己倒是清楚的，所謂「掙了幾次小錢」，十有八九有可能是把那位在生意經上頗有家學淵源的劉家小姐當肥羊大宰了幾次，說不定這才惹出了劉總督等等，可是這賭注竟然是贅婿？

安清悠皺眉道：「結果你輸了？你和人家賭了什麼？」

「其實我絕對不能算輸的，我和她賭誰分量重，她把兩千多兩銀子的現銀都放衣服裡，坐在大秤盤上，非說這個就是她的分量！」

按照大梁金銀官制，一斤十六兩，兩千五百兩就是將近兩百斤，拽在衣服裡坐在秤盤上，安子良再怎麼樣也沒法伸手掏人家小姑娘的衣服裡。

劉明珠啪的一掌拍在自己的腦門上，這個段子她也是今天第一次聽說，雖說這位小妹性情乖僻是她早就知道的，可是這太丟人了……

「結果呢？」

「結果我也想往衣服裡塞銀子，結果發現那天帶的都是銀票……」

「別在這兒扯閒，說重點！」

「結果我認輸了……」

「然後呢？」

「然後我賴帳跑了……」

這次輪到安清悠一掌拍在自己腦門上，對方賭局耍賴，自己這個弟弟倒是另想法子圓回來啊，就這麼賴帳了事？

「再然後呢？」這一次安清悠和劉明珠異口同聲。

「再然後就把師父惹出來，三下五除二就把我給找出來了。說要是不想當贅婿沒問題，可是得給他當學徒……我本來是想當兩天學徒打個混就拉倒了，沒想到師父是有真本事，我就這麼一直跟著師父學……」

安清悠和劉明珠齊刷刷的沒脾氣了，敢情這人前人後的師徒情重還有這麼一齣啊！從老的到小的，有出老千的，有賴賭債的，還有拐帶人當徒弟的……這都什麼事兒啊！

「姊，您不知道，那妞可不是東西了，後來我跟了師父，她還變著法兒欺負我，娶誰我都不能娶她啊！」安子良就差一把鼻涕一把淚了，一邊哭喪著臉一邊央求著：「大姊，您可不能把我往火坑裡推，我可是您親弟弟啊……」

安清悠已經快暈了，瞥眼一瞧旁邊的劉明珠，這位太子側妃也是滿臉通紅，乾姊妹兩個都有一種想找個地縫鑽進去的衝動。

便在此時，門外忽然一陣喧鬧，有個潑辣的女子高聲叫道：「讓我進去！我知道那個死胖子就在裡面……」

安子良登時一激靈，跳起來就往內宅竄。

「站住！」安清悠冷喝一聲，這種事情如今鬧成這樣，光躲是躲不開的。當下一抬手，對著門外吩咐道：「若門外是劉家小姐，便請她進來。」

不多時，一個穿著大紅袍的少女果然一陣風般衝進了廳中。左右一看，很快發現了體型極為顯眼的安子良，便大叫道：「安胖子，你以為你跑得了嗎？痛痛快快從了本姑娘，不然有你好看！」

「不從！我安子良男子漢大丈夫，打死也不做倒插門的！」

贅婿在這個時代是極為沒地位沒身分的事情，安子良一邊很有氣概地嚷嚷，一邊使勁往安清悠身後躲，「我告訴妳，這裡是蕭府，將門世家，懂嗎？門房都是能力拔山兮氣蓋世的，想在這裡耍橫，妳可是打錯主意了……妳別過來啊，難道妳想搶親不成？」

「小妹，別鬧！當著蕭老夫人和蕭五夫人，沒得讓人家笑話！」劉明珠臉上有點掛不住了，開口訓斥了一句，又向著安清悠等人賠禮道：「這是我的小妹玉珠，從小家裡長輩們都寵著她，把這孩子寵得驕縱得沒邊了，還望姊姊和老夫人莫怪。小妹，還不快快見禮賠罪？」

「啊？這個五夫人，就是胖子最服氣的大姊？」劉玉珠眼前一亮，陡然變了個人似的，嫋嫋婷婷地先走到蕭老夫人面前，規規矩矩地道：「晚輩劉玉珠，見過蕭老夫人。久聞蕭老夫人是女中翹楚，今日一見，當真是三生有幸。適才晚輩言行無狀，請老夫人勿怪。」

「無……妨……」蕭老夫人艱難地吐出兩個字來。若不是剛剛見到這劉玉珠直闖他人府宅門第，此刻的表現當真是溫柔婉轉。

蕭老夫人哪好意思跟一個晚輩較真，更何況這劉玉珠還是劉家的人，此刻更有劉明珠這個太子側妃在場，不看僧面看佛面啊！

安清悠微微皺眉，這劉家二小姐舉止收發由心，怕還真不是一般女子。

劉玉珠向蕭老夫人行完禮，轉而奔著安清悠就來，「弟妹劉安氏，仰慕大姊已久，今日終於得見，這廂給大姊請安了！」

這話說得安清悠打了個顫，這……這劉玉珠也太奔放了吧，這都還沒什麼呢，就自稱弟妹了？安清悠有一瞬間的恍惚，這位劉二小姐，不會也是穿越來的吧？

劉玉珠當然不是穿越的，不過在古代能夠張嘴就說出什麼自己是弟妹給大姊請安一類的話來，也算得上是超級異數了。

「小妹，別鬧了，妳一個還沒出閣的女孩子家，滿口胡言，成何體統？」劉明珠臉色發黑，她怎麼說也是太子側妃，劉家如今已是首輔之家，平日裡縱容著小妹也就罷了，如今在別人府上還這麼任性妄為，張口閉口自稱弟妹，傳到外面，這名聲還要不要了？

更別說眼前要去勾兌親事的，是素來以禮教傳家的安家。

「我怎麼滿口胡言了？等我把這個胖子娶回家……」劉玉珠猶自不覺，安清悠見她這模樣卻是笑了。像劉玉珠這樣敢說敢為的女孩倒是稀罕得緊，這孩子還自稱「劉安氏」，把妻姓放在前面，還真有些要把安子良「娶」回去的做派。

「放肆！再敢胡說半句，我就把妳送回江南，再不許妳離家半步！」劉明珠這臉是真掛不住了，當下怒喝，讓劉玉珠有點嚇著了，委委屈屈地站回劉明珠身後不敢再吭聲，眼圈卻是紅了。

「哎，妳……」安子良瞧著劉玉珠的模樣，嘴裡居然蹦出兩字來。

安清悠微微一笑，衝著安子良打趣問道：「弟弟，我看這劉二小姐也是性情中人，和你的脾氣有幾分相配，要不，大姊幫你把這門親事應下來，我去和父親、祖父他們說說？」

「啊？這不行這不行，我堂堂大丈夫，怎麼能做贅婿？」安子良急得滿臉通紅，雙手亂搖道：

「再說她脾氣這麼大，真要是成了夫妻，弟弟我還不被整天欺負死？」

安子良說歸說，眼睛卻不由自主瞟了劉玉珠一眼。

劉玉珠眼睛更紅了，忽然沒頭沒腦地來了句：「你這胖子就是這麼……這麼愛冤枉人，誰又要整天欺負你了……」

除了那對未婚男女外，在場的都是過來人，這番歡喜冤家似的小兒女情狀落在眾人眼裡，都覺得好笑。安清悠和劉明珠對視了一眼，不覺有青菜配豆腐，一物降一物之感。

「論規矩，婚姻大事自有父母之命，媒妁之言。論感情，說到底還得是這當事人雙方自己願不願意，開不開心。」安清悠對著劉明珠笑道：「要我說，不如這樣，讓他們自己處著，若處得好了呢，水到渠成，我也會幫著子良去和家裡說合，若是處得不好，就算是請兩家的長輩出面，強扭的瓜也是不甜，豈不是害了他們一生？咱們兩個做姊姊的跟著操心大可不必！」

劉明珠微微一怔，原想著自己這位乾姊姊如今在安家的分量已是極重，她要是點了頭，這門親事可說就算是成了大半。可等到劉玉珠現身這麼一鬧，心裡又涼了大半截。

原本已經做好了被拒絕的心理準備，誰知最後峰回路轉，人家竟說要讓他們兩個自己處。婚姻大事，向來是父母決定，哪有讓兩人自己處的道理？更別說兩家如今都是大梁國裡數一數二的高官大族了。不過，這主意聽著新鮮，似是可行。

不知怎麼的，劉明珠想到了自己，忽然很羨慕那些市井中沒有這麼多羈絆的平頭老百姓來。再想到之前聽說過的安清悠與蕭洛辰之間的諸多傳聞，更羨慕起這位乾姊姊來。

「小妹，妳命好！」劉明珠對著劉玉珠輕聲感嘆了一句，又轉頭向著安清悠點頭道：「便依姊姊所言！姊姊……我真是羨慕妳，佩服妳！」

大家都是聰明人，有些話本就不用說得那麼明。

「弟弟，便這麼做如何？」安清悠問道：「你若是不願意，大姊便當場幫你拒了這門親事也不是不可以。今兒太子側妃也在，劉大人那邊我來幫你解釋，不用擔心。」

「這個這個……這個這個……」安子良這個了半天，臉上居然泛出紅暈，「也不是說就非得拒了，就按大姊說的那樣……」

安子良這話剛說了一半，眾人已是不約而同笑出了聲，就連那些在下面伺候的僕婦丫鬟們也都抿嘴偷笑。

安清悠笑道：「罷了罷了，如今京城裡的戒嚴早就解了，你今兒也是來看大姊，咱們的清洛香號應該重新開業了吧？想必金街那邊事情不少，要不，你也也別留在這兒了，去那邊看看？」

滿廳笑聲中，安子良面紅耳赤，拔腳便想走，口中兀自嘟囔著：「是啊是啊，香號要弄的問題很多，這賺錢的事情耽誤不得……」

安子良邁步而出，廳裡的笑聲更響了。

劉玉珠看了安清悠一眼，規規矩矩地福身道：「多謝大姊成全。」

安清悠笑著點頭，劉玉珠逕自向廳外追了出去，遠遠傳來一對少年男女的說話聲。

「妳怎麼跟出來了？」

「我不跟出來怕你失望！」

「我有什麼可失望的？那個……妳要跟就跟吧！先說好，我可是不會去妳家做什麼贅婿的，就算將來……那也是妳嫁進我們安家，是安劉氏不是劉安氏！」

「嘖，誰說要嫁你了？我不是一直都在說是你入我們劉家的嗎？我可沒有說我要嫁給你，是你嫁，不是我嫁……」

鬥嘴聲漸漸遠去，廳中幾人相視而笑，這感覺真好！

「如今事情已了，小妹也該告辭了。今日叨擾姊姊許久，可別讓姊姊累著身子。」劉明珠笑著站起身來就要告辭，安清悠連稱無妨，太閒了也是一種累啊……

本來要散了，卻聽得一直沒摻和小輩事情的蕭老夫人突兀地說道：「按說你們兩家的事情我不該插嘴，可那兩個孩子若是相處得好，安家、劉家說不定便成了姻親，只是，如今局面已是不同，兩家的長輩真沒顧忌嗎？這門親事……」

薑還是老的辣，蕭老夫人這一提醒，倒惹得安清悠心中微微一顫。

如今劉家和安家說白了便是朝中新一輪文官中最為頂尖的領軍人物，這兩家要是再結了親，豈非又是成了可能導致文官集團失衡的可能？尤其是劉家，原本就已經有些高處不勝寒的苗頭，怎麼又會在這個當口容得劉明珠巴巴地趕來幫安子良說媳婦？

劉明珠的臉色微微變了變，很快就恢復了笑容道：「這個倒是不用擔心，太子爺說了，不論結果如何，他必會幫兩家從中牽線。」

「太子爺？」安清悠眉頭微皺，恍然大悟。劉明珠、了空大師、安子良等人今日「湊巧」都聚在了此處，這裡頭不光是宮裡宮外的諸多時間要把握得精準無比，更似乎是調動了四方樓？這等動作可不是一般人能玩得出來的。

只是那位太子殿下怎麼也摻和進了這結親的事情來？民間不都說他膽小怯懦沒什麼本事，遇事向來是能躲則躲，怎麼這次倒主動幫起結親的事來？

若說是要幫著擔著，那是要跟誰擔著？衝著壽光帝老爺子擔著？若是真有不妥，太子殿下擔當得起嗎？

安清悠雖然在宮中進出多次，與太子還真是沒什麼交集。即便是後來很得壽光帝賞識，可那時候太子和劉明珠等人還在瀛台圈禁著，想走動也走動不了。

蕭老夫人搖了搖頭，看了看劉明珠，又看了看安清悠，默然不語，心中暗嘆：「擔著……好一個擔著！太子果然還是要拉住這兩家，殿下他……他可是我們蕭家的皇后生出來的啊，到了最後，還是更看重文官嗎？」

蕭老夫人的心中不知怎地泛起了一絲苦澀，而此時此刻的宮中北書房裡，壽光帝正說著話：「龍淵閣大學士劉忠全、龍義閣大學士安翰池、左將軍並領征北軍統帥事蕭正綱，此皆國士也，均為可用之人！這劉安蕭三家隨朕日久，年輕一代中亦是不乏有才華驚豔之輩，如今李家已經倒了，你這個做太子的也該站出來，也該有些自己的人手勢力。做了幾十年的中庸太子，將來登基之時，可不能沒有根基啊！」

壽光帝的手一下一下地敲擊在龍椅的扶手上，看著面前的太子，臉上難得露出一絲慈祥之色。

太子單名一個牧字，這麼多年來，雖是外面的小道消息從來就沒有消停過，一直有人說皇上只喜睿親王不喜太子，可是只有這兩個當事人才明白，誰才是壽光帝陛下最寵愛的兒子，最著力栽培的兒子。

如今形勢的發展，也漸漸證明了這一點。那個曾經光鮮無比的睿親王已是階下囚，等待他的是所謂大謀逆案的審判。無論結果如何，其實已經沒有人關心了，最好也不過就是和現在一樣，圈禁終生，不過是掉腦袋與不掉腦袋的區別罷了。

而太子牧呢，他就這麼老老實實地做著他沒出息的低調太子很多年，什麼李家也好，九弟睿親王也罷，卻都一個一個倒了下去，甚至他什麼都沒有說，什麼都沒有勞神費力地去做。

這是該說這位太子牧的運氣太好，還是他太聰明？

沒人知道，壽光帝也不知道，對於這個問題，他老人家懶得去想，什麼萬歲萬歲萬萬歲，老爺子心裡是從來都不信的，這把龍椅早晚還是得選個兒子傳下去。

「父皇如此關心兒臣，兒臣感激不盡。」太子牧依舊是那副皇上說怎麼做就怎麼做的樣子。

「這個事情朕倒是不太操心，劉家把孫女嫁給你做側妃，蕭家那邊更是不用說，皇后是你的生母，蕭洛辰那個渾小子又是從小給你當護衛的，都是娘家人！」

壽光帝笑著搖了搖頭，忽然輕描淡寫地又道：「至於安家……劉家的二孫女若是真嫁了安家那個二公子倒也不錯，那小子命好，這下可不是和咱們的太子爺成了連襟了嗎？也算是結了親！安家這個二小子看著雖是不著調，可是論頭腦手段還頗有兩把刷子，將來好好培養，也算得上是下一代中能做你左膀右臂之人！」

太子牧一點都不敢放鬆，恭恭敬敬地道：「這事……兒臣倒是沒想那麼多，那劉家的二小姐聽說很喜歡安家二公子，只是劉大人如今身居首輔之位，安老大人也是入了閣的，劉家怕人說閒話，這才由著劉側妃問到兒臣頭上。兒臣心想，既是有情人，便成全他們，便讓劉側妃先去把事挑明，剩下的成與不成，由兩家自己決定便是。」

壽光帝卻是最恨別人說自己不夠有氣度，哼了一聲道：「劉忠全做事也太小心了，怕人家說閒話？怕什麼？這兩家都是有功之臣，朕焉能為了晚輩的姻緣事就疑了他們？去告訴劉忠全，他的孫女想嫁誰就嫁誰，瞎擔什麼心？」

「是，兒臣一會兒便親自到劉大人府上走一趟，也讓他們明白父皇的胸襟，想來劉家、安家知道此事，定會喜不自勝才是。」

太子牧這番做派，卻是讓這安子良與劉玉珠之間有了他這麼走一趟，成親也得成親，不成親也的成親，否則豈非坐實了皇上有相疑之心？置壽光帝於何處？

而太子牧一點都不擔心，他和劉家的關係非同一般，無論是從劉明珠的轉述，還是從他自己對劉玉珠的觀察來看，安家那位二公子和劉玉珠只怕還真是有情愫，這事定了下來，兩家的人還要謝謝自己，這人情是做大了。

「此事就這樣吧！」壽光帝不知是全無察覺，還是懶得察覺，又提起了另一件事情：「如今這謀逆案也審得差不多了，征北軍那邊也派人把俘獲的可汗哥爾達和金帳送了過來，朕欲後天讓他們獻俘於正陽門前，到時候弄個大點的場面，也讓百姓們看看咱們大梁的國威，想來到那時候民心向背，單是憑勾結北胡一條，天下人必是恨這李氏眾人入骨，趁勢再把李家和睿親王凌遲剮了，誰也說不出什麼二話來，你意下如何？」

「這……」太子牧陡然臉色一變，雙膝一軟，跪了下來，淚流滿面地道：「李家謀逆，罪不可恕，只是這凌遲之刑要放在盛典上舉行，實在不符這喜慶祥和的場面。兒臣斗膽，請父皇另擇時機賜李家上下一死便是，至於九弟……能不能求父皇能不能放他一條生路……他再怎麼做得錯，畢竟是兒臣的九弟，父皇的兒子啊！」

話說到這裡，太子牧伏地大哭。

壽光帝看了他半晌，嘆了一口氣道：「你啊，你這孩子等得忍得，又有心智手段，只是心腸太軟了，善心要有個度啊！」

太子牧磕頭半晌，不一會兒額頭都見血了，「兒臣求父皇饒九弟一條命吧……」

壽光帝皺眉，到底嘆道：「罷了，便依你，李家先再關押一陣，至於你九弟……唉，你這孩子太心軟了……」

事情便這麼定了下來，李家並沒有在獻俘儀式上挨凌遲，睿親王也一時半會兒沒那麼快就死，父子兩個又說了些朝政之事便散了。

太子牧出得北書房，額頭上的瘀腫血漬卻是不擦拭包紮，就這麼徑直奔著太子府回來。

等到了太子府，裡面已聚了一大群人。如今太子復立，李家和睿親王倒臺，誰還不知道風向是往哪頭颩？大大小小的臣子早就在這裡相候多時。

「殿下，這是怎麼回事？」眾人見了太子牧這模樣，登時大驚失色。

太子牧依舊是那副平庸模樣，苦笑道：「今日和父皇談起謀逆案，孤想著九弟無論如何總是孤的親弟弟，便向父皇磕頭求情，讓諸位見笑了。」

眾人彼此對視一眼，稱頌四起，都是讚太子仁慈的。這裡面雖然亦有阿諛奉承的，卻比當初睿親王做太子時人人拍馬屁要強得多了。太子牧對待睿親王尚且如此，對待臣子又該如何？其間甚至有覺太子心胸廣闊，寬厚待人，跟著這樣的人才對的想法。

如今復起的太子，身邊既有劉、安、蕭三大家族相助，又有壽光帝聖意所屬。拿眼看去，這廳中文臣武將一樣不缺，縱橫文武兩脈之餘，那原本優柔寡斷的名聲，便也一點一點地向著仁慈寬厚的形象發展。

「罷了，孤不過是念著手足之情。還有那李家，孤今日也幫他們在父皇那邊求了情，十有八九凌遲是免了，改為賜死……唉，張尚書，這謀逆案趕緊查吧，看著這麼多人要抄家滅族，孤真是於心不忍啊……」

太子牧依舊是心軟看不得人命的樣子，眾人又是一陣交口稱讚，只是他的心中如何想，卻只有他自己知道。大梁的慣例是人死事止，這李家一天沒殺，謀逆案一天就不算完，對於餘孽的追查就一天天還得進行下去。把該殺的要殺的殺他個乾乾淨淨，那九弟就算是不死，又與廢物何異？

應酬一番，眾人散去，新任的刑部張尚書本來就是太子府的老人，單獨跟著太子爺進了內堂。一張薄薄的名單遞了過來，果見上面又比前兩天多了不少人犯的名字，太子牧陡然皺眉道：「這禮部侍郎沈從元、沈雲衣父子，為什麼還沒抓到？」

「回殿下的話，那禮部侍郎沈從元、沈雲衣父子是皇上御筆勾了的名字，更何況這謀逆案是都察院、刑部和大理寺三方會審，安老大人這位新晉入閣的大學士親自坐鎮，先不說那位安老大人鐵面無私是出了名，就說安家和沈家那些恩怨……誰又敢在他眼皮子底下耍花槍？下官就算是有天大的膽子，也不敢縱容啊！」張尚書苦笑著解釋。

「那又是何故？為什麼這案子辦了這麼久，到現在這麼重要的人犯還沒歸案？」

「不是不想抓他，實在是抓不到，這沈家父子跑了！」

「跑了？怎麼會跑了？當初父皇召京東、京西兩大營兵入衛全城戒嚴，總共不過是一兩個時辰的事情，連李華年、夏守仁此等主腦都一舉成擒，這沈家父子怎麼就跑了？」

沈從元確實是跑了。

自當初封清洛香號、抓安子良的時候發現有劉家插手，他就覺得這事要糟。李家已經認為他狼視鷹顧不可信，皇上那邊更是早就把他沈系一門劃為當誅之列，想要投靠兵部尚書夏守仁又弄了個灰頭土臉。沈從元自己也不明白究竟是為什麼，自己竟然混到了各方都不能容的地步。

然而，沈從元畢竟嗅覺靈敏，慈安宮賜宴弒君事發，見皇宮裡突然許入不許出，他便知不好，帶著一群心腹手下匆匆跑了。先是喬裝改扮，隱藏身分，事後的大清洗大抄家雖是讓李家和睿親王府的核心骨幹全軍覆沒，卻獨獨漏了他沈從元。

「他跑了……不，他還沒跑遠！京城九門雖已開放，但四房樓的坐探卻從來都沒有撤過。皇甫公公親自挑出識人好手盯著，孤就不信他沈從元一個文官，能夠喬裝到連四方樓的好手都認不出來混出城去，他以為他是蕭洛辰嗎？這廝肯定還在城裡！」太子牧眼神裡的狠厲之色一閃而過，「查！這些李氏和睿親王府的餘孽，不能放過任何一個！就算把這京城掘地三尺，也要把這些謀逆之徒屠盡！張大人，你是孤的老人了，莫要讓孤失望啊！」

「臣謹遵殿下吩咐，定不讓殿下失望！」張尚書凜然應道，這等換新血的麻煩時候，也許就是青雲直上的大機會。

太子牧點了點頭，又想起了什麼似的，著重囑咐了幾句：「尤其是正陽門那一帶，明日父皇要親臨正陽門主持獻俘大典，盯緊了點兒，萬萬出不得什麼亂子！」

「是。」

參之章　帝君秋後算帳

太陽悄悄爬過了城牆，又是一夜過去，京城的正陽門外，老百姓又開始了一天忙碌的生活。

就在距離城門不遠的一條巷子裡，沈從元趴在其中一間排屋的閣樓上，透過小小的窗縫向外偷瞧了半天，這才長長出了一口氣，轉過頭來對著湯師爺笑道：「師爺啊，我說什麼來著？最危險的地方就是最安全的地方，咱們沒出城對了吧？就在這裡守著城門，等著過段時間這弒君的事情淡了，咱們拔腳便走，到時候老爺我帶著你們去北胡，投奔草原之鷹博爾大石去！此人最愛讀咱們漢人的書，一向仰慕我中土文化，到時候咱們不過是換了個身分，到了那邊一樣可以重整旗鼓，再圖一場富貴！」

「那是那是，老爺神算無雙，若非當日老爺當機立斷，帶著大夥兒逃跑，我們如今只怕都在天牢裡頭等著砍頭呢！」湯師爺點頭哈腰，心裡卻是大罵不已。

什麼最危險的地方最安全，當初你沈從元逃也便逃罷了，偏偏還心存僥倖，說什麼宮中雖已封禁，未必有多大事情，要搞什麼看看情形再做決斷！我呸，還不是捨不得這官位！兩大營的兵丁進來第一件事情就封了城，如今大家是進也進不得，出也出不得，整天躲在屋裡提心吊膽。

當時若是真的出了城，這天下之大，何處去不得？

可是心裡罵歸罵，湯師爺也不敢有什麼異動，能夠跟著沈從元跑出來的都是他的心腹，其中不乏心狠手辣，背過人命之輩。於是，順著沈從元的話頭又奉承了兩句，卻是端起一碗粥來送到旁邊一個年輕男子的身邊，輕聲勸道：「公子，吃點東西吧，總這麼發愁不是個事，莫傷了自己的身子。」

這年輕男子正是沈雲衣，此刻他那張英俊儒雅的臉，好像蒼老了許多。

這場謀逆案對沈雲衣的打擊實在是太大了，就在半個月前，他還滿心想著為朝廷效力，光宗耀祖，即便是朝堂上各路人馬已經打成了一鍋粥，他依舊當作是各派政見不和而已。

誰料想一夜之間，自己就從堂堂的榜眼新銳，變成了朝廷通緝的逃犯。

公平地說，沈雲衣才華是有的，他若是不入廟堂，而是去研究些聖人經典，著書立說，未必不能青史留名，可是他真的很不適合做官，因為直到現在這個時候，他還保存著一點最後的，讓他自己顯得格格不入的所謂的原則。

接過湯師爺遞來的粥，沈雲衣味同爵蠟地嚥了幾口，忽然抬頭道：「爹，我不想去北胡。」

「你說什麼？」沈從元微微一怔。

「我說我不想去北胡！」沈雲衣低聲重複了一遍。

「為什麼不想去北胡？只要咱們在這裡再忍上一陣，事情涼了，就可以出京往北邊逃。那博爾大石與為父之前便多往來，他又是個極喜漢人文化的……」

「那又如何？博爾大石喜歡讀漢人的書，為的是什麼？為的就是對付漢人，為的就是侵我中原！咱們拿什麼去投靠他？就憑咱們對中原熟悉，對大梁熟悉？就憑咱們漢人的書比博爾大石讀的更多，可以給他出主意來殺咱們的同胞？我……我不想當漢奸！」

沈雲衣開始了他生命中極為罕見的一次反抗，他淚流滿面地道：「爹，收手吧，以後咱們逃亡也好，被朝廷抓去砍頭也罷。最起碼人活一世，還能落個大節無虧。」

反抗無效。

一屋子跟著沈從元躲在這裡的心腹紛紛看向沈雲衣，就好像在看白癡一樣。

曾經叱吒一時的勢力都倒了，老爺指給我們一條明路還不好？什麼大梁啊中原的，什麼漢人胡人的，誰給我們好處我們就跟誰走，什麼大節小節的，那玩意兒值幾個錢？

「你說什麼？」沈從元緊緊盯著沈雲衣，一臉的森然，「你再說一遍？」

「兒子的意思是……」

沈雲衣還在做著最後的努力，但是這時候已經不存在什麼意思不意思的了，沈從元衝了過來，狂怒著一腳就把沈雲衣踹倒在了地上。

滾燙的粥撒在地上，潑在沈雲衣的身上手上，卻沒有人在意他的慘叫聲。

「娘的，廢了一碗粥！」有人舔了舔嘴唇，低聲喃喃咒罵。

「我……我怎麼會生了你這麼個沒用的東西？當初要不是你這蠢材迷安家那丫頭迷得暈頭轉向，安家只怕是早讓老夫給滅了！如今落到了這田地，你居然還滿口胡言亂語？」

沈從元毫不手軟地狠狠踹著自己的親生兒子，彷彿終於找到了失敗的原因，彷彿真正明白了問題的所在一樣。一邊踹著，一邊還不解氣，又把沈雲衣從地上拽起，狠狠按在那平日裡眾人往外偷瞧風聲的窗縫上，大聲吼道：「看看，好好看看！外面是什麼？是那些破衣爛衫的平頭百姓！我們沈家幾代人的努力，終於做了官，做了大官！如今一張輕飄飄的聖旨，就要把這一切都收回去，憑什麼？憑什麼？還有那些守城門的兩大營兵丁，巡城的九門提督麾下的城防軍，你知道他們在找什麼？他們在找的就是咱們！你和他們講大義講氣節？扯淡！他們現在唯一的念頭就是拿了咱們這裡所有人去領賞！」

沈從元喘著粗氣，眼睛一片血絲，這幾間排屋是他最後的據點，身邊這些人是他最後的手下，他絕不能夠容忍有一星半點的其他聲音在這裡發出和蔓延，就連親生兒子也不能。

「給我記住，這個世上什麼都是假的，只有錢是真的，只有權勢是真的，只有富貴是真的！」

沈雲衣幾近於木然地貼在窗棱前，任憑父親的拳腳如雨點般落在身上，彷彿感受不到疼。

哀莫大於心死，痛無過於魂斷。

一個曾經的榜眼怎麼會是廢物是傻子？可是現在，沈雲衣卻真的希望自己是個什麼都不懂的傻子，最起碼看著父親，心裡不用這麼痛。

透過那道淺淺的窗縫，城門外依舊熱鬧非凡，雲衣忽然很羨慕這些普通的販夫走卒，起碼他們可以堂堂正正地活在陽光下。可是看著看著，沈雲衣忽然渾身一震，似是看到不可能的景象出現在他的眼前。

生死之間，他忽然很想去見一個人，一個讓他始終牽掛著的女人。

雖然知道今生無緣，可是此時此刻，他就是非常想見安清悠一面，哪怕是遠遠看上一眼也好。

原本這是不可能的事情，可它的確發生了。身上傳來的疼痛不斷提醒著他這不是幻覺，透過窗縫，沈雲衣清楚地看到，安清悠就在不遠處的街道上，就在正陽門外。

沈從元到底是沈雲衣的父親，很快發現了異狀，一把推開兒子，從窗縫向外望去，臉色大變。

「這臭丫頭難道真是我的剋星？怎麼……怎麼都躲到這裡了，還是能遇見她？」沈從元倒吸一口涼氣，隨即露出陰冷的笑容。仇人相見，分外眼紅，這次終於輪到安清悠在明，他在暗……

沈雲衣清清楚楚地看到沈從元臉上的狠戾神色，不禁大驚，待要出聲，陡然被一雙大手捂住了嘴巴，拖到一邊，「公子，莫要再說什麼了！你若是想出聲示警，這裡就全露光了！我們這些人也得跟著遭殃不說，咱們老爺那邊只怕第一個……唉，可別枉送了性命……」

將沈雲衣拖走的正是湯師爺，他隨沈從元日久，自然知道這時候若真是沈雲衣做點什麼衝動舉動來，大家難逃一死，便急慌慌地把沈雲衣拖到一邊，固是出手相助，可也是救他自己。

沈雲衣哪裡肯依，兀自掙扎不休。

沈從元看在眼裡，面無表情地冷哼一聲道：「打暈了，捆上！」

湯師爺心寒，可是遇上這樣的主，他哪裡敢多說半句廢話？蹲在旁邊，瞅著旁邊上來兩個粗壯漢子打暈了沈雲衣捆上，心中一個勁兒地求神拜佛，自己可是還沒活夠，絕不想跟著沈從元為了搞點什麼私怨而來個玉石俱焚。

可是，湯師爺不管是看著沈雲衣此狀覺得兔死狐悲也好，自己怕死也罷，偏偏沈從元還就相中了他，「師爺機警，這事辦得不錯，便是不能叫這逆子弄出什麼示警的勾當來。這丫頭是什麼人？是蕭家的五奶奶，是蕭洛辰的夫人！如今草原上只怕正打得如火如荼，蕭洛辰又是北胡人最頭疼的將領，若是能暗地裡抓了她去北胡，還怕沒有一場富貴？咱們在這個地方窩著，窩得骨頭都快酥了，今兒正好是新仇舊恨一起報，看看能不能給她來個……」

沈從元說到這裡，伸手做了個綁人的手勢。

湯師爺瞧得目瞪口呆，顫聲道：「老爺，這外面可都是城門的防兵……」

「知道知道！」沈從元不耐煩地揮揮手打斷了湯師爺的話，「那又如何？咱們肯定有機會！」

正陽門車水馬龍，其實安清悠是不想到這個場合來的，她對於北胡之戰的內情甚至比大梁國裡的絕大多數重臣都要清楚，征北大軍如今雖然打了草原諸部一個後方空虛，但是作為北胡真正主力的博爾大石，卻還沒有和征北軍真正接上一仗，什麼獻俘大典，也就是一場政治秀罷了。這不過是朝廷的需要，是壽光帝的命令。

不過，安清悠卻是沒按照標準的日程來，一大早，她就來到了北門，身邊只帶了郝大木。

這段日子裡養在家裡實在太膩歪了，再不找個由頭出來走動，渾身的骨頭都要發僵了。

安清悠興致勃勃地體驗生活，沈從元在門縫裡卻是瞧得雲裡霧裡，如今謀逆案已經讓李系和睿親王府等人倒了一大片，安家、蕭家如今正是春風得意的時候，不是應該得蒙聖眷嗎？不是安家的老太爺已經入閣做了大學士嗎？大梁不是已經和北胡宣戰，昭告天下，為蕭洛辰正名了嗎？怎麼買個菜還要堂堂的蕭五夫人親自動手？

讓沈從元吃驚的事情還在後面，今天正陽門外的人似乎特的多，許多百姓不知道為什麼正亂紛紛往這裡趕來，看似普通的早晨，這裡居然越發熱鬧。而便在此時，趴在閣樓從窗縫偷看的沈從元，居高臨下清楚看到對面那間房子的屋頂上，忽然多了一些不知道從哪裡冒出來的人，一動也不動地趴在那裡，灰色的衣服好像和瓦塊混成了一體。

「這……這不會是四方樓的手段吧？不會是咱們被……這女子真是咱們的剋星！咱們還要等機會對付她嗎？」同樣在趴窗縫的湯師爺瞧得膽戰心驚。

「說什麼不吉利的話呢？外面那些人肯定和咱們無關，咱們……咱們對付這丫頭肯定有機會，肯定有機會……」沈從元鎮定地為自己打氣，聲音卻都有些發顫了。

便在此時，頭頂上一個輕響，顯然有人也上了眾人所在的這間排屋的屋頂，沈從元登時閉嘴，臉卻已經綠了。

安清悠並不知道周圍的變化，高高興興地享受了一把砍價的樂趣，隨手把青菜交給郝大木，卻聽得身後有人笑道：「當真是相請不如偶遇，孤還想著什麼時候去蕭府拜訪，沒料想今日竟是在此相見，前面的可是蕭五夫人？」

安清悠聞言轉身，只見眼前一個三十歲許的男子，有些眼熟，卻想不起來此人是誰。再一瞥眼，見這男子身穿便服，臉帶微笑地站在面前，旁邊有一個女眷，正是劉明珠。

心念電轉，登時知道此人是誰了。

「民婦蕭安氏，見過太子殿下。」

「蕭夫人不用多禮，妳是父皇的義女，又是此次謀逆案立下大功之人，千萬別客氣。」太子牧連忙攔住安清悠，笑道：「離大典還有些時辰，孤今日也是藉著這個機會，微服前來看看京城民生，若要拘泥於那些俗禮縟節，倒弄得大家都不自在了。」

太子牧雖然表現得平易近人，但對於所謂的天家，安清悠已經是領教過許多次，頭一回和太子打交道，並不想真的半點不客氣，依舊微微福身，算是行了個隱禮。

太子牧搖頭笑道：「久聞安家重禮教，孤都這麼說了，蕭夫人還是這般講規矩……」雖是談笑，但安清悠看得出來，太子牧對自己的應對還是很滿意的。

劉明珠亦是笑道：「是啊，殿下，臣妾這位姊姊那規矩禮法可是比宮中的管教嬤嬤還好，初選的時候拿過第一呢，若不是李家、夏家和廢妃等一干謀逆之人在那時候從中作梗，少不得也是一塊天字號玉牌。只可惜當時形勢不由人，臣妾直到現在，還佩服姊姊得緊呢！」

劉明珠與安清悠素來交好，這時幫襯著說話捧了一道。

太子牧笑道：「孤昨日與了空大師夜談佛論道，嘗言每個人自有每個人的緣法。蕭洛辰蕭將軍天縱其才，如此驚絕於世的人物，也才配得上妳這位姊姊。當初若是留在了宮裡，有那廢妃幫著李、夏等家壓制著，終究也不過是平白耽擱了，倒是出宮最善，若非如此，如今又豈能開香號興新業，助夫君救聖駕？要孤說，將來這不僅僅是女傳上必須要有大名，就是正史之上，也該有蕭夫人的一筆！」

安清悠聞言心中一凜，這位太子爺待人隨和圓滑，哪裡是外界傳言的是個平庸之輩，分明對於壽光帝那套恩威並施的手段極是熟稔。

那什麼女傳留名固是稱讚之詞，裡面的試探之意自己又如何聽不出來？今日若是有半點當真，只怕便要給對方留下跋扈的印象，當下推辭道：「殿下言重了，民婦不過是運氣好，得了些機緣，這才誤打誤撞做出些小事來，哪裡當得起殿下如此盛讚？民婦只求相夫教子，此等高遇，卻是從來都沒想過的！」

「蕭夫人謙虛了，這有什麼當不得？若是妳做的這些事情算是小事，天下不知道又有多少男兒要羞煞了，哈哈哈……」

太子牧又看了安清悠一眼，心想這女子若是今日順勢謝恩，便是個膚淺好對付的虛榮角色，沒想到還懂得不居功，再加上蕭洛辰那傢伙……看來對於未來的蕭家，還真得再多花點心思了。

不過，太子牧對蕭家還談不上猜疑，蕭家是他的母家，又是在謀逆案中出了力的，此刻所思不過是想要做好駕馭二字而已。眼下他來這正陽門，要做的事情也不是研究安清悠，這還真是一場偶遇。

太子牧又逛了一陣，信步走到一個餛飩攤前，隨意地要了一碗餛飩，帶著眾人慢斯條理地用起了早餐來，邊吃邊向那賣餛飩的老漢笑著道：「老丈，最近生意如何？日子過得怎麼樣？」

「託諸位的福，如今咱們生在這太平盛世，生意還算不錯……」

那賣餛飩的老漢倒不是四方樓的暗樁，他在這京城城門口做了一輩子生意，早見多了這官往宦來的場面，剛才遙遙看著這群人談笑，哪裡還不知道定是一群貴人？別的不說，就說這送上來的碗筷都是洗了又洗，弄得加倍乾淨的，至於那餛飩更是抖擻精神，做得加倍用心。

可惜他的老伴卻沒那麼精明，眼瞅著有人問，便愁眉苦臉地道：「什麼還不錯，也就是勉強糊口而已。要說這正陽門走的人多客人多，可是這要錢的地方也不少，進出城門要繳稅不說，負責盤查的軍爺們還要收守城門的辛苦錢，巡城的順天府衙役老爺會收巡查份子……還有那些混城門的地痞，也要來弄些地面錢去，一來二去，落在我們手裡的也剩不下幾個。倒是今天聽說皇上要搞什麼獻俘大典，這些人倒是一個個趕緊擺樣子，沒弄這些明的暗的，可是一會兒這大典一清場，生意可又做不成啦……」

「瞎咧咧什麼呢？幾位客官，女人家頭髮長見識短，您老幾位別聽她亂嚼舌根！」那老漢私下踹了老伴一腳，連忙衝著眾人陪笑，這老漢擺餛飩攤擺了一輩子，如今只是想多一事不如少一事，平平安安把他的餛飩攤擺下去而已。

「豈有此理！」太子牧笑容一斂，怒形於色道：「我大梁法度，向來進出京城只有城門稅一說，又何來什麼額外辛苦錢巡城份子？就連市井無賴也敢趁機敲詐百姓，這還有沒有王法？此等惡吏劣徒，定要將他們嚴懲不貸！」

這話一說，旁邊眾人齊聲稱是，卻見太子牧拿出一枚三兩重的銀錠子說要結帳。那賣餛飩的老漢早已嚇得臉都白了，顫巍巍地道：「這……這太多了，這一碗餛飩只賣十文錢，實在是找不開……不，今天這頓算小人請了，幾位貴人肯用我這粗食已經是天大面子，小人哪裡敢要貴人們的銀錢……」

「老丈，你就拿著吧！你們本本分分做生意，卻要受那些惡吏劣徒的敲詐，說到底都是朝廷沒做好！所謂天家，所謂朝廷，說到底還是萬千升斗小民供養，朝廷不查，有過也！所謂取之於民用之於民，孤代朝廷給你們賠罪了。」

太子牧嘆息一聲，緩緩站起，對著那賣餛飩的老漢拱手作揖，才帶著眾人又向別的地方逛去。走到一個買菜的漢子面前，又笑呵呵地道：「老兄，最近這菜價如何……」

安清悠慢慢地跟著太子爺在正陽門內遛達，心中嘆息。那城門向來是人流聚集、油水豐厚之地，兵丁惡吏勾結，地痞剝削百姓，早就有之，這位太子爺絕非昏庸之人，如此淺顯之事，豈能不知？如今這一趟，怕是在民間散播名聲的意圖居多。

不過，無論如何，既是這麼挑明擺姿態，正陽門的惡吏劣徒只怕還是要收拾一批，不管那位殿下出自於什麼動機，至少此間百姓還算是能過幾天消停日子。

安清悠這邊心下嘆息，那邊趴閣樓窗縫的沈從元卻是已經看得臉色都變了。

「這……這才是太子本來的面目嗎？」沈從元翻來覆去只念叨著這一句。

太子這番手段，比之當初的睿親王高明了不知道多少倍，一時間悔得腸子都青了。此等忍得耐得又出手有度的的人物，若是當初早知道，他又何必投靠李家，落到今天這地步？

此時此刻，沈從元倒沒想到自己當初為睿親王是個繡花枕頭好糊弄而每每偷笑來著。自怨自艾一番，忽覺得手邊有異動，低頭一看，卻是湯師爺用毛筆在紙上寫了幾個字遞了過來：「老爺，咱們還要冒險抓那女子嗎？」

沈從元勃然大怒，如今街上站著的是什麼人物？太子微服出巡，周邊早不知道多少明裡暗裡的布置保著，安清悠和太子混在一起，誰還嫌命長去折騰這種事？若在平時，只怕早就一個巴掌甩了過去，可屋頂怕是有人埋伏，他哪敢發作？便強忍著怒氣，拿過筆來，在紙上寫了一個字：「屁！」

湯師爺如蒙大赦，自己到底不用帶人去幹那必死之事，一條命算是保住了。自從跟了沈從元之後，老爺的屁當真是沒有比這一次更香的，正望著那個屁字滿懷欣慰，忽然聽得一聲大響。

那可不是屁，而是城門號炮！

「朝廷大典，閒雜人等速速迴避！」整齊劃一的聲音出自城上城下無數人的呼喝，遙遙傳來。一隊隊身穿城衛軍服色的兵丁小跑著來到正陽門，民眾被迅速分開，城衛軍轉瞬間排滿了城門內外，站在城門樓上向下望，可以清楚看到城外遠處一支一萬人左右的隊伍正在集結列隊。

「朝廷這是要幹什麼？」沈從元的臉色已經變了，這段時間他是鐵心要避風頭，一干人馬都躲在這排屋裡面，吃用靠的都是之前狡兔三窟時備下的存糧，絕對的對外隔離保了他一條命，但也讓他的消息管道缺失了很多。

眼看著外面兵丁如雲，不像是有什麼大變，一顆心又落回了肚裡，最起碼，此刻頭頂上那些四方樓之人未必是要對付自己。

正陽門頃刻間清空了一大片，寬闊筆直的入城官道露了出來，大路兩旁的百姓卻是越聚越多，一個個都面露興奮之色，議論紛紛。

「聽說咱們在北胡那邊打了打勝仗啦！」

「可不是？據說連北胡的大可汗都給抓了，連世代相傳的金帳都讓咱們搶了過來，這次的獻俘大典，就是要獻給皇上！」

「不會吧？前兩天剛下了聖旨說和北胡人開戰，這麼快就連北胡人的金帳都給端了？這連腳程日子也趕不上啊！」

「嘖！說你沒見識你還不服氣，頭些日子京城就有傳聞，咱們大梁的軍隊是左將軍蕭正綱做大元帥，虎賁衛都統蕭洛辰打的先鋒，咱們大梁的軍隊早就兵出塞外，和北胡人打得不可開交啦！實者虛之，虛者實之，這叫兵法，懂嗎？再說，萬歲爺那是真龍下凡，能請太上老君五鬼搬運之法……」

「太上老君不是移山倒海煉金丹的嗎？五鬼搬運那是閻王爺和城隍做的法術吧？」

「這個……唉，說多了你也不懂，反正咱們的確是打了大勝仗，你明白這個就行了……咱們的朝廷，厲害著啊！」

忽聽得遠遠一陣馬蹄聲響，清開的大路上一隊騎士疾馳而過，俱是金吾衛的服色。這金吾衛說白了便是皇家的儀仗隊，打仗雖然不行，勝在一個個儀表堂堂。騎在那皇室專用的御馬上，威風凜凜，惹得瞧熱鬧的百姓們雀躍不已。

安清悠早跟著太子牧等人進入了城樓，此刻站在城牆上向下望去，黑壓壓的人群仍不斷朝著正陽門一帶湧來。

朝廷需要這樣一場能夠拿來鼓舞百姓士氣的勝利，壽光帝更需要這樣一場能夠讓各方沒話說的勝利。這是不得不擺的排場，也是大梁必須表現出來的姿態。

「自那北胡崛起，從前朝至我大梁，向來便是胡虜來我中原搶財帛子女，哪裡有這等威風之時？父皇運籌帷幄，一干將士拋頭顱灑熱血，這才有了今日之功！」

太子牧看著這番景象，也有些激動。如今提前來這城樓上等候獻俘大典的不僅有他，還有大換血之後新晉上位的不少官員，聽得殿下說得激昂，阿諛聲四起。明明太子爺從頭到尾什麼都沒幹，卻被諸般的稱讚頌詞加在了身上。什麼忍辱負重，什麼協助帝君，就差說北胡之戰是太子爺親自指揮的了。

太子牧如今正是在下大力氣網羅從人之時，雖然知道這不過是些奉承話，倒也聽之任之。一轉頭看見安清悠站在劉明珠身後默然不語，忽然笑道：「這位蕭五夫人乃是父皇的義女，在咱們京城中開香號興新業，又有救駕之功，不用我多說，想必諸位亦是識得。等一會兒獻俘大典，便是由她來替蕭家領賞。這可是咱們大梁國一等一的奇女子，多少男兒比不上，就連孤，也是自愧不如啊！」

蕭家的蕭皇后生了太子，征北大軍又是蕭氏父子領兵，此前與李家及睿親王等派系殊死相抗更是眾人皆知，說這蕭家不是太子一黨都沒人信，此刻聽得太子著力稱讚，都以為是皇室要刻意捧蕭家，那讚聲登時調轉了方向，直奔安清悠而來。

一時間，安清悠就成了大梁國中女子的榜樣，婦人的楷模。

安清悠被鬧了個手忙腳亂，之前只是聽說讓自己也來觀禮，在家裡養得太難受了才來看看，誰料想居然被鬧了這麼一齣？

早知道這樣，自己就躲到一邊去了……不對，這位太子爺卻似是有意為之。

剛剛又說什麼代蕭家領賞？自己只是被告之觀禮，就算是蕭家如今沒有一個男人在京裡，大典之上領賞也輪不到自己！自家婆婆是一品誥命，又是家主之妻，怎麼說也該由蕭老夫人出面才對啊？

太子牧就這麼看著一干大小官對對安清悠稱讚，臉上依舊掛著和善的笑容。

安清悠雖然一肚子疑問，面上還是鎮定地與眾人周旋，太子牧暗暗吃驚，沒料想這蕭五夫人還真是名不虛傳，之前以為香物這個新興之業是蕭洛辰一力撐起來的，今日一見，倒真相信是這女子掌事。難怪父皇經常念叨這位義女眼光手段與眾不同，看來還真是要多留意些了。

太子牧與蕭洛辰的關係一直以來都很好，如今形勢不同，人之所求自也不同。韜光養晦的日子結束了，如今的太子牧已經是鐵板釘釘的儲君。

劉、安、蕭這三家是壽光帝交到他手裡的可用之臣，太子牧對這三家自然是要重用的，但是幾乎沒有一個真正精明的皇帝會只放權任命而不知駕馭。如今趁著北胡戰火未消，眼下倒是極好的機會，他目前要做的，就是在這段時間裡把三家各個關鍵人物研究個透徹。尤其父皇的話，言猶在耳，這三家裡的年輕一代菁英輩出，用不用、怎麼用，怎麼駕馭著用，是他如今要好好琢磨的。

這女子身負蕭安兩家之名實，必須要多盯著……

太子牧兀自轉著念頭，安清悠三兩下應付完那些官員，便裝作沒事一般，走到太子牧面前低聲問道：「殿下，這到底是怎麼一回事？我臨來之時只聽說是來觀禮，不知道什麼代表蕭家領賞之事！我婆婆是朝廷所封的一品誥命，如何讓我一個晚輩來做此事？」

太子牧微微一怔，沒料想這女子如此單刀直入，好在他早有準備，只睜大了眼睛，故作不明所以之態，「怎麼？之前宮中已派人到蕭家傳訊，難道舅母她老人家沒有告知五夫人不成？不應該啊，這事情是我親自派人去傳的，斷斷不可能有錯……」

「舅母？」安清悠呆了一下，隨即反應過來。太子牧是蕭皇后所出，所謂的舅母，指的應該是自己的婆婆，蕭家的老夫人。

老夫人一門心思盼著自己趕緊為蕭家生個兒子，怎麼會和什麼獻俘大典有關係？

便在此時，外面的金吾衛齊聲高呼：「聖上駕到！」

壽光帝乘著行輦來到正陽門，重要的文武百官都跟在皇上身後，如劉忠全、安翰池等。

「蕭五夫人如今有何感想？」太子牧笑看著壽光帝行來的車隊，忽然問道。

安清悠遙遙望著壽光帝的儀仗，悠悠地道：「皇上也不容易，這麼早就來到正陽門，枯等大典真夠累的……」

太子牧愕然，別人都在惦記著大典如何如何，唯有她居然念叨皇上太累？這是什麼意思？難道這就是父皇所說的看事角度與眾不同？

說實話，獻俘大典這種事情其實遠沒有一般人想像的那樣舒服，壽光帝還真是挺累的。老爺子也是一把年紀的人了，這當兒為了好好完成這場政治秀，不得不強打精神，下了御輦步行，擺出迎接的架勢。

外面那獻俘的隊伍，雖然早就回到京城，卻得做出長途跋涉，凱旋而歸的模樣。一個個既要在鎧甲上弄些髒兮兮的灰塵以示征塵未洗，又要雄赳赳氣昂昂地顯示軍威，好不容易隊伍終於來到了城門口，壽光帝卻還沒有解脫，得衝著將士們發表一篇所謂嘉勉和激勵士氣的訓話。

「大梁的將士們，你們背井離鄉，為的便是我大梁千千萬萬百姓的安寧，為的便是我中原漢土再也不受北胡的欺凌……」

許多人抬頭看了看天，獻俘大典須在中午太陽最高之時進城，以示我大梁的國力聲威如日中天。另有許多人則是低頭看地上的影子，眼瞅著這影子有一尺多長，心中也替皇上累得慌。

好不容易太陽終於升到了天空的最高之處，壽光帝也終於完成了他的演說。

「萬勝！萬勝！萬勝！」一萬餘人的隊伍一起高喊。

接下來便是入城，百姓們等了這麼久也早就有些心焦了，第一個征北軍的將士走入城門，陡然間歡呼聲四起，太子牧站在城頭擔任獻俘大典的現場指揮，中氣十足地大吼道：「立帳！」

壽光帝的兒子們真要比起來，當真沒有一個是省油的燈。

「天啊，那居然是太子爺？剛剛跟我為朝廷道歉的居然是太子爺？」某個老漢差點暈了。

「知道嗎？剛才那就是太子爺微服出巡，說要整頓正陽門的惡吏……」另有一大批穿著百姓裝束的人恰如其分地出現在人群裡，他們似乎是早就準備好要在這個時候出現，要在這個時候把太子清正愛民的舉動宣揚出去。

「太子爺真是聖明啊，替咱們百姓做了件好事……」

百姓們是不會去想之前這麼多年為什麼正陽門的情況沒有人管的，也不會考慮這次整頓之後短暫的清廉能夠維持多久，他們很容易滿足，哪怕只有短短的一段日子也夠讓他們高興。

太子牧比睿親王高明的地方在於，睿親王是搏虛名，太子牧卻懂得如何讓人傾慕自己。

安清悠看著那些仰望太子的百姓，忽然想起一句後世的政客名言：「你們認為這個人是你們的選擇？不，這是我們讓你們選擇的！」

不過，前來圍觀的百姓們最關心的不是這個，他們終於看到了他們最想看的東西，北胡人世代相傳的大金帳。

金帳其實是早就運到城裡的，數百名工匠這半個月來沒幹別的，就是在練習怎麼快速拆裝這頂金帳。隨著太子牧一聲令下，一群壯漢們列隊而出，轉眼便將巨大的金帳撐了起來。

金帳極大，幾乎將整個官道堵了起來。而撐起金帳的桿柱下，數十名壯漢正奮力托舉，竟然使金帳在保持著整體形態的同時，還能緩慢地向前走去。

無數百姓在強大的視覺衝擊面前心滿意足，就衝著一頂金帳，今兒就沒白來，更別說後面還跟著一個北胡的大可汗哥爾達。此刻那位傀儡大可汗被囚在一個為他特意製作的，架高到近丈許的囚車之中，為的就是讓所有百姓看得清清楚楚。在他後面跟著的是一長溜在金帳戰中被俘獲的北胡貴族。依著各自身分，所坐的囚車從高到低依次排列。

安清悠微微一嘆，擺排場撐面子這等事，不知道耗費了多少人力，但這場獻俘大典是朝廷和皇上需要的，自然有人會賣力籌備。

隨著囚車進門，百姓們猛地爆發出了更大的歡呼聲。這是他們期待已久的場面，北胡人和中原人打了數百年，何時能有如此壯舉？很多人早習慣把皇帝視為國家的代表，咱們都把北胡人的大可汗抓了，金帳也奪了，這是不是說咱們已經把北胡人徹底打敗了？

百姓們一個個喜笑顏開，城牆上陡然號炮齊鳴，太子牧縱聲叫道：「獻俘！」

太子牧領頭獻俘的樣子，絕對能夠很快起到深入人心的效果，現場氣氛也達到了高潮。

壽光帝親臨城頭，揮揮手，下面無數萬歲山呼雷動。聽在耳中，便是壽光帝也熱血沸騰。

盛大的慶典中，名義上的北胡大可汗哥爾達在眾目睽睽下被押上了城樓，而與此同時，千萬里之外的大漠上，真正在北胡諸部中一言九鼎的人，正滿懷遺憾。

「再給我半個月的時間，我就能徹底征服漠北諸部，把北胡人都聚在一面旗幟下……」

博爾大石的拳頭攥緊，紛至沓來的信鷹卻讓他無從選擇。金帳被搶去了再立一個便是，傀儡大可汗也有的是人可以當，可是狼神山被漢人占了，他如果再置之不理，失去的不僅僅是整個草原上的人心，還有他手下這二十餘萬控弦鐵騎的士氣。

軍心若是崩了，誰都救不回來。

「蕭洛辰，你可真敢啊……」

博爾大石暗暗嘆息，面上卻依舊從容。

他用力地揮了揮手，高聲道：「草原是咱們北胡人的牧場，咱們再也不能容忍有人在咱們自家的牧場上趾高氣揚！傳令下去，拔營回草原，咱們讓那些漢人蠻子看看，什麼才是真正的北胡好兒郎！」

軍令傳出，博爾大石的帳外，同樣喧囂起了一陣震天價響的歡呼聲。

那歡呼聲不像大梁京城中獻俘大典般的喜慶，卻多了幾分嗜血。

一頂頂帳篷拔起，一匹匹駿馬嘶鳴，北胡軍隊的主力終於調頭南下，又一次奔向了草原。

而在此時，大梁的京城中，所有人正圍繞在正陽門外，得意至極。

獻俘大典進行到了尾聲，壽光帝面帶微笑地坐在正陽門的城樓上，在他面前跪倒的不僅是大梁國的文武百官，還有自北胡大可汗哥爾達以下的一大群北胡貴族。如今這所謂的大勝已經嚷嚷得世人皆知，最後一項恩賞封賜有功之臣自然也要做到全套。

「……此番大捷，全賴將士齊心。征北軍正帥蕭正綱統領諸軍，調度有方，擢賜大將軍制，領天下兵馬大元帥事。其子虎賁校尉蕭洛辰，勇冠三軍，威震韃虜，擢賜驃騎將軍制，領侍衛內大臣銜，其餘將士各由兵部擇優敘功而議……」掌禮太監大聲誦讀著聖旨。

蕭家本就是武將之首，又是和壽光帝與李家、睿親王集團激烈爭鬥的謀逆案中出了力的，再加上實打實的戰功，如今的家主蕭正綱領天下兵馬大元帥事本就是水到渠成，而蕭洛辰封了個三品驃騎將軍也是應當的，只是這領侍衛內大臣銜倒是頗令人玩味。

當年其父蕭正綱成為領侍衛內大臣之後，很快成為了蕭家家主，難道蕭家這是也要交接給年輕人了嗎？

這等念頭在某些有心人的腦海裡一閃，接下來的事情，幾乎很快就令他們坐實了這個念頭。

掌禮太監宣讀完畢，蕭家領旨的卻是一個女人，一個非常年輕的女人。

安清悠慢慢走上前去，在她面前兩側，一邊是大梁國的文武百官，一邊是北胡可汗和一群貴族俘虜，再遠一圈，卻是全副陣仗的皇家儀仗隊金吾衛。

城上城下一片譁然。

「怎麼回事？怎麼出來個女人？」

「是啊，這女人怎麼也能登這等場面？這……這禮法何在，規矩何在啊！」

「書呆子！人家蕭家一門五父子，除了戰死沙場的，剩下的全在前線和北胡人玩命。如今京城裡剩下的都是女子，有本事你也出一家子將軍，去把北胡人的金帳打下來，把可汗抓過來，若能那樣，你家的女人去領旨老子頭一個喝彩！」

「滿門忠烈，滿門忠烈啊……」

百姓議論聲四起，許多前來湊熱鬧的婦人更是雙眼放光，一臉崇拜。

女人做到這個分上，還有什麼不知足的？

「民婦蕭安氏，謹代公公、伯兄、夫君領旨謝恩，吾皇萬歲萬歲萬萬歲！」

安清悠盈盈拜了下去，卻是沒有身穿禮服，而是一身淡雅的便裝，處這滿場華蓋官袍之中，反倒更似萬綠叢中一點紅。

「好！好！」壽光帝連說了兩個好字，卻沒有像往常那樣說一句免禮平身，而是向前走了兩步，親手將安清悠扶了起來，微笑道：「當初慈安宮弒君，是妳救了朕一命，朕便說過要賜賞於妳。昨日太子曾言妳那也是救了他，救了劉、安、蕭家以及大梁國中的無數人，由妳來領這聖旨才是最合適的人選！朕就破一把前人的規矩，便算是義父送妳的驚喜了！」

壽光帝的聲音很輕，並不足以傳到城下百姓耳中，但是正陽門上那文武百官卻是恰好能夠聽見。安清悠在慈安宮救駕之事早已傳遍了，她是天子義女亦早就不是什麼祕密，雖然女子做不得官，但如此情景之下，賜一婦人如此榮耀，實為大梁開國以來絕無僅有之事。僅此一項，他日入女傳並著正史之上，不僅僅是一句稱讚，而是幾乎不上都不行了。

「蕭夫人大功，當之無愧！」站在壽光帝身側的太子牧也是難得收起了笑容，對著安清悠遙施一禮。他雖有對蕭安兩家觀察駕馭之心，但那是要做皇帝必須為之的權謀手段，對於安清悠的功績亦是有一份佩服。

更何況，此情此景之下，太子肯紆尊降貴，那才是真顯坦蕩之事，果然群臣看太子牧的眼神多了幾分欽佩。

安老太爺瞧著如此情景，眼圈有點發紅。更下首一層的安德佑，更是偷偷用袍袖擦了擦眼角。旁邊的安德經、安德成、安德峰等幾房老爺，則是挺胸抬頭，站直了脊樑，激動間與有榮焉。

「民婦愧不敢當……」安清悠還待自謙，壽光帝卻打斷了她的話：「今後可不許再自稱什麼民婦，妳立下如此大功，雖說做不得官，但可知道剛剛聖旨上為什麼沒賜妳個誥命？」

「御封！」說話間，站在壽光帝旁邊的掌禮太監又打開了一道聖旨，朗聲道：「有驃騎將軍蕭洛辰之妻蕭安氏者，賢良淑德，純孝良善，以夫制均封之列，擢為三品誥命夫人，特此昭告天下，堪為婦人楷模，欽此！」

如今蕭洛辰已是三品驃騎將軍，安清悠封誥命亦是應當應分，而這專門單列出來行個特旨卻是專門給她的榮賞了。

安清悠再度謝恩，壽光帝卻是眼神中閃過一絲狡黠之色，用只有她一個人能夠聽見的聲音道：「先弄個三品誥命湊合著，到那個渾小子打了勝仗回來，再加封妳一品誥命，省得到時候封無可封，讓朕頭疼！」

安清悠差點笑出聲來，她算是看透了壽光帝，不過壽光帝對這個義女也算是摸到了幾分脈，知道她是真的對那些品階名號不放在心上，什麼三品誥命、一品誥命，不過是說著好聽的罷了。

不過，壽光帝和安清悠不放在心上，城門樓下面的民眾卻未必如此。這種充滿戲劇性而又打破傳統規矩的事情，是京城老百姓們平日最愛的話題，簡直比戲文說書還要精彩，於是歡呼聲此起彼伏，竟然不比剛才那金帳和北胡大可汗進城之時小多少。

「得，這麼下去，說不定朕和太子的風頭倒讓妳給搶了。」壽光帝笑罵一句，臉上卻沒有半點不悅之色。他一方面在酬謝安清悠，一方面也是要讓天下人知道為皇帝賣力的忠臣都是個什麼結果，便連女子也不會虧待。

壽光帝又笑著對安清悠道：「丫頭，怎麼樣，今兒這些事可滿意？要是還不滿意就和義父說，義父接著給妳頒恩賞！」

天子賞賜到了這個分上，真要是再討恩賞就有些不知進退了，誰料想安清悠竟然跪下，得寸進尺地道：「皇上厚待，臣婦惶恐。可是……皇上既然這麼說了，臣婦還真是想向皇上求一份恩典。」

這話一說，一干人等到是愣了，便是壽光帝也微愕，所幸他知道這義女不是不懂好歹之人，便點了點頭道：「說！若是不太麻煩，朕今兒一起都准了！」

「臣婦這恩典不是替自己討的，臣婦想懇求皇上……」安清悠頓了頓，又道：「臣婦去過藏軍谷，見過那些笑著送丈夫送兒子上戰場的女眷們。辰字營去的都是最危險的地方，今日臣婦想替那些女眷們求皇上一個恩典，讓她們能夠踏踏實實，後半生衣食無憂。」

眾臣面面相覷，沒想到這蕭安氏冒了這麼大的風險，恩典居然還不是為自己求的。

壽光帝微微皺眉，辰字營兵將雖只三千餘眾，可那女眷卻是怕有上萬人之多，若要賞賜，只怕光是耗資便不是一個小數，可這是第一次看見安清悠露出懇求之色，沉吟半晌，終是點了點頭，「好，朕就賞那些女眷一個大的！來人，擬旨！」

後世《梁紀事．列女傳．諸誥命事》記曰：「壽光三十九年夏，征北軍獻金帳及韃虜等於正陽門，京師百姓雲集，萬人空巷。帝賜賞擢升征北諸將，蕭安氏以諸功事及憑夫貴而封誥命，另獨特旨。然蕭安氏於萬民之前請上恩於征北軍眷，帝允，降旨以藏軍谷諸地賜。征北軍眷皆念蕭安氏之恩，有無知愚婦者多傳其為天降鬼神事。朝中諸臣聞之，多一笑置之，然嘗言蕭安氏者，皆以為賢也。」

壽光帝居然把藏軍谷賜給辰字營的女眷們。

雖說如今和北胡已經開戰，藏軍谷這等地方沒有什麼保密的必要，但是專門賞賜一支部隊的女眷，實在罕見。

「咱們這軍中都是些粗丘八，壓根兒沒什麼學問，這些女眷們更是不懂什麼禮法，誰對她們好，她們就恨不得把心窩掏給誰，回頭妳還是派個人到藏軍谷去一趟，讓她們別搞什麼長生牌位之類的東西。別看現在咱們蕭家風頭出的多，越在這個時候越要謹慎，天曉得有誰在盯著妳！」

蕭府之中，蕭老夫人正和安清悠說著話。

「我這就讓花娘往藏軍谷走一趟，她是個精細人，這事交給她正合適。」

安清悠點點頭，想起太子牧那雙似有深意的眼睛，對老夫人這番提醒深以為然。

「老夫人，媳婦有一件事不明白，這獻俘大典上，為什麼是我去領賞？您是咱們家的主母，一品誥命，幹麼要讓我去？」

「怎麼，這是嫌我這個做婆婆的之前瞞著妳了？」蕭老夫人似笑非笑地看了安清悠一眼，「其實妳這孩子天資過人，就算是我年輕的時候都比不上！我們這一代人老了，眼下雖然還可以撐些時日，可還有多少年月？妳看皇上都在處處為太子立名立威是為什麼？劉家急著要提孫女來和妳弟弟說媒又是為了什麼？世代要變了，以後是你們年輕一代的天下，別人動，咱們家也得動……若是之前我告訴了妳，妳這丫頭絕對會找什麼法子去跟皇上說不肯觀禮吧？」

安清悠沒詞了，若是蕭老夫人把事情告訴了自己，她真說不定會找個理由不去……

「一朝天子一朝臣，像咱們這樣的世家大族，多少代的恩仇遍天下，想退出來都不可能。五郎逃不掉的，妳也逃不掉的，現在家裡就得開始著手為你們鋪路啊！正好皇上有還妳人情的心思，太子又推波助瀾，便是我去代表蕭家，效果也未必便有妳好。既是如此，索性鬧個天下皆知，早早地讓妳變成朝廷豎起來的婦人榜樣，省了以後的許多麻煩。」

蕭老夫人輕嘆一聲，這兒媳婦是明白人，提個頭足矣，便又把話題轉到旁邊的人參烏雞湯上，「來來來，媳婦乖，咱先把這個給吃了？」

「啊？還吃啊？」安清悠苦笑，這雞湯帶來的壓力，比當婦人楷模大多了，「不吃行不行？」

「當然不行！妳們這些文官家裡出來的女子，比不得那些武將家裡出來的，如今有了身子，得補啊……」

「老夫人，再這麼吃下去，我就要胖成個大圓盤子了，夫君回來了不好看……」

「只要生個大胖兒子，五郎還能不喜歡？妳放心，這混小子敢放半個屁，說妳不好看，老娘打斷他的腿！」

就在安清悠為吃得太多而苦惱的時候，蕭洛辰正在狼神山的主峰頂上，舔了舔乾裂的嘴唇。

辰字營在這段日子裡打得極苦，雖突襲了對方一個措手不及，可也把草原上的北胡諸部徹底激怒了。一批又一批的北胡人從四面八方聚集到這裡，在狼神山下發著毒誓，一定要把蕭洛辰碎屍萬段，才能消他們的心頭之恨。

這狼神山上既有聖廟，便有給護衛做住所的氈房。這麼多年來，早已被北胡人造得成熟無比，有糧食儲存，有水源泉眼，再加上所謂「自古聖山一條路」的地形，實是適合防禦的地方。

在占領狼神山的頭幾天裡，辰字營就是靠著這個牢牢守住了這裡的主峰。

可是，隨著北胡人越聚越多，他們攻山的手法開始多樣化。從晝夜無歇的疲勞戰術，到學著當初辰字營的方式開始精選攀爬好手偷襲絕壁，甚至從前天開始，水源斷了。

所謂山上的泉眼，同樣是地下水因為地底壓力而上湧，通過一些土石中的水道從高一點的地方冒出罷了。北胡人雖然不像安清悠這樣的穿越者懂得很多另一個時空裡的物理知識，但是他們對狼神山熟悉無比，對戰爭也熟悉無比。

找到主峰泉眼的上湧水道，在側面挖通一個涵洞，水沒等到山頂上就從半路漏了出去，這等法子雖然土，卻很有效。

「到底男女老少都是戰士的北胡人啊，什麼法子都想得出來，咱們還有多少人？」蕭洛辰問著身邊的軍官。縱然武勇如他，此刻臉上也帶著濃重的疲憊之色，鬍渣滿下巴，身上那襲白袍早已變得又髒又破，上一面一塊一塊烏黑的血漬不知道是什麼時候沾上的，只有那雙陷在眼窩裡的眼睛依舊炯炯有神盯著山下。

「死傷已經過千……差不多一半，還能拿起刀的都不算是傷者。」張永志低聲道。

「還不錯啊！最早這北胡人是兩萬，現在呢？是他娘的不知道多少萬！」蕭洛辰陡然提高了聲音喊道：「這麼多人日夜攻打，咱們居然還守住了，居然還能有一多半的人還能拿起刀，你們說這北胡人差勁不差勁？」

一千辰字營的將士大笑，之前很多年，北胡鐵騎若是有一萬人，漢人的軍隊就得有三四萬才能抵擋得住，如今辰字營以三千勇士困守狼神山，對方的大軍雲集，卻還是無可奈何。

將是兵的膽，蕭洛辰一句話就足以鼓起身旁人的士氣。

只是眾人笑了幾聲，卻沒有人接話，如今無水無援，話說越多反而越浪費口水，辰字營的人都懂如何保存氣力。

很多人閉上了眼睛打盹放鬆，因為他們絕對相信自己的同袍裡，絕對有人在全神貫注盯著山下，對手絕對不會有什麼不聲不響摸上來的機會，養足了精神，一會兒交戰才更有力量。

「北胡人又上來了！」一聲高叫陡然打破了沉寂。

一隊隊北胡人馬正在頻繁地調動，辰字營的將士們握緊了刀劍，隨時準備下一場的廝殺。

蕭洛辰舉著他的銀槍，帶著幾個軍官站在狼神山上主峰上，下面的一切看得清清楚楚，旁邊有人奇怪地問了句：「北胡人這是要架寬梯？」

「這是山不是城牆，有什麼梯子能夠搭到這麼遠？就算有，下面又得有多少柱子才能撐得住？」一個辰字營軍官看著山下，簡直匪夷所思。

一般的城牆就算是防務堅固不過兩三丈罷了，便是如京城那般城厚房堅的巨城，能達到六七丈高也已經是極限，狼神山雖是不算太高，可也有百餘丈，用寬梯來攻山？北胡人不會是急糊塗了吧？

蕭洛辰沉默著，眉頭卻是緊緊皺了起來，眼看著那一架架長梯子從北胡人的營寨裡運了出來，猛然下令道：「把咱們守第一陣的弟兄們收回來一半，剩下的也告訴他們一聲，守得住就守，守不住就趕緊往山上撤！」

眾將官愕然，北胡人不過是剛擺出了要攻的架勢，人還在數箭地之外，第一線這就要撤？

蕭洛辰厲聲說道：「還愣著幹什麼？還不快去傳令？」

辰字營之所以能夠在狼神山上守了這麼久，固然是因為他們是精銳中的精銳，地勢險要更是起到了最為重要的作用。通往山上的山道中有幾處險地，蕭洛辰運用這幾處險地巧妙布置了幾條防線，北胡兵雖多，卻難以一擁而上。

天下從來就沒有一座山是從上到下所有地方都是一夫當關的要隘，北胡人抬出了寬梯也只不過十來丈，卻直奔著辰字營的第一道防線而去。

事實證明，蕭洛辰的判斷極為正確，辰字營的士兵不僅能打，要說到行動迅捷，來去如風，更是天下無雙。眼看著寬梯潮水般架在巨石上，那負責第一道防線的軍官當機立斷，立刻率領著全部手下向山上退去。若是再晚一點，只怕一層層那攻過來的北胡兵就能把他們前後夾攻給包了餃子。饒是如此，終究是傷亡了十幾個斷後的兵士。

終於取得一次明確進展的北胡兵將大聲歡呼，士氣陡然大漲。

「我操他北胡的奶奶！」辰字營將士裡有人罵出了聲，北胡人的確不需要在山上山下都架上寬梯，他們只需要把在狼神山上山之路的各個險要之處一點一點地啃下來就行，死磕一處算一處，最後終有把辰字營逼到無地勢可用的時候，只能跟他們以命換命。

「這是欺負咱們人少啊！」一貫沉穩的張永志也是一臉憤憤之色。

北胡人猛攻了十來天，如今換了法子，一點點地推，一點點地啃，弄起來雖然麻煩，可對於辰字營卻是相當棘手，一雙雙眼睛不自覺看向了蕭洛辰。

「咱們運氣不錯，北胡人只怕是早就想到了這寬梯之法，只是草原上沒有密林高樹，他們又不擅長製造器具，這批寬梯怕是做了許久才搞出來的。」這時候蕭洛辰反倒笑了笑，「諸位說，咱們要是燒了這批寬梯，他們再趕製一批是不是也得十天八天？到那時候，只怕是咱們的援兵爬也該爬到了吧？」

眾人拿眼瞧去，果見那製作寬梯的材料五花八門，不少還是用拆毀的營帳所製，不由得一個個大喜。這山頂上本就有北胡人用來祭祀狼神的燈油燃草，點火之物不缺，轉瞬間便備上一批。只見蕭洛辰隨手拎起一個裝滿了燈油的陶罐，高叫道：「小小寬梯也敢在咱們辰字營面前賣弄，走，讓他們瞧瞧咱們的手段！」

蕭洛辰用兵，從來就不是一味死守。說時遲那時快，北胡兵剛拿下一線天，正忙著鞏固戰果，忽見山頂衝下一票人來，為首一個手持銀槍，撥打點刺之間，無人能敵。

「蕭洛辰！那是蕭洛辰……」

一陣夾雜著驚慌和憤怒的叫聲響起。打了這麼久，很多北胡人早就目睹蕭洛辰的手段。固然有那心驚膽戰的，可更多的北胡兵士卻是衝上去拚命。這裡是狼神山，他們並不缺乏對於狼神聖地的狂熱。

蕭洛辰坐鎮山頂連日指揮廝殺，很多時候一天只能睡上一兩個時辰，饒是如此，那些北胡兵將仍然沒有人是他的對手。他殺開一條血路，衝到那排寬梯前，手中那罐火油狠狠砸到了寬梯上，身旁的張永志更是不待吩咐，早將火把扔了上去

黑煙和火光衝天而起，順著蕭洛辰殺開的這條路，辰字營的將士們也衝了過來，燈油燃草砸下，那寬梯上火勢登起，迅速蔓延開來。

便在此時，蕭洛辰忽然覺得面頰一涼，心中一凜，是雨嗎？

的確是雨，蕭洛辰抬頭看天，只見太陽猶自雲後露出半張臉，雨卻不停地往下掉。

這是一場太陽雨，大草原的天氣中雖然罕見，卻人人都見過。

寬梯上的火焰剛剛燃起火頭，轉瞬就被這場突如其來的太陽雨澆滅。

北胡士兵大聲歡呼狼神保佑，如同打了雞血一樣，士氣大振。

蕭洛辰舉槍把一個撲上來的北胡士兵戳了個窟窿，看著面前的雨，咒罵了句：「賊老天！你這是要玩死我嗎？」

張永志一刀砍在了一個北胡人的胳膊上，退到蕭洛辰身邊問道：「將軍，現在怎麼辦？」

「天不助我，那就……」蕭洛辰知道這時候氣可鼓而不可洩，一咬牙，吼道：「賊老天，你一場貓尿弄不死老子，還有什麼招數都使出來吧！既是燒不成，我便把這一線天奪回來，拆了這寬梯便是！」

張永志大聲應是，蕭洛辰這時候已是徹底發了狠，銀槍起處大開殺戒，北胡士兵越是士氣高漲，他越是向著喊殺得厲害領頭者衝去，若是真讓這寬梯一輪一輪地架了上去，辰字營只怕是個個死無葬身之地。

蕭洛辰雙眼裡布滿了紅絲，頗有幾分亡命氣勢。幾番拚殺，全身浴血，太陽雨很快沖刷掉了他身上的血漬，卻又是一次次被染紅。

一副讓倖存下來的北胡兵們一直到了很久以後都做惡夢的景象出現了。血人竟然不只一個，主將帶頭搏命，辰字營的兵將們緊隨其後。一群血人彷彿地獄裡衝出來的惡魔一樣，走到哪裡，就把死亡帶到哪裡，就把生命收割到哪裡。

「惡魔，蕭洛辰是真正的惡魔，他的士兵也是惡魔……狼神，狼神也保佑不了我們……」

不知是誰先恐懼地大叫，繼而帶來的是勇氣的瓦解。正在廝殺的北胡人徹底崩潰了，他們倉惶地向後退去，沒有人想和這樣一支軍隊作戰。

「我就說了，賊老天，你整不死我！」蕭洛辰的臉上終於又掛上了詭異的微笑，可是這一次，他卻深深望了南邊一眼，已經十幾天過去了，援軍呢？父親派來的援軍在什麼地方？難道是自己算錯了？從金帳到狼神山之間並沒有什麼難以逾越的天塹，就算是爬，也該爬到這裡了吧？

他父親是打了一輩子仗的名將，他派出來的援兵一定已經在路上，只要再堅持一下……

「殺！」

周圍的喊殺聲不絕於耳，北胡人已經開始崩潰著向下退去，可是他們的人數優勢太明顯了，許多北胡兵還在和辰字營的將士們糾纏著，務使把戰場上的亂兵清掃開一段距離，才能留給後續部隊拆除寬梯的空間。

可就在這個時候，嗤嗤聲大作，蕭洛辰抬眼望去，不遠處的半空中瞬間升起了一片密密麻麻的黑點，蕭洛辰大驚，猛地大吼道：「撤！」

北胡人已經瘋狂了，眼看著費力許久的寬梯就這麼落入對方手中，眼看著戰場上那一個個辰字營的血人，他們開始不顧一切地放箭。

密密麻麻的箭雨落了下來，地面上登時有數十人被活活釘在了地上。這其中有辰字營的戰士，但更多的北胡人的士兵，仗打到這個分上，是不是連自己人一起殺掉這種問題簡直問都不用問，死活傷亡都已經只是數字而已，此刻他們針對辰字營便是殺 個是一個，沒有半點猶豫。

「快退！我斷後！」蕭洛辰連聲大叫，一桿銀槍舞得宛如風火輪一般，將空中落下來的箭羽打落在地。辰字營的士兵們更不遲疑，迅速抬殘扶傷向後撤去。堪堪撤過一線天，清點人數之際，忽聽得背後的喊殺聲震天般響起，卻是北胡人一陣敵我不分的箭雨在極大的傷亡之下射退了辰字營，此刻竟是捲土重來了。

便在此時，張永志大叫道：「將軍……將軍呢？」

眾人盡皆大驚，蕭洛辰可以說是辰字營的靈魂，沒了蕭洛辰，所有人都是一陣驚慌。

「我去找將軍！我去找將軍！」張永志已經紅了眼，他是親衛隊長，最大的使命就是對蕭洛辰的安全負責。這時候哪裡管什麼背後殺聲大作，帶著幾個親衛就要回頭殺過去。

「永志，別那麼大驚小怪的，就憑北胡人敵我不分地亂箭，能留下老子？」一個人影從一線天的石道中走了出來，不是蕭洛辰卻又是誰？

「將軍！」張永志大喜過望地跑了過去，一把抱住了蕭洛辰，「將軍，我就知道您一定沒事，那些北胡人……」

「那些北胡人今天攻得怪啊，這一波一波的，連自己人的性命都不顧了。雖說是傷了我們不少弟兄，可是我看了，剛剛枉死在那一撥箭雨下的，最少有四個部落的人。永志，你說說，就算北胡人要拚著傷亡和咱們換命，誰又願意搞出來四個部落的世仇？」

蕭洛辰搶白，張永志猛地一驚，他隨蕭洛辰日久，做的又是這親衛隊長的差事，對自家將軍的聲音最是熟悉不過。此刻聽得蕭洛辰聲音雖大，卻是中氣不足，竟似是力竭才喊出來一樣。低頭一看，心中大震。

一枝北胡人最常用的羽箭，此刻就插在蕭洛辰的背後。太陽雨中，鮮血已經染紅了戰袍，這卻不是北胡人的鮮血。

蕭洛辰往前微微一靠，身體重量全壓在了這位忠心耿耿的親衛隊長身上，低聲道：「扶住我，撐住我，別讓弟兄們看出來，順著我剛才的話往下說。」

「是……是……將軍所料不錯，今日他們打得好怪，攻起來好像拚命地搶時間一樣。」張永志鼻子一酸，眼圈已經紅了，卻是順著蕭洛辰的話往下大聲說道：「想來定是外部有變，莫不是……莫不是咱們的援軍來了？」

「我也這麼想，今天這麼瘋了一樣地搶時間，只有這麼一個解釋說得通，就是……就是咱們的援軍來了……」沒人知道蕭洛辰這時候忍著多大的疼痛，他的臉上雖然還強忍著不肯露出破綻，可聲音卻一點一點低了下去。

便在此時，主峰山頂上爆發出辰字營將士們一陣巨大的歡呼聲，張永志抬頭一看，頂上豎起一面杏黃色的辰字營大旗，正是約定的觀察哨發現援兵到來之時的信號，不由得欣喜若狂，叫道：「是是！將軍，果然是援軍，果然是咱們的援軍到了！」

蕭洛辰吃力地抬起頭來，看了一眼主峰上打出的旗語，終於又露出他那招牌的邪氣微笑，「賊老天，你到底沒整死我，老子的援軍……來了！」

◉ ◉ ◉

軍醫把蕭洛辰背上的箭頭剜了出來，一個血肉窟窿留在蕭洛辰背上，觸目驚心。

「永志，點支香來！」蕭洛辰的臉色越來越白。

狼神山的神廟裡燃香不缺，李永志很快點了一根手指粗細的粗香過來。

蕭洛辰盯了一陣燃香的速度，用指甲在上面輕輕劃了一根線，抬起頭來對張永志道：「香燒到這裡，揮旗號讓山下的援軍騎兵上馬，如果北胡人朝著他們衝出來，就用這炷香戳在我的胳膊上，把我戳醒！」

說完，蕭洛辰兩眼一閉，驟然放鬆，斜斜地倒了下去。

張永志鼻子一酸，伸手扶住了蕭洛辰，把他放到在大石上。

這一招他是見過的，事情發展到如今這樣子，將軍必須親自指揮這場戰鬥。他身受重傷，這樣一個姿態正是不肯浪費一星半點的體力的做法，可是……可是傷如此重，神智缺失卻是大忌，多少人便是這麼昏睡過去，就永遠不會再醒過來。

如果讓將軍就這麼一直挺著……張永志看看蕭洛辰那張蒼白的臉，終究還是捧著那炷香慢慢地走開。身後，軍醫正在用羊腸線走針如飛地為蕭洛辰縫合後背的傷口。

「這……這……這些漢人難道真的是魔鬼，能夠知道我們的內心嗎？」負責衝陣的部落酋長看著對手的變化目瞪口呆。

蕭洛辰當然不是魔鬼，張永志按照他刻下去的那條燃香線傳令給掌旗官的時候，他正處在一種半睡半昏的狀態。

「皇甫公公，你教我的這個法子真的管用吧？這次我要是死了，做鬼也跟你沒完沒！」

「老爹，你派出來的兵比以前可是沒什麼長進啊，這麼幾百里路，居然走了半個月，還是騎兵。我的辰字營只用了兩三天呢……博爾大石應該是被我調回來了吧？好好招待他，別讓我帶著這幫兄弟在狼神山上白守了這麼多天。」

「娘，兒子不在您身邊，您在京裡撐得不易吧？好在你兒媳婦是個聰明的，而且比我這個不聽話的兒子懂事……」

「娘子，我想妳了……」

一個又一個人影在腦海中不斷閃現又隱去，最後化成了萬千碎片聚到了一起，變成了一張臉，一張如此模糊卻又如此清晰的臉。

那是他的妻子，他一生中最愛的女人。

安清悠！

手臂上一陣灼熱的痛感驟然傳來，蕭洛辰驀地睜開了眼睛，一根香頭正按在自己手臂裡，滋滋地冒著青煙。

「將軍，我實在是叫不醒你，生怕你出了問題，這才……」張永志看到蕭洛辰睜開了眼，一臉歉意地說道。

「無妨，這不怪你，是我自己下的命令！」蕭洛辰努力深呼吸了兩下，慢慢坐了起來。一陣昏睡過後，精神反而見旺，毫不遲疑地對著張永志低聲道：「不和這幫小家子氣的北胡試探兵交戰，命令全軍向東，全力迂迴。」

山頂上的旗號發出，援軍的騎兵大隊毫不遲疑向東狂奔而去。對面北胡陣營的聯軍，既是不明所以，又不敢輕忽，急急調兵遣將向著同一方向而去。

「我蕭洛辰在這狼神山上憋了這麼久，若是只把博爾大石那隻草原之鷹調回來，那可是太虧了，我還盼著把你們這些草原上還有戰鬥力的部族都聚起來好好收拾一通呢！今日這一戰，滅你們的人，更要滅你們的心！」

蕭洛辰嘿嘿一笑，陡然朗聲道：「讓騎兵大隊向東之後馬上轉北，兜一個圈子再重新向東，從狼神山的背後繞過去，目標還是重回正面。」

「這裡……殺進去……」蕭洛辰指著山下一處北胡人的陣營大笑。

號旗搖動下，大隊騎兵登時向著一處北胡部落營盤之間的連接處殺去，在經歷了顧此失彼之後，這裡已經變成了一處混亂的軟肋。

「殺！」

一戰而定草原腹地之乾坤，一戰殺到對手從此見了蕭洛辰統帥的隊伍就怕，蹄聲陣陣鐵弓冷，刀鋒片片敵膽寒。

後世《梁史・蕭洛辰傳》記曰：「壽光三十九年八月，辰字營苦守狼神山頂十餘日，蕭洛辰背中流矢，重傷。及援軍至，蕭洛辰以頂樹旗為號，先以疑兵之計惑敵，復以軍往來奔突，敵大亂，乃以精騎踏營破之，斬首四萬，俘虜潰崩而逃之難以計數。畢此役，北胡諸部肝膽俱裂，聞蕭洛辰統兵來戰，多有倉惶而遁者，其名可止草原小兒之夜啼也。」

自從獻俘大會後，已經過了一個多月。謀逆案的影響正在消退，從外省調動來的官員們已經逐步接手中央各個衙門的事務，而北胡的戰場上，更是一次次傳來好消息。

「北胡大捷！北胡大捷……」

一個紫衣信使騎著馬自正陽門入，穿過御街，一路奔向皇宮，高聲叫喊，彷彿刻意要讓越多人聽見越好的樣子。

「嘿，看意思又在北胡打了勝仗了？」

「無所謂了，北胡的金帳都被咱們拿了下來，大可汗也都被咱們獻俘到了京城，還有什麼可折騰的？估計也就是又掃蕩了幾個部落，抓了幾個番王酋長之類的！咱們大梁天朝上國，區區韃虜有什麼蕩不平的……」

或許是因為壽光帝下詔開戰之後不久就出了獻俘大典這種事情，大梁國中的百姓們如今對於北胡傳來的捷報已經沒那麼大的興奮。老百姓們看著一路狂奔入宮的紫衣信使，隨口交談兩句也就罷了，倒是偶爾能聽見走進青樓酒肆裡的年輕士子們憤憤不平：「哼！區區一個北胡，哪能打了這麼久還沒打完？要我看，只怕是領兵出塞的那些人故意拖拉著，養寇以自重，要脅朝廷多搏軍功……」

有時候就是這樣，數百年的戰火綿延之後，幾代人苦心籌畫換來的勝利，放到某些在青樓裡摟著粉頭喝著冰鎮酸梅湯的人口中，就能夠變成另外一種味道。

不過還好，這時候就算是某些不得志而又一心想搏出位的傢伙，也沒把這些東西當作重點突破的方向，謀逆案倒了一大批人，又從外面調了一大批官員進京，如今到處都傳言朝廷準備開恩科，這等時候多跟幾個新晉出頭的大臣來往才是正理。

壽光帝似乎有些放下了心，眼瞅著這朝堂局勢一天天穩定了下來，北疆邊陲更是在按照他之前的通盤謀劃發展，如今越發踏實。踏實了就開始有秋後算帳的意思，那些之前被「坦白從寬，抗拒從嚴，首惡必辦，脅從不問」的某些官員，隨著皇上時不時想起便要被盤查，就算是不提之前謀逆案的舊帳，做皇上的真要查官員的錯事，又有什麼查不出來的？

李家居然暫時還沒殺，罪名是定了，最後的懲處結果還沒宣判，和一堆李系的餘黨一起關著。眼見著形勢大好，壽光帝不知道為什麼反而改了主意，反倒是不著急了，一邊讓事情擺在檯面上當震懾，一邊繼續做由頭讓群臣們議了再議，藉此觀察著這些新上來的官員們究竟會做出什麼反應。

今天抓一個明天抄一家，天牢裡變得人滿為患，典獄和牢頭倒是賺得盆滿缽滿。如今已是首輔大學士的劉忠全低調地悶聲發大財。他倒沒有貪墨那些抄家抄出來的資財油水，而是這些正好用來做打北胡的軍費，省心了。

最為忙碌的倒數安家，四個兒子升了官，安老太爺剛入閣，卻仍然捏著都察院的大印。他老人家鐵面無私，最適合查那些皇上想要秋後算帳的官員們。

這一日，安老太爺帶著長子安德佑到蕭府串門子，兩家不僅是親家，更是在一條陣營裡對著共同的對手，頂著壓力一起死磕出來的交情。

安老太爺多喝了兩杯，長嘆道：「陛下痛恨那些當初跟了李家的官員們情有可原，如今被皇上秋後算帳也是咎由自取，可是本已說了首惡必辦，脅從不問，這麼快就動手，未免有朝令夕改之嫌。朝野眾臣又不是傻子，如何瞧不出來？更何況李家原說是早辦，如今又開始晾著……唉，難免讓人心不安啊。」

蕭老夫人心裡咯噔一下。

「就是就是，李家早殺了早踏實，這等通敵叛國之臣，真不知道皇上還等什麼？」蕭老夫人語氣憤怒，李家是蕭家多少代人對磕過來的死對頭，本就該殺的謀逆主犯，如今斷沒有活命之理，不外乎怎麼個死法罷了。一句該殺等於沒說，一副憤怒的表情卻表明了她依舊和蕭家站在同一立場的做派，滴水不漏。只是這心裡卻也奇怪，安家如此小心試探，難道是有什麼大事？兩家是姻親，早就是一根線上的螞蚱，若是真有大事，誰還能躲了開去？

「親家所言極是，聽說這李家緩殺，皇上追拿李家的依附之臣……倒是太子殿下的意思？」安德佑道。

「太子殿下的意思？」蕭老夫人微露疑惑之色，恍然大悟。安家這倒不是要做什麼，想必是壽光帝採納了太子的建議，才有了眼下的舉動。安家覺得困惑，又覺得這分明不是對大梁國有利之事，這才來向蕭家求教，只是礙於幾方間的關係太過特殊，話題所涉又是太子牧這般的敏感人物，這才不得不先行試探了。

太子牧是蕭皇后所出，若論關係論血緣，什麼還能比這親娘外戚一方的關係近？若是自己易地而處，只怕第一反應亦是來找親家試探相詢，可問題在於……

問題在於蕭家對此事竟是茫然不知，就連蕭老夫人自己也一直以為這就是壽光帝的意思。雖說太子和蕭家的關係不會像當初睿親王和李家般事事稟報，可若論太子那邊的動靜，蕭家本應是宮外消息最靈通，可此事居然是安家轉達才到了自己耳中？

蕭老夫人已經有些驚了。

肆之章　北胡揮軍中原

東宮，太子府。

自從當初被壽光帝名為圈禁實為保護地關入宮中瀛台，太子牧似乎就添了鬥蟋蟀的愛好。如今撥亂反正，復位中宮，早已不復當年每日裡無所事事，偏偏這鬥蟋蟀的愛好是保留了下來。不論一天裡再有多忙，若不鬥上兩場蟋蟀，就好像渾身不自在一般。

受此影響，太子的女人們也喜歡上了這個鬥蟋蟀的遊戲，而當中最得太子牧寵愛，也是蟋蟀鬥得最好的，要數側妃劉明珠，此刻正陪著太子鬥蟋蟀的就是她。

「殿下，安老大人父子去了蕭家府做客，從白天談到現在，蕭家似乎是擺宴留客，安老大人父子到現在都還沒出來……」

有人來到了太子牧的旁邊輕聲稟報著什麼，那模樣躡手躡腳，似是小心翼翼地生怕驚擾了罐中的蟋蟀，卻絲毫沒有怕對面的劉側妃看到自己的嘴形。如今太子府裡人人都知道，這位劉氏雖然是側妃，但是殿下說什麼做什麼卻從來不避諱她。

更何況那位許多年前殿下所娶的正妃，自從太子爺從瀛台出來的那天開始就不知道怎麼生了病，拖到如今這時候更是聽說快挺不過去了。在這個節骨眼上，誰願意去讓劉側妃覺得不舒服？

「呵呵，安老大人這是擔心孤年輕氣盛，有些操之過急啊！這也是為國擔憂，為朝廷擔憂，無妨！孤明白這個道理，出不了大亂子的，不過是趁著現在無事，多收拾幾個當初附逆的傢伙罷了……至於人家走走親家，待得久了些也是正常，那麼大驚小怪的做什麼？」

太子牧兩隻眼睛緊緊盯著眼前的蟋蟀，其實以他的身分，實在沒必要和下面那些探聽情報的說這些。不過，他這話究竟是說給辦差的人聽，還是說給對面的劉明珠聽，卻是沒人敢問。

「唧唧唧……」罐中的蟋蟀覺出了勝負，得勝的蟋蟀卻不是太子的，而是劉明珠的那隻。

「哈哈，孤又輸了，愛妃，妳手中的蟋蟀不錯，孤越來越不是妳的對手了！」太子牧也不生氣，樂呵呵地笑道。

「哪兒啊，人家的蟋蟀不過是能鬥贏殿下蟋蟀中的次品，對於殿下手中那幾個最厲害的蟋蟀，可是從來都沒贏過呢！」劉明珠嬌嗔道。

太子牧哈哈一笑，忽然抬頭，問向劉明珠道：「愛妃，妳可知道孤為什麼這麼喜歡鬥蟋蟀？」

「這……臣妾還真是不知，就記得當初殿下好像一下子喜歡上了鬥蟋蟀，臣妾也便跟著喜歡上了這事情，挺有趣的！」

「蟋蟀這東西有意思得很，妳看那兩隻蟋蟀要鬥的時候，從來都不肯什麼都沒做便叫個不停，一定是先用鬚子試探，然後一聲不吭地衝向對手，直到咬贏了以後才會發出歡快的叫聲。愛妃，妳說是不是？」

劉明珠心中一震，太子這話裡明顯意有所指，那麼，誰是蟋蟀，誰又是鬥蟋蟀的人？

微一凝神，劉明珠這才小心翼翼地笑道：「臣妾不過是個女子，對於那些什麼深奧東西是半點也不懂的。既是有幸做殿下的妃子，那殿下喜歡什麼，臣妾就喜歡什麼，殿下覺得是什麼道理，臣妾也就覺得是這個道理，臣妾只希望一生一世都能做殿下身邊的小蟋蟀，能夠經常看到些殿下的笑臉，這便足夠了。」

太子牧哈哈大笑，「好好好！明事理，會說話！愛妃，妳知道孤最喜歡妳什麼？就是明事理、會說話！國丈做了一輩子的忠臣，妳就一輩子做孤的小蟋蟀也好！走走走，咱們瞧瞧馬妃去，唉，真是天妒紅顏，妳說她這麼好好的一個人，怎麼眼看著身子骨就不行了呢？不過，妳是個明事理會說話的好女人，她若看見是妳接了正妃的位子，定然是極欣慰的……」

談笑間，原本的太子妃馬氏似乎不死也得死了。

劉明珠隨著太子牧向內室走去，只覺得恐懼大過了做太子妃的喜悅，她是真正明白太子手段的人，這一步邁出去，是不是意味著劉家從此也要跟著太子邁了出去？

就在太子妃馬氏在傍晚嚥下最後一口氣的時候，蕭老夫人正在家裡的飯桌上皺緊了眉頭。

太子之事自己實是不知，可是蕭家如今和太子的關係……唉，自己說起來還是這位太子殿下的舅母，親家卻是真能信嗎？

「太子殿下頗有手段，幾可追上萬歲爺，如果有朝一日女兒聽有人說這位殿下的權謀之術青出於藍，比皇上更高一籌，女兒一點都不會覺得奇怪。」同桌的安清悠忽然給父親安德佑夾了一筷子菜，沒頭沒腦地說了一句。

安德佑聞言一怔，再看看蕭老夫人臉上那又是驚異，又是苦笑，又是為難的樣子，如何還猜不出來蕭家其實也沒得到過消息？沒想到事情竟會如此……

安老太爺忽然道：「有件事情倒是有意思，今年一定會開恩科，明年的鄉試已經決定提前到了今年十月。聽說主考便是如今直隸按察道何謙與翰林院學士張正古。此二人一個出自於我都察院門下，一個是我次子安德經現在的副手。若是蕭家有什麼親戚故交想要到京城參加科舉，老夫倒是可以代為引薦一二。」

這卻是閉口再不談太子之事，逕自和安清悠說起些家長裡短的隨意話來。

這一下卻是輪到蕭老夫人愣了，仔細一想，不禁百感交集。

恩科取士不同於慣例的科舉大典，乃是朝廷在規定中幾年一次的慣例之外，額外舉辦的科舉考試，這是給讀書人破例的機會，通常在朝廷有什麼大變故或是大喜慶的時候才會特別安排。

如今這謀逆案帶來的朝堂大清洗，連著北胡接二連三的捷報，可謂是變故和喜慶都全了。開恩科已成定局，光是這個消息，就不知道有多值錢。

還有那鄉試主考的人選，這鄉試雖然比不得會試那般考出來可以做進士平步青雲，卻可以考成舉人。它不僅僅決定了會試的入場券，也表明一個文人有了做官的資格。

蕭老夫人當然懂，這恩科是國家大典，安老太爺並不會做什麼徇私舞弊之事，但是科舉風氣向來如此，拚的不僅僅是錦繡文章，更是背景人脈。如今李家倒了，新一代的文官領袖便是劉家和安家。安老太爺這等身分若是出面向主考官引薦誰，哪裡有那不賣安家面子的？至於蕭家雖是武將，但是跟著蕭家這一派系的晚輩子弟……

呵呵，連蕭正綱自己都差點把蕭洛辰培養成一個去考科舉的文官，在這個唯有讀書高的年代，文貴武賤的觀念不是一時三刻能被改變的，想要扔下刀劍去啃四書五經考科舉的人遠比投筆從戎者多了太多。

「如此這般，倒真是生受了老大人一個天大的人情了。」蕭老夫人忽然站起身來，鄭重地向安老太爺行了一個禮。她是明白人，自然知道安老太爺這話並不是什麼想要再向蕭家套什麼太子那邊的消息，而是自知找錯了蕭家打聽錯了事，這是給蕭家賠禮呢。

可是這事能怪安家嗎？當然不能，蕭老夫人自問若換成了自己，此刻也是只有奔著親家來問了。越是如此，她反倒越是佩服安老太爺的磊落。

「老夫人，瞧您說得……都不是外人，弄這麼客氣，豈不是生分了？」安清悠笑道。

眾人又開始閒聊，可是聊著聊著，安清悠忽然生出了一種不祥的預感。從皇帝到太子，再到蕭安兩家，所有人都把精力放在朝堂上，這是不是有些太樂觀了，甚至說樂觀得有些讓人都覺得……麻痹？

雖然一個接一個的捷報從塞外傳來，可是作為壽光帝特批知曉北征軍與京城祕密信鷹往來內容的安清悠卻知道，那些所謂的勝利究竟是什麼樣子，付出的代價又有多大。

好比前兩天傳過來的消息，當安清悠看到上面的內容居然是蕭洛辰後背中箭重傷的時候，差點驚駭得連魂都散了。

若不是看到那鷹信後面還有下文，說是蕭將軍雖然身負重傷，卻還硬挺著打了一個大勝仗，如今正在援軍大陣中逐漸恢復，性命無礙等等，真不知道這身懷六甲的身子能不能經受得住。

綜合之前的各種訊息來看，這不過是北胡空虛的腹地而已，真正的北胡主力早已精銳盡出，遠赴漠北。只是掃蕩那些留守部落，就付出了這麼大的代價嗎？

同樣為此擔心的還有蕭老夫人，要論對於戰爭的理解和目光，遠在安清悠之上。

一天對手的主力沒被打敗，之前的所有順利都會有頃刻間被人翻盤的可能。甚至可以說，她比安清悠的心理負擔更大，因為那個刀槍無眼的前線裡，不僅有她的兒子，更有她的丈夫。

博爾大石主力若是回援，真正與之決戰的，正是蕭正綱統帥的征北軍。

可是……無論是安清悠還是蕭老夫人，她們身在後方，註定沒什麼法子幫助前方的蕭家男兒，能把家族守穩，把京城裡那些事擺平，就是她們最重要的本分。

領軍出征者，家眷俱留京城，不得踏出城門半步。

這是人質，也是歷朝歷代對於武將女人們的規矩。

然而，安清悠這兩天總是在睡不安穩，彷彿蕭洛辰一定會出什麼事一樣。

這是一種送自家男人上過戰場的女眷們特有的直覺，還是生理和心理的雙重壓力太大導致的情緒極不穩定呢？

不知道是巧合，還是真的有所感應，此刻千里之外的草原上，有人的眉頭擰成了疙瘩。

砰的一聲，蕭正綱把一封緊急軍情用力拍在桌上，恨恨地罵道：「博爾大石……我還真是小瞧了你這個草原之鷹！」

旁邊的人不敢吭聲，博爾大石這幾天惹大將軍發火已經不是一次兩次。

蕭正綱抬頭看了看牆上的地圖，忽然嘆了一口氣，罵歸罵，如果蕭洛辰能上陣的話，自己也不至於被博爾大石弄得這麼火大，一轉頭又是多向身邊的親隨問了一句道：「去看看……那小子怎麼樣了？」

親隨一溜小跑，很快又回到了帳中，因為蕭洛辰養傷治病的帳子就在帥帳的旁邊。

「回元帥的話，蕭將軍……蕭將軍還是那個樣子，高燒不退，一陣糊塗一陣清楚的，而且……而且有些說胡話。」

那親隨苦笑，大帥的心情他非常能夠理解，好不容易把北胡的腹地收拾一通，蕭將軍的傷也似比以前好得多了，可是就在前天，他突然開始嘔吐、高燒，原本生龍活虎的一條漢子，沒倒在北胡人的刀劍下，卻是倒在了病魔的侵襲中。

偏偏這個時候，曾經是蕭洛辰費勁心思想要快些誘引回來的博爾大石，真的帶著二十餘萬大軍橫穿沙漠回來了。這才是北胡的主力，才是北胡戰士的精銳。

蕭正綱嘆氣，走到了兒子養傷的營帳，卻見幾個軍醫正皺著眉頭，一臉凝重。

蕭洛辰躺在一張軟榻上，臉色潮紅得嚇人。

「怎麼樣？」

「回元帥，少將軍當日身負重傷又強撐著指揮作戰，用盡了氣力，前日裡本應臥床靜養，又忙著討伐韃虜餘寇，太過操勞。看似傷勢漸癒，實則濕毒入內……」

狼神山一戰，蕭洛辰打出了魔王般的威名。他熟知北胡人的心態，當初之所以要留在那裡，不僅是要把博爾大石調回來，也同樣是要把留守在草原上的諸部打到垮打到怕打到服氣。

是以當初在狼神山下擊潰諸部聯軍後，不顧自己重傷，藉大勝之威指揮那五萬騎兵大規模地掃蕩草原腹地的各個部落，短短一個月裡，草原腹地中北胡人留守勢力的威脅基本解除。

但蕭洛辰帶傷強撐，耗盡了他的體力。所謂「濕毒入內」，便是虛弱之際，身體的抵抗力下降到了極低的狀況，導致背上箭傷的病毒急性感染。

蕭正綱伸手摸了摸蕭洛辰的額頭，甚是滾燙，心中不禁一酸。

這個兒子……真是虧欠他良多，雖然自己總罵他是個不成器的渾小子，但在內心深處，一直都明白這個兒子實際上是個極有本領之人，甚至可以說，蕭正綱自己都不知道私下裡是不是一邊罵著這小兒子一邊以他為榮。只是這麼多年了，父子在一起的時間能有多少？

「五郎，你可別死啊……」蕭正綱默念。

忽聽得麾下部將急急來報：「稟元帥，北胡人又有異動了！」

「嗯？這次是派了多少人出大漠？」

「據探馬回報，這一次聲勢極大，很可能是全軍進發。」

「博爾大石的全軍？」

◉　◉　◉

巴格拉什，這句話在北胡語中的意思是「綠洲」。本地的北胡人都知道，如果從草原向漠北諸部去，巴格拉什通常是進入沙漠裡的第一站。這裡有大大小小十幾個泉眼，距離沙漠邊境又僅僅只有五十多里，絕對是最合適的打尖地點。

但此時此刻，巴格拉什那十幾個泉眼已經消失，取而代之的是這裡被挖出了一個深坑，一股股地下水從沙土中冒出，將大坑變成了一個小型湖泊。

人畜馬匹不能夠不喝水，尤其是在沙漠這種地方，為此博爾大石下了死令，北胡軍幾乎是在前鋒剛剛到達巴格拉什的時候，就完成了對於這個綠洲的改造。
「博爾大石，我們到底在等什麼？什麼時候殺回草原，殺回狼神山？」
「博爾大石，咱們快些把那些懦弱的漢人殺光吧？多等一天，咱們就要多填補數千頭牛羊到兒郎們的口糧裡……」
「漢人們沒你們想得那麼懦弱，那麼不堪一擊！如今他們正在草原邊上亮出了刀，等著咱們一頭撞上去！看看這些，那個蕭洛辰用三千人就拿下了金帳，打下了狼神山，五萬騎兵就橫掃了草原上留下來的大小部落！」
在博爾大石狠狠地把戰報摔在他們臉上，以雷霆手段殺了幾個叫得最響的貴族之後，敢於急著催促進攻的聲音基本消失了。
當然，這麼耗下去並不是長久之計，越來越多人開始問博爾大石大軍到底在等什麼？
「我在等天氣！」博爾大石抬頭看天象的時候越來越多，雖然聖山已經丟了，但是他依舊相信，偉大的草原之神會保佑他博爾大石。
僵持的第十一天，合適的天氣終於來了。夕陽如血的落日下，一股看上去讓人有些戰慄的狂風開始從遠處橫掃了過來。
「那……那是黑風……」有人驚慌地大叫。
「沙暴！沙暴！」更多的人臉上露出恐懼的神色。
「到底來了……」
博爾大石遙遙望著遠處的黑風，露出一絲冷酷而又複雜的神色，裡面居然竟似夾雜著點欣慰。再開口時，已是一連串的軍令脫口而出。
「留兩萬騎兵、三萬老弱堅守營地！」

「全軍啟程，牛羊牲畜全都留在這個營地裡，每人只帶馬匹兵器和十天的乾糧！」

「咱們不去草原，直接向南走，去殺光那些漢人……」

在沙暴中行軍，這是一件極為危險的事情，因為沙暴不光會拖慢行軍速度，更會給部隊帶來直接的傷亡。七天之後，當北胡人的精銳部隊兜了一個圈子，從另外一個方向踏出沙漠的時候，博爾大石手下的兵力已經銳減了三成。

可是博爾大石居然在笑，沙暴不僅僅吞噬了他麾下的一部分軍隊，在那樣的天氣下，大梁的北征軍也同樣完全無法掌握他部隊的行動。

偉大的狼神，你帶來的沙暴甚至可以把所有的痕跡抹得乾乾淨淨。

「金蟬脫殼啊……漢人教我的呢！現在我比蕭正綱那個穩紮穩打的漢人將軍更靠近他們大梁的邊關吧？我不會去和漢人比結陣而戰的，看看是你把我調回草原，還是我把你們全都調回你們的大梁國裡！」

「蕭洛辰，我等著你……」

博爾大石最後望了北邊一眼，再也沒有回頭。伸手一指，從他身邊呼嘯而過的北胡鐵騎已經如同一道洪流，滾滾向南而去。

◉　◉　◉

不破關，原名長平關。

這裡是一座大梁邊陲上極為重要的關隘。

自從十二年前有位叫做蕭正綱的將軍奉命駐守此地之後，修繕城池，整頓軍備。北胡人不乏在別處破關入寇的例子，但這裡卻已經很久沒有被攻下來過，累累戰功成就了壽光帝親自賜名，將其改名為不破關三個字。

這裡的守軍有他們的自豪和榮耀，「不破雄關用不破」是他們最常掛在嘴邊上的口頭禪。

不過，此時此刻，那些為不破雄關永不破的流過血流過汗的軍人們，都在草原上跟著蕭大帥討伐北胡，如今關中雖然還有些經歷過戰爭的老兵，但多數不過是剛從大梁腹地調上來的二線部隊罷了。

隨著大梁軍隊在草原上的節節勝利、節節深入，這裡早就從昔日的前線變成了如今的後方。

「真是沒意思啊，原以為到了這裡能夠和北胡人面對面地幹上一仗，沒料想就是守卡子。」一個從後方調到這裡的士兵懶洋洋地靠在城垛上，百無聊賴地發著牢騷。

「守卡子還不好？往來客商進關出關有油水啊！咱們有得吃有得住，省得到那草原上風餐露宿！」另一個一起調到北疆的士兵嗤之以鼻，摸了摸懷裡的銀錢，他對這個守卡子的差事顯然非常滿意。

「嘖，沒見識！你懂什麼？聽說跟著大將軍到北胡上去的人都發了，別的不說，就說上個月押俘虜進京的那個大隊看見了沒有？金帳輪不著咱們去搞一把，那些北胡貴人總能弄上一個兩個的吧？我聽人說那些北胡貴人都喜歡用黃金為飾，脖子上掛的鏈子有這麼長，手上戴的鐲子有這麼粗，弄上一個，比你在城門口站上兩個月都強！還有軍功，軍功啊！多砍幾個首級，咱們說不定也能弄個小官什麼的當當……」

老兵插話進來：「年輕人，別把打仗瞧得那麼輕鬆，北胡人真有那麼好打，又怎麼和咱們中原打了幾百年？這北胡人男女老幼人人都是戰士，很多人從小就是打仗打出來的，非常厲害啊！何況那上了陣也是要死人的……」

老兵說的話有些絮叨，直接被兩個新兵當成了耳旁風。

「那都是從前，如今北胡人不行了……」新兵們哈哈大笑。北胡人厲害？如今每天耳朵裡聽到的都是捷報，北胡人能有多厲害？怕是已經日薄西山了吧！

老兵落寞地走到一邊，忽然臉色一變，趴在地上專注地傾聽起來。

猛地他跳了起來，一邊奔向值班哨將，一邊大喊道：「有馬隊！有馬隊！」

「馬隊？」值班的哨將皺起了眉頭，只見一群黑點在地平線上隱隱現出，卻是斜眼看著老兵道：「那麼驚慌做什麼？怕是咱們送補給的隊伍回來了吧？如此大呼小叫，亂了軍心怎麼辦？先看清楚對面的旗號，瞧瞧是不是咱們的人再說！」

不破關裡剩下來的老兵數量並不多，和新補充上來的軍官士卒們關係也沒那麼好。他們總是帶著一種經驗豐富的姿態批評那些後續部隊，總是一副一有風吹草動就警惕得過了頭的樣子，弄得新上來的守軍們都覺得他們一驚一乍的很煩。

事實證明，老兵們的經驗是寶貴的。某個新上任的值班哨將因為缺乏經驗而表現出不耐煩和擺架子，結果葬送了整個不破關。

騎兵迎面疾奔，等到能夠看清對手旗號身分的時候，就意味著對方離你已經極近了，近到你的反應時間已經不夠。

博爾大石同樣有著遇戰身先士卒的習慣，那是他能夠被北胡士兵們愛戴的重要原因。而這一次，他又是第一個殺進不破關內的，在他用大日金弓一箭射斷護城河上的吊橋繩索時，不破關守軍甚至還亂哄哄的沒來得及關好城門。

這樣守備鬆懈的場景，對於博爾大石這等水準級數的強者而言實在是太輕鬆了。北胡鐵騎又一次找到了在大梁軍隊面前高人一等的勇武感覺。在博爾大石金弓箭無虛發的帶領下，不破關的城門一踏而破。

太輕鬆了……

真的是太輕鬆了，輕鬆得北胡兵將們自己都有些不敢相信，十幾年來都沒打破的不破關，就這麼一個衝鋒從城門直接衝進來了？

不過，此時此刻，他們並沒有太多思考這個問題，而是一邊大肆砍殺著大梁軍隊的守兵，一邊拚命尋找著一切可以用來果腹的食物……從昨天中午起，他們就已經斷糧了。

「不用著急，這不破關裡要什麼有什麼！」博爾大石和他的將士們一樣在忍飢挨餓，可是見到不破關裡那些隨處可見堆積如山的糧草輜重時，他笑了，笑得輕鬆寫意。

「讓兒郎們痛痛快快殺一場，有逃走的追擊十里就收隊，讓他們去向漢人皇帝報信好了。我們這邊把糧草輜重整理好是大事，然後……屠城！焚關！」

博爾大石輕描淡寫的一句話，決定了這座邊塞重鎮的命運。

◉ ◉ ◉

數日之後，大梁京城，皇宮，夜。

「明月幾時有，把酒問青天。眼看著明日便是中秋佳節，本來想著召百官賜宴，再一想，這可是闔家團聚的日子，很多朝臣們是新進才做了京官，家小也是不久前才接過來的，朕不能讓人家頭一個中秋就弄個不團圓。如今北疆那邊又在打仗，索性就不大辦了，咱們君臣幾家提前一天聚聚，家宴啊，都別太拘謹了。」

壽光帝樂呵呵地舉起杯子，身邊是同樣面帶笑容的蕭皇后。

此刻朝中最炙手可熱的劉、安、蕭三系世家重臣，正帶齊了家眷同坐在西苑裡，陪著皇上和皇后賞月。

北胡軍主力已經打破了邊關疆防，雖然博爾大石有意不隱藏形跡張揚地屠了不破關，但消息還沒傳回來，所有人猶自不知，包括壽光帝本人。

不知前線消息的人裡當然也包括安清悠，如今她已經顯懷，腹部微微隆起，正在和剛剛晉升為太子妃的劉明珠說著私房話。

「姊姊真是好福氣，嫁進蕭家沒多久，肚子就爭氣有喜了。妹妹我這陪著殿下在瀛台裡住了這麼久，出來又常得殿下寵愛，可是這身子……唉，真盼著早日有個一男半女才好……」

劉明珠毫不掩飾自己對安清悠的羨慕，自從她當上太子妃，劉家便在悄無聲息之間取代了蕭家，成為太子一黨中最核心的家族。不過，這劉明珠的確還算是個有幾分真性情的女子，與安清悠關係頗好。

「太子妃哪裡來的話？您有大福，雖是暫無子嗣，殿下不也把您扶正了？將來……」

「姊姊又這麼說話，都說了平日裡叫妹妹便是，怎麼又是太子妃太子妃的……」

安清悠微微一笑，也不爭辯。雖然這位乾妹妹喜歡叫自己姊姊，但是自從成了太子妃之後，別人在稱她太子妃時，她總是有些興奮，側妃一直是她的心病。

安清悠嘆息了一聲，抬起頭來望著漆黑的夜空。

混球，你這個傢伙如果能夠回來，這團圓才算是真團圓！快點回來吧，你知不知道自己就快當爹了……

便在此時，一個黑點急速掠進了視線，掠過了圓月，不合時宜地打破了這一輪思念的畫面。

「嗯？那是……」安清悠微微一怔。

一隻黑色的信鷹趁夜飛進了京城，恰好掠過西苑的上空，向西苑旁邊四方樓的總部飛去，很快的，便被一個騰空而起黑影接在了手中。

西苑的酒席上，大家的心情都很好，皇上說得清楚，是家宴。這是對三家都不當外人的意思。太子牧坐在皇上和皇后下首，時不時掃上一眼下面坐著的三大重臣世家，微笑依舊，更和煦得如春風一般。

「陛下勤儉愛民，對朝中眾臣多有體恤，臣每每思之，無不感激涕零……」劉忠全跪在地上，一邊磕頭一邊奉上了給皇上的中秋禮物。他雖讚皇上勤儉，自己出手卻是一顆椰子般大的夜明珠。一拿出來，滿院生輝，眾人眼睛一亮。

接著便是各家給壽光帝奉上禮物，安家送上的是安老太爺手書的壽聯和頌福詩，蕭家奉上的則是一件薄如蟬翼的金絲軟甲。

「一文一武一富貴，倒是真符合三家的身分啊……」

太子牧看著三家各自不同的做派，臉上的笑意更濃了。

他的精明得自於壽光帝，天賦怕是猶在乃父之上，只可惜此刻所思所想都在另一個方面上：「劉、安、蕭三家既要為我所用，又要分而治之，中間要有諸多手段，正所謂恩威並施才是為君者御下之道，將來仗打完了，應該好好整頓一番……」

太子牧猶自轉著念頭，卻見席間一個人匆匆跑來，卻是壽光帝最為信任的皇甫公公。

皇甫公公臉色凝重，讓太子牧眉頭微皺，再看他在壽光帝耳畔低聲細語了幾句，壽光帝竟也是神色大變。

不過，壽光帝何許人也，這聞言色變也只是一閃即逝，下一刻卻是樂呵呵地對著眾人笑道：「朕年紀大了，精力有些不濟，皇后留下，劉、安兩位老愛卿和蕭老誥命也留下來陪朕說點閒話，其他人就散了吧。」

眾人往外走，安清悠卻聽得背後壽光帝略帶遲疑的聲音再度響起：「悠丫頭……妳也留下吧，咱們父女有些日子沒見，也留下陪朕……說說閒話！」

安清悠心中一震，皇上雖說是閒話，然而這般安排顯然不同尋常。

一行人跟在皇上身後走進內廳，卻見壽光帝換了一副肅殺的神色，開口便道：「皇甫公公，讓那些伺候的宮女太監都下去，賞月廳周圍清場，若有閒雜人等妄自刺探，就地格殺勿論！」

在場之人剛才便已起疑，此刻再聽到這等做派，哪裡還不知道是有大事發生。

壽光帝環視了眾人一圈，這才向著皇甫公公點了點頭。

皇甫公公躬身道：「四方樓剛剛收到了急報，博爾大石突然出現在北疆邊境，已經打下了不破關，屠城焚關之後，進入咱們大梁境內。」

即便是劉忠全、安老太爺這等人物，猛地一聽這消息，也不禁低呼。近來聽的都是捷報，怎麼情況驟然急轉，變成了博爾大石親率主力殺進了大梁？

蕭老夫人和安清悠更是臉色大變，不破關破了，戰火從草原上殺進了大梁，那……那北征軍呢？蕭正綱和蕭洛辰父子呢？

「大家議議，如此局面該怎麼辦？」壽光帝臉色陰沉得嚇人，「這等消息瞞是瞞不住的，邊關被破，最多半個月，消息和難民就會一起湧到京城來！」

「這可是邊關傳來的消息？或者征北軍那邊？」最先說話的是蕭老夫人，如今消息還沒向外擴散，知情人裡反倒是她最為冷靜。

「若是邊關或者征北軍傳來的消息就好了！這是四方樓在北疆的分部發出來的消息，博爾大石打開不破關屠城的時候，他們也是措手不及，有一部分人拚死逃了出來，還算是這些小子們沒忘了本分，居然沒忘了發信鷹！」

皇甫公公的臉煞白，眾人的心一點一點地往下沉。邊關守軍連消息都沒有發出來，可見事起突然。至於征北軍那頭，無論現狀如何，不破關一丟，歸路和糧道都算是斷了，只怕更是凶多吉少。

「兒臣請父皇召天下兵馬北上應敵，自本朝名將宿臣之中則優取帥，務必不使局面再繼續惡化下去，同時火速發信……若是征北軍那邊還沒敗至不可收拾，急令其回軍南下，如今最能指望的還是征北軍！」太子牧果斷地道。

這話一說，眾人頻頻點頭，別說是名帥勇將領軍的四十餘萬征北大軍，就算是四十萬頭牛羊抓也要抓上一陣子，而且即便是征北軍大敗，也斷沒有連個消息也發不回來的道理。

劉忠全、安老太爺兩位大學士對視一眼，說話雖不多，但句句都在點子上：「立刻停止對征北軍的糧秣及後援兵馬的輸送，依北疆地勢擇險要之地層層布防，多設幾條防線，斷不能讓博爾大石部趁亂竄至我大梁腹地深處！」

「當務之急，速派能吏至北面諸路州縣，安置流民，整頓駐軍，徵集民壯加強防務，不能讓整個北疆的糜爛變成我大梁整個的糜爛。」

「堅壁清野，斷不能讓那北胡韃虜行以戰養戰之舉……」

劉忠全和安翰池提出了一條又一條的對策，壽光帝聽著聽著，終於露出了欣慰的笑容，「朕心甚慰！國家有亂之時，眾卿尚能臨危不亂，只要我君臣擰成一股繩，便是那博爾大石能夠猖狂一時，又何愁不滅？」

「便依眾卿之言行事。明日早朝，選將調兵。皇兒，此事由你總辦，六部九卿盡可調遣，如有推諉鬆懈、辦事不力者，先斬後奏。」

「眾卿回去亦要辛苦一下，朕欲選十二路欽差巡按前往北路諸州府整頓局面，如今是舉賢不避親的時候，有合適人選盡速上奏！朕這便賜眾卿出入宮闕之權，有甚謀策只管報來，便是深夜覲見亦無妨……」

壽光帝連下數道命令，可是這一刻，大梁國裡權力核心卻漏掉了一個極為嚴重的問題。

所有人都低估了博爾大石，並不是低估了此人的能力，而是低估了這個真正見識過中原繁華的北胡權臣的瘋狂和野心。

「快快快！博爾大石貴人說了，咱們打得越狠，漢人離開草原就越早！衝進去殺漢人，殺光了漢人咱們再休息！」

博爾大石叩開北疆屠城焚關，卻沒有在邊境線上做更多的停留，補充了大軍的給養之後，第二天便揮軍南下。

兩日後，北胡軍破程縣，屠城，深入大梁境內一百四十里。

五日後，北胡軍破凌通關，屠城，深入大梁境內三百七十里。

距離當初不破關被打下的日子僅僅九天，北胡軍隊已打下了北疆的重鎮朔州府，突入大梁境內超過六百里開外，騎兵高速機動的優勢被博爾大石發揮得淋漓盡致。

「很好，照老規矩，進城不封刀，大家好好痛快痛快！告訴咱們的兒郎，這裡不過是小地方，不要留戀，明天一早，大軍繼續向南疾進！」

眼看著朔州城裡一處又一處冒起了濃煙，城下的博爾大石身穿一襲紅色大氅，對著旁邊的軍官哈哈大笑道：「達爾多，我告訴你什麼來著？漢人的繁華是你們在草原上想都想不到的，你知道咱們打下這座叫做朔州的地方意味著什麼？」

在他身邊站著的，正是博爾大石麾下的鷹奴隊長，如今化名達爾多的蕭家長男蕭洛堂。

此刻他睜大了眼睛，故作茫然，可是內心深處卻早已經如驚濤駭浪般震撼。

朔州！

過了朔州，就意味著博爾大石已經打穿了北疆，前面……前面就是中原了！

「這個……漢人們說這裡是朔什麼的我不在乎，總之，博爾大石要去哪裡，達爾多就去哪裡！只是這麼長時間也沒派給我什麼事情做……很悶啊！我們發幾封信回草原好不好？很多部落都在等著看博爾大石會怎麼做，早點發些消息回去，大家早點安心……」

博爾大石大笑道：「就知道你這傢伙憋壞了，這麼久沒放你的鷹兒出去，心裡癢了是不是？放心，鷹兒肯定有展翅高飛的那一天，但不是現在！我不是跟你說了很多次了，漢人一刀捅到了咱們的金帳和聖山，我們現在也要捅一把刀到漢人的心臟裡！草原上那些部落知道或者不知道又怎麼樣，咱們現在反正是誰都不靠，只能靠自己，又何必向他們傳訊呢？」

這番話聽起來其實破綻頗多，蕭洛堂臉上依舊是一副聽不懂大道理的模樣，卻對於眼前這個年輕的草原權臣不輕易在別人面前表露策略瞧得明明白白。

博爾大石其實並不喜歡北胡傳統意義上的那種部落聯盟制度，而更傾向於漢人史書中所記載的一言定江山的雄主帝王。如今北胡軍中精銳盡握他手，那些留守部落十有八九是對博爾大石陽奉陰違的。征北軍把那些部落打得越狠，在草原上燃起的戰火越大，對於博爾大石來說就越正中下懷，他巴不得原有的狀況被徹底打破，那樣反而更方便他以英雄的姿態回到草原建立他理想中的全新規則。

也正是因為這樣，北胡軍自從利用沙暴金蟬脫殼掉頭南下以來，博爾大石就以保密為由下了死令，對於外界保持絕對的靜默，甚至北胡老巢也是如此。自己這個鷹奴隊長卻是被徹底廢了，沒有半點趁亂向外傳遞消息的機會。

「達爾多等待博爾大石的命令，我相信，總有一天博爾大石會讓鷹兒重新翱翔在藍天上的！」

蕭洛堂挺了挺胸膛，露出了崇拜博爾大石的北胡武士最常見的神色。

「很好，去看看你的鷹兒們吧！如果實在待膩了，就進朔州城去好好痛快一下，漢人的錢帛很多，漢人的女人皮膚像水一樣滑，別老覺得悶，會有你立下大功的時刻！」

博爾大石大笑著回答，可是目送蕭洛堂轉身離去後，眼中卻掠過了一絲複雜的神色。直看著這位草原上最好的驅鷹人走到了很遠，這才叫過自己身邊的親衛隊長，低聲道：「派人去盯緊鷹奴隊，看看他們有沒有什麼古怪的地方。」

那親衛隊長登時變色，大驚道：「博爾大石，你懷疑達爾多……」

「我沒有懷疑達爾多，也沒有點出名來要你去查什麼人，只是派人去盯緊一點而已。」博爾大石搖了搖頭打斷手下的話，嘆道：「這段日子裡我一直在想，草原是我們的地方，可是漢人打進草原，所有一切的時機實在是掌握得太好了，就好像所有的東西都在針對我們的行動布置得剛剛好一樣。自從我下令停止一切鷹信以後，漢人反倒有些應對失措了。難道漢人在他們自己的土地上倒比草原和沙漠更加消息不靈通嗎？想來想去，只有咱們自己的鷹奴隊能夠做到這一點，派人看緊點，懂得如何狩獵的豹子終歸是應該小心的。」

博爾大石下了密令的時候，蕭洛堂也在反覆思考，自己是不是太露形跡了？如今這樣的形勢，大梁已經擺明措手不及，陛下調兵遣將應對是需要時間的，就算自己冒死送出消息去，對大局能夠起到多大的作用？現在需要等，等一個大梁能夠把力量調集起來，讓博爾大石和北胡軍主力一舉覆滅的時機。

低下頭，蕭洛堂又開始專心致志地侍弄起那些信鷹來。接下來的幾天裡，似乎除了這些神駿的信鷹，再沒有什麼能夠勾起他注意力的東西。

「博爾大石是不是太小心了？達爾多以前在草原上的時候就立過那麼多戰功，這傢伙……這傢伙滿腦子都是他那些鷹，就是個癡子！」

密查的北胡人枯燥地盯了幾天，就得出這麼一個不痛不癢的結論。比起四方樓裡都能標號為「蕭一」的大梁頭號細作而言，他們在搞情報玩潛伏方面的水準還差得遠。

可是監視依舊繼續，博爾大石得到了這份回報只是淡淡一笑，並沒有絲毫的放鬆。早在從漠北回軍的時候，他就已經定下策略，草原如今已經被他放棄了，那裡只有那些還不夠聽話的留守部落和茫茫無際的青草，愛怎麼樣怎麼樣。大梁才是最為富饒的所在，你打你的，我打我的，看誰先撐不住？

就在北胡軍主力禁止通信的時候，草原上征北大軍卻是被一連串飛來的鷹信攪得大驚失色。

「明修棧道，暗渡陳倉！這博爾大石居然玩了一齣金蟬脫殼，咱們中計了！」蕭正綱緊緊握著拳頭，臉色已經鐵青。

「怎麼辦，怎麼辦啊？那可是北胡大軍真正的精銳，十幾萬控弦鐵騎進了大梁，咱們這……咱們這裡……」監軍太監皮嘉偉急得雙腳亂跳，語無倫次。

最早到達的信鷹是從不破關過來的，四方樓北疆分部裡那些把使命放在生命上的情報人員發揮了他們最後的作用，屠城焚關的時候，飛出來的信鷹並不止是飛往四方樓總部的那幾隻。

退是一定要退的，不破關淪陷，糧草補給一時半會兒運不上來，四十萬大軍就這麼孤零零地扔在草原上，每一天的人吃馬嚼都是天大的數字。從不破關被北胡軍主力打破的那一刻起，回軍的結果就幾乎是已經註定了的。

可是退也不是那麼容易的，在征北軍的正面，北胡人在沙漠綠洲裡的聯營依舊是氣勢磅礴，雖然現在基本可以斷定那不過是虛張聲勢，但是從種種跡象上看，那裡最少還有幾萬兵馬，他們仍然有餘力不停地今天搞上幾把突襲，明天打上兩場小仗。

此刻撤退，不僅對於征北軍士氣是嚴重的打擊，那些北胡軍的餘部更有延續著北胡人一貫的戰術，像吊死鬼一樣跟在大軍屁股後面，等著打你一個突擊。那些草原上如今被打得沒脾氣的留守部落也極可能死灰復燃跟他們會合，到時候一個處理不好就是天大的麻煩。

蕭正綱看著眼前的鷹信皺著眉頭苦思，他用兵向來以穩為主，若是照著他一貫的風格，這時候應該把面前的敵人擊破了再全軍回援才是上策。

這其實也是最符合現在征北軍的做法，前後受敵，兩線作戰，還要大軍調動中返回大梁，這無論從哪一方面來說都是兵家大忌。

可是……

「元帥，回援啊！如今北疆都被人攻進去了，我等又豈能坐視？正當是回援和博爾大石決一死戰的時候，您還等什麼，這就下令吧！」

皮公公一如既往的聒噪，這傢伙不懂兵，但是身負監軍太監之職，就等於代表壽光帝在監視這支軍隊，位高權重。

蕭正綱抬起頭看了看那位皮公公，眼中的輕蔑之色卻是一閃而過。他分明從皮公公的神色裡看到了恐懼，這哪裡是什麼急著回去保大梁國土，根本是怕糧草斷絕，歸路被斷，把自己這條命丟在草原上。這位監軍太監，此刻滿腦子想的都是趕緊回到大梁才算踏實吧？

可是，回去？回去就安全嗎？要撤，也不是這個慌亂法！

「閉嘴！再敢妄言半句亂我軍心，本帥請王旗斬了你！」蕭正綱猛然厲喝。

皮公公渾身一顫，統兵大帥要殺監軍太監？這自然是與軍規不合，可是到了這個時候，朝廷只怕還眼巴巴地指望著征北軍救命呢，就算是蕭正綱真把他給砍了，又能怎麼樣？

眼中的怨毒之色一閃而過，皮公公再看看帥帳裡那些武將看向自己的目光，到底住了嘴，還真就半個字都不敢再說了。

「北疆此刻只怕已經糜爛了，大軍等不得！父帥，把之前我帶過的那五萬騎兵留給我，不論博爾大石留下多少人馬在那聯營裡，我定讓他們全軍覆沒！」

一個聲音忽然出現在帥帳門口，眾人望去，只見一個身纏繃帶的年輕男子在軍醫的攙扶下出現在眼前。他的臉色依舊蠟黃得嚇人，可是眼神是鋒利而冷靜。

「聯營那邊，末將打包！」蕭洛辰的聲音無比堅定。

◉ ◉ ◉

局面的惡化速度比預想的還要快。

安清悠坐在清洛香號裡，看著空空蕩蕩的大堂苦笑。如今北胡入關，天下震動，香物這種東西一下子變得可有可無起來。從壽光帝召集群臣坦言相告北疆關破開始，京城市面上的第一俏貨就從清洛香號的香物變成了糧食，其次是真金白銀，當鋪的生意倒是火紅無比。

現在商人們算得上是冰火兩重天，一部分人的生意一落千丈，一部分人則狠下心來幹起了囤積居奇發國難財的勾當。

「五奶奶，近來的客商少了很多，北面的生意幾乎斷絕了，京城裡來買香物的人也是越來越少，西川和江南那邊倒是還有些客商會來，不過人也是少了許多……」安花娘手捧帳本做著彙報，也是一副落寞的樣子。

「咱們是賺錢還是賠錢？」

「賠錢倒還不至於，可是如今各處送進京裡的材料都在漲價，基本就是白幹了……」

「那就白幹吧，當初跟各方面說得清楚，咱們清洛香號做過的承諾一口吐沫一個釘，一年定價一次，就算調價也是明年的事情，更何況咱們過好日子的時候工匠們都跟著咱們，如今世道有些差，可也別虧了人家，工錢比平日時多算些吧。都是一家子一家子的，誰也不容易啊！」

安清悠嘆了一口氣，如今北方雖是動盪，但是江南川西之類的地方卻沒有受到什麼波及，甚至由於缺貨的影響，賣的價錢反而比原來還高，但凡這時候敢上京城來提貨的都是要錢不要命的主，弄回去原漿就地一生產，登時便是極為豐厚的利潤，便是自己漲上幾分價錢，也是會有人來提貨，理由是現成的，可是實在不想做那借勢起價的事情。

說到底，自己並不是一個徹頭徹尾的商人啊！

其實清洛香號做得已經很不錯了，如今這局面下，京城裡做香號的幾乎沒有一家不在賠錢，如果不是靠著安清悠那個自產原漿外地合作生產的法子，天知道如今規模龐大的清洛香號會賠成什麼樣子。能夠維持住一個死撐的局面，已經相當不易了。

如今店裡壓根兒就沒什麼客人會來，門口忽然響起笑聲，安清悠抬頭望去，只見來人竟然是太子牧。此刻他穿著一身便服，身邊跟著太子妃劉明珠。

「素聞蕭五夫人心善，能夠在這等時候還想著曾經的承諾，想著自家工坊裡靠著清洛香號吃飯的工匠從人，令人佩服。」

「見過太子殿下。」安清悠要站起來行禮，卻被太子牧攔住，「快免了，如今蕭五夫人有孕在身，如何還使得這等虛禮，若是有個什麼差池，洛辰表弟回來還不跟孤鬧個天翻地覆！」

提起蕭洛辰，安清悠心裡一痛，昨天壽光帝剛給她傳來了最新的鷹信內容，征北大軍果然還在，博爾大石那是玩了一把金蟬脫殼繞道而行。只是蕭洛辰身負重傷又引發了急病，生死難料，再加上如今征北軍退路已斷，糧草難繼，何時回京這個話題……真是讓人一提起來心裡就難受。

「蕭將軍吉人天相，姊姊放心，他一定會回來。」劉明珠給太子打了個眼色，伸手一把扶住了安清悠，轉移話題道：「姊姊也是，既是有了喜，身子也是一天比一天不便了。不在家裡安心養胎，又到這店裡來做什麼？剛才我和殿下專門到蕭府拜訪卻是撲了一個空，這才知道姊姊奔著店裡來了。哎，老夫人怎麼也不管管，讓姊姊這般亂跑？」

「這事兒也怪不得老夫人，她到宮裡見皇后娘娘去了，如今這事情這麼多……我也是在家裡待得氣悶，想著如今這狀況店裡許是不好做，」安清悠苦笑。有些話說到這裡就夠了，如今事情千頭萬緒，蕭家自己也有自己的一攤子事情要忙活，沒必要對太子夫婦往深裡說，便對著太子牧道：「既如此，請殿下恕臣婦行動不便，失禮了。不知殿下來見臣婦有何要務？」

太子牧忽然長身而起，對著安清悠一揖到地，默然不語。

在場之人都大驚，安清悠急忙攔著道：「殿下這是何意，快快請起，臣婦當不起如此大禮！」

太子牧推辭了幾次，直到安清悠著急才起身道：「實不相瞞，孤今天是求五夫人諒解來了。」

安清悠訝然道：「殿下並沒有做過什麼對不起臣婦的事情，何談諒解一說？」

太子牧苦笑，「明人不說暗話，昔日李家和九弟全盛之時，孤不得已而行蟄伏自保之事。瀛台得脫之後，有些事情不得不補上之前那十幾年的空缺，有些投效到我門下之人該收也得收，該用也得用，便是對劉、安、蕭三家，孤也是頗有敲打之意。五夫人素來蕙質蘭心，這等事情如何又看不出來？如今戰局惡化，孤捫心自問，區區權謀之事實不足道，之前種種，在此一併謝罪了！」

安清悠微微詫異，說起來自己雖能看出這位太子爺的一些兆頭，但他倒沒有做出什麼真對幾家不利的事情，若是因一些兆頭便來謝罪……以太子之尊，需要如此嗎？

「殿下言重了。殿下身為太子，少不得要面對這些事情。所謂權謀二字，實在是談不上，又何必太過在意呢？別的不敢說，若是為國為君出力分憂，安家也好，蕭家也罷，向來是義不容辭的。」安清悠瞧了瞧站在太子牧身邊的劉明珠一眼，又加上了一句：「劉家也是。」

太子牧心中一喜，這話雖然說得平穩，但在那些語焉不詳的說辭裡，安清悠的意思反而表露得明白，很多事情她可以理解，蕭家、安家等大家族也知道臣子本分，這就足夠了。

「說起來還真有件事情要求蕭家。」太子牧長長地出了一口氣，直奔主題道：「如今北胡入寇，父皇下詔命天下兵馬北上御敵，可是各地領兵將領們態度不一，有領命後急進北上的，更有些人兵到是帶出來了，走得卻猶如蝸牛一般的慢。說到底，還不是在觀望，若是居賢關戰事得利，征北軍回援及時，他們便會一窩蜂上去沾光領戰功，若是戰事不利……哼！只怕這些人溜得比兔子還快，到時候真是懷著什麼心思，只怕是誰都不知了！」

「竟有此事？」安清悠吃了一驚。

「這……」這次輪到太子牧詫異，半晌才道：「五夫人嫁進蕭家這麼久，有些軍隊裡的東西，難道竟是不知嗎？」

說實話，安清悠雖然嫁入了蕭家，卻從未曾插手過軍隊之事，所涉及的也只是辰字營這樣的精銳，最次也是號稱兵甲之利大梁第一的征北軍，對於某些地方軍中的齷齪事還真不知道。

擁兵自重者有之，養寇為患者亦有之。說到底，大梁軍隊中的種種陳年積弊眾多，大梁立國這麼多年，官場中早已經積累下來了無數問題。無論是文臣武將中，總有剛直清正之人，亦有貪腐營私之徒。

「平日裡這些事情別說父皇明白，便是劉大人、安老大人他們亦是心知肚明，可是之前畢竟文臣之勢太強，諸如李家和九弟……父皇為了平衡文武之間的勢力，對軍中很多東西也就睜一眼閉一眼。如今國家有事，孤親自管上這調集援軍之務才知，這……這……」太子牧說到這裡，竟是有些說不下去了。

安清悠登時知道這裡面的大概，有些東西之前皇上默然不問，如今要到前方和北胡人打仗，卻是半點做不得假。派去多少軍隊便是多少軍隊，你吃空餉報虛數糊弄一下朝廷的自己人還可以，北胡人可是不管你那一套。

更別說這除了數量，還有戰鬥力，如果真是一堆武備鬆弛的部隊送上了前線去，那不是給北胡人送菜嗎？

「殿下意欲何為？」安清悠眉頭大皺，緩緩地道。

「是人都知道要整武備肅軍紀，可這軍中之事，孤實在是不明白，這不是……這不是找蕭老夫人和五夫人問計來了嗎？」太子牧苦笑，他飽讀兵書，曾自詡若問兵事難不倒自己，可這真一操辦起來，才知道首尾竟是如此麻煩。

「走！」安清悠忽然站直身子，邁步便向門外走去。

「去哪兒啊，姊姊？」劉明珠問道。

「進宮！」

一炷香的功夫後，一輛馬車緩緩駛進了北宮門，太子牧坐在車廂裡，一個勁兒地稱讚：「五夫人真是女中英豪，行事乾脆俐落……」

「殿下別誇了，這是幫殿下辦事，也是為國分憂，說到底也是幫我們蕭家自己……」安清悠嘆了口氣，自己的丈夫和公公如今還在北胡呢！

慈安宮中，蕭皇后和蕭老夫人齊齊皺起了眉頭，她們二位雖然是女子，卻更是道地的蕭家人，對於軍中之事哪有不明白的。

蕭皇后低頭思忖一陣，慢慢問道：「皇兒，此事陛下可知曉？」

「父皇當然知道，如此大事，兒臣又哪裡敢胡亂糊弄？」

「那陛下怎麼說？」這話幾乎是眾人一起問出口的。

「父皇說，讓我來找蕭家問計……」太子牧的回答語驚四座。

「找蕭家問計？」蕭老夫人皺眉，如今蕭家就剩下一堆女人，輔佐夫家也就罷了，這等調兵整軍之事誰也不是當過將軍真幹過的。如此軍國大事，太子沒有經驗也就罷了，壽光帝怎麼也如此兒戲？

她抬起頭來與蕭皇后和安清悠分別對視了一眼，終究還是向著太子牧沉聲問道：「敢問殿下，如今這居賢關處到底有多少兵將已經集結到位？」

「外面雖然是說已經有二三十萬兵將雲集，可是實打實地說，不足八萬！」

「八萬不到？」這話說得蕭皇后和蕭老夫人差點從椅子上跳起來。博爾大石領兵二十萬破關，這居賢關是大梁整個北方的最後一道屏障，整天說調兵，調來的兵將居然只有八萬不到？

「所謂二三十萬軍隊不過是孤想出來的惑敵之策，不虛張聲勢一番，只怕那博爾大石更會毫不客氣地揮兵直入，到時候京師震動，可就真是動搖國之根本的大事了！」太子牧無可奈何地苦笑道：「就這八萬不到的軍隊還是孤費勁催來的，真打起來怎麼樣還不好說，若是比起那博爾大石的精銳鐵騎來……算了，跟北胡人壓根兒比不了！」

眾人越聽越是心往下沉，鬧了半天，大梁國的北方屏障是靠空城計在撐著？

博爾大石帶著幾個親衛，眼下正站在居賢關外的一處高地之上，臉上是抑制不住的冷笑。

「這樣兵將就算來的再多，也不過是圈裡的豬羊，猛虎衝進去一聲吼，就會嚇得瑟瑟發抖，還打什麼仗？」

對於博爾大石這種草原上的一代天驕來說，觀敵識陣的功夫自然不在話下，就這麼遠遠瞧了一炷香的功夫，那散亂的旗幟，那趕集一樣沒章法進入居賢關的援兵，足以讓他看明白自己將要面對的是什麼樣的對手。

莫說傳言中二三十萬兵馬只是太子牧無可奈何之下造出來的聲勢，就算是眼前真有二三十萬軍隊，他也有足夠的信心一擊而破。

「博爾大石，那現在我們怎麼辦？是不是要打這個居賢關？」蕭洛堂正跟在博爾大石身邊。此刻他手心裡全是冷汗，便是也沒想到，隱姓埋名離開大梁六年，重回故土之時，看到的竟是如此不堪。

「那麼著急打居賢關做什麼，讓他們以為這樣就能守得住這裡最好！」

博爾大石深深看了蕭洛堂一眼，忽然又仰天大笑道：「漢人的書上說，如果是兩個國家打仗，最重要的不是占了哪裡攻破了哪裡，而是看誰能夠先把對手那些真正能打仗的軍隊消滅掉，所以我們現在反而不急，我們等！」

「等？等什麼？」

「等那些急著來救他們中原腹地的征北軍！」

「稟皇上，殿下剛剛去了蕭家和清洛香號，如今正在慈安宮和皇后娘娘及蕭老夫人議事。」

「嗯，朕的義女呢？也被他接到宮裡了？」

「回皇上的話，蕭五夫人是太子殿下親自從清洛香號裡請出來的，如今也在慈安宮。」

「京東、京西兩大營的開拔都已經安排妥當了嗎？這是要命的事情，萬萬輕忽不得！」壽光帝心知肚明，這是自己前幾十年留下的隱患，如今在北胡大舉入侵的情況下，終於不可避免的爆發了。

「回皇上話，京東、京西兩大營的都統已在前往居賢關的路上，他們昨夜就已經開拔了。」

「哼！博爾大石，就算你在漠北諸部收編了一批部落，頂多也就是二十五六萬的兵力，繞道而行，入關作戰，我就不信你不留一部分牽制征北軍！打朕的不破關，打朕的朔州，一路打到居賢關下，草原之鷹，有本事啊！可真朕就不信，你會沒傷亡，你會沒損耗？現在的你，一共也就剩下十五六萬兵力撐死了！」

壽光帝望著地圖上標明的形勢，冷哼一聲，「給征北軍發幾封鷹信，讓他們行動再快一點！朕要合圍那博爾大石於居賢關城下，讓這隻草原之鷹來得去不得！畢其功於一役，這場仗大局就定了！」

就在壽光帝行棋布子的時候，慈安宮中的討論也已經快到了尾聲。

「……居賢關位置之重，皇上是不可能放任那些心裡有亂七八糟念頭的軍將們這麼慢騰騰地磨蹭的，看著吧，誰走得越慢，將來誰的下場就越慘。現在沒有欽差去拿人砍頭，不過是值此朝廷用人之際，陛下不願把軍方弄得太過緊張而已。」

蕭皇后不愧是最懂壽光帝心思的女人，此刻綜合種種局面，終於拿定了主意，抬起頭來掃視了場中眾人一眼，這才緩緩地道：「皇兒不妨向陛下進言，一方面讓四方樓派一好手能吏，選擇一支比較好對付的軍馬斬其將而奪其軍，加速前進以立威，另一方面暗中散出風去，就說如今皇上對諸軍進度極為不滿，倒是皇兒你這裡如今剛從瀛台出來沒多久，亟需在軍中的堪用之人，若是到了京城的不用去戰場，而是會被編入禁軍。如今局面，投入太子門下不但可保身家性命，更能在將來謀一條富貴路。如此一張一弛，定能讓那些躊躇不前之軍盡數來京。」

「來京？」太子牧疑惑地道：「那居賢關怎麼辦？博爾大石是草原上的一代天驕，那空城計可未必能唬他多久……」

「太子爺，您可真是當局者迷！人人都知道居賢關重要，皇上焉能不知？我敢打賭，京東、京西兩大營的兵將如今一定在去居賢關的路上，把這些兵馬都調到京城來好好整訓才是正理啊！」蕭老夫人性子耿直，直接拍胸脯道：「到時候禁軍重編，需要什麼將官指揮整軍訓兵的，我們蕭家包了！這麼多年看著兩代大將軍東征西討，京裡京外的閒散武將們誰是真懂練兵，誰又是徒有虛名，都在老婆子的心裡裝著呢！」

太子牧目瞪口呆，真沒想到這些女人真的有料，倒是自己在兵事上真是個白丁了。正自感慨間，忽然又聽得一個淡淡的聲音道：「皇后娘娘殺伐決斷，老夫人亦是熟知兵事之人，我對於這些東西是什麼都不懂的，不過，我有個想法，若說那重編禁軍的整訓要用幾個月半年，說不定使得此計之後，只要一兩個月……」

「啊？」太子牧赫然轉頭，只見獻計之人居然是安清悠。

待慈安宮中議事完畢，蕭老夫人緊著催促安清悠趕緊回蕭府去養胎，兩人先行離去。

太子牧帶著劉明珠也要離開時，卻被蕭皇后叫住：「皇兒，母后知道你這麼多年憋得狠了，前些日子又在瀛台裡圈著吃了些苦。如今局勢已明，你也不必太過操之過急，三大家族效忠的到底還是是朝廷，是皇室。古人云，無為而治，有時候，你並不需要對別人做些什麼，反倒是別人會主動效忠的。」

太子牧腳步驟停，回過身來，苦笑著慢慢地道：「有些事兒臣不僅僅是急了，而且是嫩了。今日看到母后和蕭老夫人、蕭五夫人等種種舉措，兒臣才真正明白什麼叫做天下能人何其多，有些事情兒臣或許擅長，有些事情卻未必及得上幾個女子。父皇此次命我負責各地調兵之事，未必不是有些讓兒臣吃苦頭的意思。欲正天下須先正己，兒臣要學的東西還很多，整天糾結於別人是不是畏懼拜服，那不是為君者該幹的事情，這一次兒臣受教了。」

「有些事情要拿得起，也要放得下。要想做一個好皇帝，首先要明白什麼是帝王該有的胸懷。」蕭皇后露出了欣慰之色，「正所謂學無止境，前些日子你父皇曾對我說，有些事情他悟了一輩子，臨到老來卻發現要去琢磨研究的事情越來越多了。這治江山的學問，無窮無盡。為君者已經有四海，不如留一顆平常心，我若無愧江山社稷，江山社稷自無愧於我罷了。」

「我若無愧於江山社稷，江山社稷自無愧於我……」太子牧低聲念叨了幾遍這兩句話，陡然一震，彷彿想通了什麼一般，對著蕭皇后行了一個大禮道：「母后教誨，當真如醍醐灌頂，令兒臣茅塞頓開。這兩句金玉之言必當牢記在心，以之為座右銘。」

「罷了罷了，母后不過是一個婦道人家，這等事也就是跟皇兒說說而已。老百姓都說兒孫自有兒孫福，母后從小時候看著你，就覺得牧兒是個有福的，只是，將來是不是有福氣，還要靠你自己努力了！」

蕭皇后的臉上終於露出笑容，話題一轉道：「那重編禁軍是重要事，你可得盯緊了……倒是洛辰媳婦出的怪主意，倒是有趣得緊，你看如何？」

「兒臣覺得未嘗不可，最起碼可以先試上一試，要是不行……再停！」太子牧想起安清悠所獻的加速練兵之計，也不禁笑了，「洛辰表弟這兩口子……真是一對胡鬧的夫妻，不過眼下這許多來京裡的地方軍都已經爛透了，真要鬧上一鬧，沒準兒有什麼奇效也說不定。兒臣之前對這五夫人的過往經歷曾仔細研究過一番，她以前做的事情在當時很多人也都覺得胡鬧，可是鬧來鬧去不知道怎麼……好像居然就鬧成了。」

事情的發展並沒有出乎慈安宮中的預料，太子牧向壽光帝的進言不僅很快得到了批准，而且極受重視。父子二人商議一番之後，派人祕密出京，在北上諸軍中走得最慢的一路裡，皇甫公公親自出手，於眾目睽睽之下，當眾格殺山南提督盧俊峰以下軍官一十六人，由四方樓好手組成的精幹隊伍配合壽光帝派去的欽差，幾乎是轉瞬間便控制了八萬多山南地方軍的兵權。

「搞那些小打小鬧的沒意思，山南地方軍在幾支磨磨蹭蹭的北上軍隊裡人數最多，那山南提督盧俊峰又早就有擁兵自重的做派。要這麼搞殺雞給猴看，那就殺一隻大點的猴，搞得聲勢大一點！這個江山還是大梁的江山，更何況如今正是需要三軍效命之際，有畏縮不前的，有懷有異心的，真當朕收拾不了他？」

壽光帝很滿意四方樓雷厲風行的效率，而他老人家在朝會上大模大樣地發了一通脾氣之後，消息登時傳遍京城內外，原先躊躇不前的某些領兵將官們登時心驚膽戰。前車之鑒不遠，這等命運哪一天若是落到自己頭上，那就後悔莫及。

可是，若要去居賢關，那裡等著的可是從草原上一路殺到中原腹地的博爾大石，以及他那號稱二十萬的北胡鐵騎，那可是打下一城屠一城的。

就在此時，另一股消息忽然如風般的傳遍了北上諸軍。

「兄台還不知道吧？如今太子殿下剛從瀛台裡出來沒多久，正是手邊缺人手的時候，尤其是軍中，缺根基啊！你說，這時候如果投到殿下門下，將來是個什麼前程？」

「太子殿下可說了，若是跟著他，咱們就不一定非得去居賢關！你說咱們和北胡人死磕個什麼勁兒啊，那都是些亡命之徒！咱們跟著太子爺把軍隊往禁軍裡頭一編，諸位就搖身一變成了京東京西兩大營的人，拱衛京師啊！至於那些上前線的事，有別人對不對？」

「賢侄，可笑你大難臨頭尚不自知，老朽今日來訪，便是要指點賢侄你一條明路……」

各式各樣的說客彷彿從天上掉下來一般出現在北上諸軍的軍營裡，什麼昔日好友，什麼世交長輩，當真是忽如一夜春風來，千種萬種說辭來，核心卻是只有一個，在這種進退維谷的局面下，只有帶兵到京城投入太子門下才是正途。

有些事情在某些特定時間裡就是這麼荒唐而又現實，國家有危難時，一個個躊躇不前，一份看上去還隔得很遠的前程富貴卻有人趨之若鶩。惶惶不可終日的地方軍將們，終於找到了一個擺脫困境的突破口，

去京城！這事兒有前途啊！

北上諸軍的行軍速度驟然加快，卻沒人衝著居賢關去，一窩蜂都奔著京城來了。

壽光帝和太子牧偷笑，跟我們爺兒倆玩權謀，天下有誰是對手？

蕭老夫人則時不時帶著安清悠進宮向蕭皇后請安，幾個女人笑得得意洋洋，這主意都是咱們娘兒幾個出的。

不管怎麼說，北上諸軍前後腳到了京城，太子倒是真不食言，進京的地方將領無論是來自何方何處，一律熱烈歡迎不說，進京第一件事就是先給他們官升一級。

許多在進退維谷的局面下進京的地方將領，很有一種終於找到靠山的感覺，接著他們就受到了太子親切的單獨宴請，觥籌交錯，推杯換盞之際得知，某某重要職位如今出缺，你這樣忠心投靠於孤，孤也不能虧待於你，這位置就是你的，這個職務很重要，你一定要替孤好好把住了，孤可是拿你當心腹看啊……

受寵若驚，真的是受寵若驚！

於是信誓旦旦者有之，拍胸脯恨不得當場為太子兩肋插刀者更是大有人在。又是心腹，又是升官，這天大的好事哪裡找去？只是等到他們興沖沖地上任沒幾天，卻都發現這事情很不對勁。

那些所謂的「重任要職」，說白了不過是一些只有唬人頭銜而沒有實權的位置。朝廷畢竟是皇上說了算，多弄幾個貌似光鮮體面，其實屁也不是的虛職太容易了，更重要的是，他們忽然發現他

們沒有兵了……

杯酒釋兵權這一招，史書上早就有無數人使爛了，如今太子使出來，倒是深得壽光帝真傳。

無數原本亂七八糟的地方二三線部隊被拆散混編，重新編制之後變成了禁軍的一部分。

飯食管飽，餐餐有肉，軍餉足發。禁軍果然是禁軍，待遇就是好。比在地方當守備部隊的時候強多了。這批新編禁軍是太子親自盯著的，四方樓親自監督的，首輔劉大學士派來的筆吏和軍中首席大佬世家蕭家從清洛香號調過來的帳目常駐，一組復核、一組審計，每天輪流查帳，誰敢在剋扣二字上頂著風頭搞事？

當然，這些地方守備軍們進了京東、京西兩處大營，也不是來享福當大爺的，他們進營就見到了一堆黑著臉的禁軍教頭。這些人通常自己就是小兵出身，不光對那些偷奸耍滑的事情比這些進京的軍漢們更清楚，執行起軍法來更是毫不手軟，第一天就鋼刀滾滾地砍了三十多個腦袋掛在轅門之外。混帳東西！如今國家有難，正是我等軍人整軍備武，報效朝廷之時，誰敢耍兵痞習氣玩裝犢子手段，這就是下場！

新編的軍漢們見識到厲害，但更出乎他們意料的是，他們居然見到了女人。

大梁的軍營之中素來禁止女眷出入，不過如今局面緊急，太子在上報壽光帝後，大筆一揮，開了特例。只可惜軍漢們見到的可不是什麼妙齡佳女，而是一群……

「這他娘的也叫兵？」

「什麼玩意兒啊？才三石弓都拉成這樣，老娘拉得都比他滿！」

「我說，瞧你們這點出息，摸摸褲襠看看還是不是男人啊！我要生了個兒子像你們這副德行，早把他閹了送進宮裡當太監了！」

辰字營的女眷們當初得了藏軍谷的地契田產，卻不好好過日子，而是跑到京東、京西兩處大營裡看起了熱鬧。

這一群老娘們兒粗手大腳，全無姿色，可是陪著父兄丈夫在藏軍谷裡練了六年兵，對於這些軍漢操練之事早已人人都練出了一副火眼金睛，更何況這麼些年來每日所見都是辰字營這類天下第一等的超級精銳，那些新編進來地方部隊在她們眼裡就是一個字：渣！

真的是夠渣，可是這些女眷們可不僅僅是眼光厲害，那嘴上罵人的功夫也是一等一的，什麼潑都能放，什麼粗話都敢說，還花樣百出。

更大的夢魘降臨到了新編禁軍的頭上。正所謂潑婦碰上了老兵痞子，那擦出來的靈感可就不知道偏哪去了。有幾個油到家的新任禁軍教頭看到這等場面，一合計，居然出了個缺德帶冒煙的主意，每天整訓選出二十個最差勁的兵，挨軍棍。

這一下玩大了！

軍棍倒是不重，負責掌刑的兵都是各處弄來的好手，手下自有分寸。數量也不多，十棍而已，問題是，當眾扒下褲子打屁股時，那些圍觀的悍婦們笑罵成了一團。

「小……」

「真小……」

「頂用嗎？這玩意兒是耗子的？」

「不但小，而且短，還很細……怎麼能他娘的這麼小啊！」

這些婦人們沒規矩沒文化，張口閉口「問候」祖宗。她們的確知道什麼是男人們的逆鱗，碰上這麼一堆打嘴仗能殺人的糙娘們兒，再她們被當眾品頭論足自己的命根子……

就算是再沒臉沒皮的男人，這時候也是連想死的心都有了。

接下來的操練中，當真是個個奮勇，人人爭先，誰也不想當那最後二十名被公認為又小又短又細的。一時間，不待揚鞭自奮蹄，新編禁軍的練兵風氣空前高漲。

「成何體統，成何體統啊！」當然也有看不過眼的，有人臭罵，有人苦諫，可是屁用沒有！

「現在朝廷要的就是能打仗的兵，管他什麼體統不體統，能趕緊練出兵來的就是好法子！」太子牧大手一揮，「孤覺得現在這麼練就不錯，他奶奶的，將來還可以向各地推廣！」

「連殿下都被他們帶壞了，這張口粗話連篇，天家體面啊……」某些人震驚萬分，跑到內閣大學士兼左都御史安老大人那裡去告狀，又跑到壽光帝那裡去上摺子。

安老太爺和萬歲爺很有默契地睜一隻眼閉一隻眼，這兩位太極高手聯手踢起皮球瞎打混，道學先生們只剩被玩得滴溜亂轉的份。

在京城這種地方，消息很快就傳了出來。安清悠聽到了，先是震驚，隨即莞爾，最後聽到效果很好的時候才長長出了一口氣。

她不過是利用了一點男人的心理，想幫著太子在編練新禁軍的時候提高一點效率，沒想到居然弄出這麼一個亂七八糟的……

「這位太子爺骨子裡不會也是個愛胡鬧的吧？」在太子又一次專程前來當面致謝的時候，最早獻計的蕭五夫人腦子卻是莫名其妙冒出了這樣的一個念頭。不過，這等想法自然是不能明說，安清悠很矜持地表示了自己的無辜：「我可沒想到他們會把事情弄得這麼粗俗不堪，當初臣婦所獻之計，不過叫些婦人過去給他們起起鬨，讓那些不堪一戰的兵士們知恥而後勇罷了。」

「知恥而後勇，這幾個字說得好啊！五夫人不愧是女中奇才，真令孤等男兒汗顏……」太子牧讚嘆，回去立刻把知恥而後勇這幾個大字寫了裱在京東、京西兩處大營裡。此舉果然令兩大營的人士氣高漲，操練之時幾乎是把吃奶的勁頭都拿出來了。

「軍心可用啊……」太子牧感慨，卻忘了這些兵大多不識字，之所以還能拚出潛力的原因是，那些禁軍教頭聽軍中文書們解釋了一遍太子題字的意思後，毅然把挨軍棍的名額從最後二十名擴大到最後一百名。

太子牧喜上眉梢，一切似乎都在朝好的方向發展，問題是，還有一個最大的麻煩擺在眾人面前，就是時間不足。

再怎麼樣的怪招能夠提高效率，也沒法讓一群二三線部隊一天之內就變成百戰精銳，而博爾大石所帶領的北胡大軍，是絕對不會給大梁回過氣來的時間。

伍之章 ◉ 蕭家男兒捐軀

「博爾大石，我們瞧得真切，來的真的是征北軍！長長的隊伍密密麻麻，清一色的北疆裝備！」這樣的探馬軍報，等居賢關前的北胡軍主力真是等太久了。

「總算來了！這一下，擺開陣勢迎接那些長途跋涉的對手變成我們了！」博爾大石長長呼出一口氣，笑道：「漢人的書上是怎麼說這個來著？以逸待勞？嘿，不管那麼多了，總之，那棕熊便有再大的力氣，如果一腳踩在了獵人的獸夾子上，不死也落個殘廢！」

另一邊，征北軍的統兵大帥蕭正綱，也正下達命令：「博爾大石還沒打破居賢關，那就意味著我們已經離他很近了。告訴前軍，小心搜索，謹慎接觸，若是遇到北胡軍，不求有功，但求無過，穩住陣腳，就是大功一件！北胡人打結陣而戰，不是咱們的對手！」

只可惜有些人未必這麼想。

「快快快！」

一隊隊士兵匆匆向前趕路，征北軍的監軍太監皮公公正在連聲催促著眾軍前行。

「皮公公，大帥已經說了，對於博爾大石一定不能冒進，你看咱們是不是再……」

如果蕭洛辰還在，以他的身分一定能夠壓制一切，可現在蕭洛辰身負重傷，留在草原上對付那些博爾大石的對峙部隊。如今前軍的統兵將官對著這位監軍太監，說話只能小心翼翼的。

「咱家又不是第一天過問兵事，對於大帥的命令自有分寸，更何況這京裡來的鷹信也說了，務令諸軍兼程趕路，星夜回援關內。這可是聖命！什麼叫星夜回援？沒有讓士卒日夜趕路已經是看在三軍千里勞頓的分上了！再有多言，看咱家不請出監軍旗來處置了你？」皮公公沒有半點聽進勸，「快走，前軍給我快走！」

執行京裡四方樓總部傳來的命令，當然是皮公公的本分，可是他做得顯然過了。整個前軍在行軍的過程中跑亂了警備，跑散了隊形，至於蕭正綱先壓陣腳再尋戰機的命令，更是如同虛設。

「元帥膽子太小了，鷹信裡說得明白，皇上已經從各地調來幾十萬大軍雲集居賢關，只要征北軍夠快，前有堅城，後有追兵，一下子便能把博爾大石團團圍住啊……」

貪功冒進，皮公公此刻被軍功沖昏了頭。

距居賢關六十里，莫邪谷。

相傳，莫邪谷是因為有一位古代的鑄劍大師曾經在這裡煉出絕世好劍而聞名。

此處兩側高山，地勢險要，最適合設伏待敵。

就在莫邪谷一側的山嶺上，化名達爾多的蕭洛堂站在博爾大石身旁，心裡驚駭。征北軍來了，可是來得竟是如此慌忙，以如此險地，竟然沒有先派部隊搶占山谷兩側高地，甚至沒有做出分批進谷搜索的最基本動作，就這麼一窩蜂衝進谷裡來了。

「看見了吧，我就說，我們向中原腹地裡走得越深，漢人們就越會驚慌失措。征北軍既然是這個模樣，那咱們也不用客氣，只要打垮了他們，我就不信人梁國裡還有哪支軍隊能夠擋住北胡兒郎鐵蹄的腳步，等待多年的機會終於來了！」

博爾大石臉上已是抑制不住的興奮，輕聲向蕭洛堂下令道：「傳令下去，讓咱們的兒郎逗逗他們，派一個萬人隊伍出擊，別弄得好像這麼個天塹咱們不懂得用一樣。只是許敗不許勝，讓這些漢人再往前挪動挪動……」

蕭洛堂點頭領命，就在這一瞬間，他做出了一個極為重要的決定。

征北軍是大梁軍隊的精華所在，毀不得，滅不得！蕭洛堂想到自己在居賢關前看到的那些軍容不整、旗幟散亂的部隊，狠狠下定了決心，到了這個時候，就算是冒死放信鷹都失去了意義，那我就自己來！

可是心中著急的蕭洛堂並沒有看到，就在他轉身離開的時候，身後的博爾大石望著他的背影，一抹複雜的神色在眼中一閃即逝。

急匆匆從山頂下來，蕭洛堂帶著兩個傳令兵一路奔著北胡人的大隊而去，只是一出山崖的時候，他忽然面露痛苦之色，一矮身蹲了下來。

「達爾多，你怎麼了？」兩個傳令兵中計，湊了過來。

「唉喲，我這肚子好像是早上吃壞了什麼東西……」蕭洛堂哼哼唧唧地叫著，眼睛裡卻瞧得真切，手腕一翻，一柄短刀登時插入傳令兵的咽喉，緊接著伸手橫擊，一記手刀擊打在另一個傳令兵的脖頸處。

這是個很適合發難的地方，蕭洛堂把兩個北胡傳令兵的屍體扔下了斷崖，輕輕嘆了一口氣。別了，六年多的鷹奴隊長生涯！別了，達爾多這個假名字和北胡身分！

我是漢人，老子的名字叫做蕭洛堂！

當然此刻可不是感慨的時候，蕭洛堂抹掉動手殺死傳令兵的痕跡，匆匆向另一個方向行去。如果能夠在征北大軍陷入博爾大石的埋伏前通知父親，一切就都還算有救。

可惜，連十步都沒走出去，蕭洛堂便聽到身後有一個聲音響起：「真沒想到鷹奴隊裡的奸細真的是你……我本來想著，如果到這個時候你都還能忠實地執行我的命令，那麼所有的懷疑就能抹滅，以後應該可以全心全意信任你！可惜，為什麼是你？我被人稱作草原之鷹，可是出賣我的，為什麼偏偏是替我過手一切鷹信的隊長？」

蕭洛堂的心沉了下去，停步、轉身，只見博爾大石一臉冷峻地站在蕭洛堂面前，那把大日金弓已經握在了他的手裡。

遠處，一隊北胡武士正向這裡趕來。

蕭洛堂一步一步地向後退。

北胡武士已經從幾個方向衝到他面前，組成了一個扇形的包圍圈。向前一步是眾寡懸殊，後退一步是斷崖。一把把弓箭已經搭起，只須一聲令下，蕭洛堂便會被射成一個篩子。

博爾大石皺起眉頭，慢慢地道：「我不明白，為什麼你要出賣我？你是名聞北胡的勇士，是草原上最好的馴鷹人，我將你視為心腹，為什麼你要投向大梁那邊？」

蕭洛堂手握短刀，臉色慢慢平靜下來，淡淡地道：「我是漢人！」

「漢人……」

區區兩個字，一切都有了解釋。

博爾大石苦笑，「四方樓裡派出來的死士嗎？你們漢人的書裡說，唯心智之堅忍，但背辱以負重任，那說的就是你這樣的人吧？真沒想到，居然就在我身邊……」

蕭洛堂默然不語，眼睛悄然尋找著周圍，哪怕是一丁點的縫隙。

「難道你還想逃嗎？」博爾大石一臉傲然，手中大日金弓立起，「就算現在我不會一聲令下把你射個亂箭穿心，可是比刀法箭術，你會是我的對手？」

蕭洛堂沉默許久，終究還是頹然搖了搖頭道：「我打不過你，六年來我一直在尋找機會能夠殺了你，可是你太強了，我比你差得太遠。」

「哈哈哈……很好，你很坦白！」博爾大石大笑幾聲，看向蕭洛堂的目光裡忽然多了幾分認真之色，「我聽說四方樓有個鐵打的規矩，不成功，就得死！如今你的身分已經見了光，就算回去也不過是個被處死的命運，怎麼樣？留下來吧！只要你肯點頭，我不管你之前是誰，以後你還是達爾多，是我們北胡的勇士。漢人能給你的，我都能給你，漢人不能給你的，我也能給你！大梁已經不行了，打敗了征北軍，中原再沒有誰是我們的對手，到時候，你就是開國重臣，不比你在四方樓做個見不得光的奸細更強？」

蕭洛堂靜靜看著面前的對手，忽然出聲道：「這就是你親自來處理我的原因？」

「兵戰事，軍情為先，這是你們漢人說的。」博爾大石抬眼望著天上的白雲，「對於北胡而言，大梁的皇帝現在最相信的消息來源，應該就是你傳出來的情報吧？一封鷹信抵得上十萬雄兵，放兩隻信鷹告訴他一些錯誤的東西也很容易，不是嗎？」

「你覺得我會幫你向大梁傳遞假情報？」蕭洛堂嘲諷道。

「你會的，我本來就沒打算殺你，就算你不肯，我只要抓住你，拷問出你和四方樓之間的聯繫手段就可以了。」博爾大石語氣從容，「早聽說四方樓手段天下聞名，我也一直很想比較一下，我們北胡人的拷問手法和四方樓有什麼不同。」

「你也可以見識一下我們中原男兒的硬骨頭！」身陷重圍的蕭洛堂忽然大笑，只是在說到硬骨頭的「頭」字時，他忽然縱身一跳，跳下身後的深淵。

或者死了，或者那就是一線生機，總之，不能落在北胡人手裡……

只是，他快，博爾大石卻更快。

「放箭！」

暴喝聲中，圍上來的北胡兵早已亂箭齊發，博爾大石拉開大日金弓，一枝雕翎箭已經快捷無倫地射出，竟是後發先至，準頭無差，正中蕭洛堂的胸口。

四方樓裡的王牌間諜，草原上最好的馴鷹人，折翼墜落……

北胡兵呼啦啦一下子圍上了斷崖，不停向下尋覓著，只見蕭洛堂最後一搏，果然讓他掛在了斷崖上的小樹上。只是四肢插滿了羽箭，胸口還有一根更大的羽箭插著。身體掛在樹枝上擺來擺去，再無聲息。

「忠烈之人，可惜生在南朝……」博爾大石站在斷崖上看了一眼，忍不住嘆了一口氣，又道：

「派人下崖去把他的屍身弄上來，此人重要，活要見人，死要見屍！」

兵卒領命，自有人繞道下崖去尋蕭洛堂的屍體，博爾大石卻是沒時間再顧及那些瑣碎小事。眼下征北軍的先頭部隊已經進了莫邪谷，對於整個北胡軍而言，這是比天還大的事情，他需要親臨第一線去指揮。

◉　◉　◉

「什麼？皮公公就這麼急忙忙地領著前軍進了莫邪谷？」

「混帳！這個自以為是的閹人，竟是如此貪功冒進！」

蕭正綱震怒，可是木已成舟，也只得催動全軍前去接應。而此時此刻，北胡人派遣的第一個萬人隊伍正從谷中殺出。

「這就是北胡人的所謂伏兵嗎？」

皮公公說到底也算得上是久在北疆軍中之人，乍遇敵兵，還算沒有慌亂。瞇著眼睛看了一陣北胡人的樣子，發覺北胡人雖然有埋伏，但人數不多，不由得冷笑向著旁邊的前軍諸將道：「各位將軍，咱家早就說過這居賢關上大軍雲集，北胡人便是有埋伏也不敢輕舉妄動。看眼前這等情狀，不過是藉這險要之地想阻擊大軍，討些便宜罷了，此等對手，有何懼哉？眾將士，隨咱家殺敵！」

前軍的眾將官們面面相覷，他們從北胡草原千里迢迢回到這裡，本來就是為了解中原腹地之憂而來，如今終於撞上了博爾大石的部隊，絕沒有退縮之理，只能見招拆招，上前應戰。

征北軍原本便比那些中原腹地的二三線部隊強悍，此刻遇伏不亂。雖然入谷的只是前軍，但北胡人派出的部隊人數更少，士卒們聽得軍令下達，占據兵力優勢的他們，毫不遲疑地直衝上去。

北胡騎兵並沒有衝亂征北軍，反而陷入潮水般湧來的征北軍陣中。那領兵的萬夫長率部抵擋一陣，見事不好，呼嘯一聲，招呼著部下率先殺出，倉惶向後退去。

「派人去告訴元帥一聲，就說前軍在莫邪谷遇上博爾大石的狙擊部隊。」皮公公得意地道：「在咱家率領諸位將軍的奮勇作戰之下，已經把他們打垮了！」

眾將官彼此對視一眼，對於皮公公這話倒是沒什麼異議。無論如何，眼前的伏兵被己方擊敗畢竟是事實，這還真不能說是什麼冒領軍功。想到過了莫邪谷天險，便可直撲居賢關城下，眾人都鬆了一口氣。

「追，給咱家追！跑了這麼久，第一仗定要打個漂亮的……」皮公公大手一揮，尖利的嗓音隔著幾十步外都能聽得到。不過，此時此刻，征北軍的追擊士兵們卻是不用人招呼，盯著那支先出現的萬人隊伍追了下去。

肥！太肥了！

北胡兵進入中原以來，每陷一地便屠一城，姦淫擄掠下固然是早已被漢人恨到了骨頭裡，可是那些掠奪來的財富也是當真了得。這支詐敗的北胡兵又事先得了博爾大石的命令，奔逃之際，沿途拋撒金銀物事，直扔得滿山滿谷都是。

征北軍軍紀算是大梁軍隊中極佳的了，可終究有人見到這般景象也是紅了眼。當兵吃糧，做的都是賣命的活計，有戰場財不發，那不成了傻貨？於是有那停下腳步的，有那低頭撿東西的，便在此時，忽聽得不知是誰發了一通喊。

「弟兄們，北胡兵身上有的是油水，想必他們的貴人身上油水更多，咱們他娘的追啊！」

這話彷彿有某種瘋狂的魔力般，迅速蔓延到了前軍。征北軍的士卒們紅了眼，拚命朝那支敗退的北胡萬人隊伍追了下去。此刻莫說是陣勢，便是最基本的追擊隊型都已經散了。

「公公，窮寇莫追，博爾大石此人狡詐，咱們是不是把兵馬稍微收束一下，再行追擊？」有將領看隊伍散亂得太不像話，向皮公公進言道。

「有什麼可收束的？如今北胡人大敗，正是再鼓餘勇，乘勝追擊之時！之前你們說什麼莫邪谷這麻煩那麻煩的，現在還不是迎刃而解？」皮公公一個白眼翻了回去，「咱家瞧著士卒們挺好，瞧瞧這勁頭，瞧瞧這士氣，什麼叫軍心可用懂不懂啊？跟咱家講兵法，你們還是先識了字，讀兩天兵書再說！」

「什麼？莫邪谷裡果然有北胡人的伏兵，只是被皮公公領著前軍打敗了，眼下正在追擊潰軍？」戰報很快傳到中軍帳，蕭正綱聞聽此言反倒面有憂色，「博爾大石號稱草原上的一代天驕，沒那麼容易對付，這傢伙到底打什麼主意？」

前面的軍情忽然又流水般報來：「大帥，皮公公已經追出了莫邪谷……」

「嗯？出谷了？」蕭正綱一怔。

征北軍的先頭部隊的確已經追出了莫邪谷，皮公公志得意滿，遇見博爾大石的第一仗勝得如此輕鬆，自然是他調度有方。前軍呼啦啦過去，追逐著潰逃的北胡人，追逐著被越拋越多的金銀財貨。

「博爾大石，在斷崖尋找達爾多屍體的兵士回報，他們沒有找到那個傢伙的屍首……」

「什麼？」博爾大石一驚，隨即又笑了，征北軍的前軍已經因為著急而和中軍拉開了一段距離，現在從莫邪谷中出來的，是征北軍的中軍，博爾大石甚至都遙遙看見了蕭正綱的帥旗。

「好吧，不論那個化名達爾多的漢人是死是活，都已經無所謂了！」博爾大石的眼睛裡掠過一絲混合著殘忍和興奮交織著的異彩，「只要我們打贏了這一仗……」

征北軍的中軍部隊拱衛著指揮機構緩緩走出莫邪谷，許多征北軍開始交頭接耳，這莫邪谷看似是個險地，好在大軍通過之時沒遇上什麼大麻煩。前軍已經擊破了北胡人的狙擊，如今險地也過了，算是能鬆了一口氣？

地面上微微一陣震動傳來，許多在北疆打足了仗的老兵們猛然抬起頭。

是馬隊，是規模龐大的馬隊！

「敵襲！」幾個眼尖之人叫出了聲來，他們看見兩側衝出來的北胡軍尖兵。

然而，到了這個時候，喊什麼都已經晚了。莫邪谷的谷口兩側固然有寬闊的平地，更有大大小小的土丘，不僅適合藏匿伏兵，那種斜斜的緩坡更適合騎兵居高臨下地衝擊。

這才是博爾大石深思熟慮後選擇的戰場。

馬借地勢，越跑越快，兩支被精心挑選出來的北胡精銳部隊猶如刺破了薄紗的馬刀，轉眼間便殺入了中軍陣中。倉促抵抗的征北軍士卒臨戰不亂，可他們沒有來得及接受到上面的指令就被衝散，被打穿。

「守住谷口，退回去！」蕭正綱是最先反應過來的，他光一眼就看明白了北胡人的意圖。

蕭正綱的次子蕭洛啟和三子蕭洛銘親自率領中軍親衛向谷口衝去，帥帳剛出谷，這時候谷口若是被斷，那才真正是滅頂之災。必須把谷口控制住，或是讓谷中兵將能夠衝出，或是讓帥帳回到谷內和中軍會合，指揮才不亂，這仗才有得打。

只可惜，蕭正綱雖看出了對手意欲攻擊的要害，但親自帶領精銳衝擊谷口的人是博爾大石。

交馬，錯蹬。

蕭正綱的三子蕭洛銘只覺得眼前一股金光閃過，一件巨大的兵器兜頭砸來，手中長槍向上一架，登時覺得如泰山壓頂一般，虎口震裂，一桿精鋼槍竟是被砸得幾乎要脫手飛出。正大駭對方如此巨力的時候，金色的刃角卻是順勢先下探再反撩，一下捅進了他的肚子裡。

「長得倒是很像，你是蕭洛辰的哥哥？」博爾大石反手抽出了帶血的大日金弓，冷笑地扔下一句：「武藝氣力比你弟弟差得太遠了！」

蕭洛銘喉頭咯咯響，卻是什麼話都說不出來，翻身栽落。

「三弟！」蕭洛銘斃命落馬，蕭洛啟目眥欲裂，一擺手中丈二偃月刀，直上直下地向博爾大石砍了過來。他亦是以力量見長，此刻大吼一聲，衝過來便要為自己的三弟報仇。

「力氣挺大的，刀用得還不夠好！」博爾大石臉上的冷笑之色越發濃厚，堪堪衝到二馬相交，卻是猛然一個側翻，腳離鐙，整個人側倒至戰馬的一邊，頭上腳下，腦袋離地不過數寸，避開了蕭洛啟的丈二偃月刀不說，大日金弓卻是自馬腹下探出，鋒利無比的弓弦絆在了蕭洛啟的馬腿上，微微向後一繃，繼而毫無阻礙地隔斷了那匹馬腿的筋骨。

蕭洛啟馬失前蹄，連人代馬向前倒去。博爾大石翻身回鞍之際，早已持箭上弓，身體向後一仰，幾乎是躺在馬背上向著身後一箭射出，正中蕭洛啟的後腦，直貫而入。

「我曾經對蕭洛辰說過，到了戰陣馬上，他都不是我的對手，何況你們？」博爾大石心中默念一句，陡然一聲大吼：「殺！」

「殺！」北胡騎兵跟在他身後，發出了野獸般的嘶吼，不管不顧地向著前方殺去。

蕭家兩子斃命，谷口失守。

皮公公率領的前軍更慘，他們急著追擊那支北胡軍用來誘敵的萬人隊伍，早已和中軍拉開了距離不說，自己的隊形也變得鬆散。另一支博爾大石安排好的部隊從他們側後方殺出，不僅截斷了前軍與中軍間的聯繫，更開始從背後衝殺擊潰著征北前軍。

斬頭、截尾、殺帥，這才是博爾大石定下來的全盤策略。

四面八方湧來的北胡騎兵越來越多，蕭正綱的中軍大帳身邊那些困在莫邪谷外的軍馬不足萬人，而且在北胡人的輪番突擊下，這不到一萬人的殘軍也已經到了崩潰的邊緣。

「全軍向兩邊的丘陵衝，死也要占上一個小山頭！」目睹愛子被殺，蕭正綱兩隻眼睛布滿了血絲，但是他仍然保持著最後的冷靜。

暴雨不終朝，博爾大石這種疾風暴雨式的攻勢不可能一直持續下去，此刻前後都是敵人的重兵，唯有搶出一處地勢來據險而守，才有一絲活命的指望。

但是博爾大石又怎麼會給他這樣的機會？

谷口堪堪封死的時候，博爾大石已率眾向征北中軍方向衝來，蕭正綱發出這道命令的時候，他的大日金弓已經拉滿。

第一箭，射落了征北軍的帥旗。

第二箭，射死了站在旁邊的掌旗官。

第三箭、第四箭、第五箭、第六箭，捨命衝過來保護大帥的衛士們被射倒了一片。

第七箭，衛士們的犧牲只換來蕭正綱向後側身閃避的一點點時間，博爾大石沒能射中征北軍主帥的咽喉，那枝翎箭扎在了蕭正綱的肩窩上。

大日落七星，這是博爾大石被譽為草原第一勇士的最強之技，憑藉著這樣一手連珠箭，不知道有多少敵人死在了他的大日金弓下。

蕭正綱年輕時投筆從戎，本就是以儒將聞名，武藝並不是他所擅長的。此刻肩窩中箭向後便倒，更不是博爾大石的對手。

周圍的部將親隨死命來救，出招已經是一命換一命的同歸於盡打法。

博爾大石也豁出去了，整個北胡軍瘋狂攻擊，換來的就是這一刻。只要不是奔向要害的刀槍箭枝，一概不管不顧，大日金弓舞成了一片金光，只求速進。

有人射人先射馬，把手中的長槍擲了出來，博爾大石胯下那匹草原上最神駿的名馬「黑雷」，在距離蕭正綱數丈之處轟然倒地。

金光伴著黑影一躍而起，博爾大石在胯下愛駒摔倒的時候，已經借勢瘋狂向前凌空躍出。身在空中，大日金弓朝著射箭相反的方向拉滿，落地之際，鬆手放弦，鋒利無比的金色弓弦已經如一把軟刀一樣彈出，切入蕭正綱的咽喉。

只切入三寸，但是已經足夠了！

博爾大石身上小傷無數，卻露出了笑容。

「再見，蕭大元帥！」

入夜。那些從絕壁上退下來的火球早已變成了一堆堆灰燼，取而代之的是北胡軍隊點亮得明晃晃如同白晝的無數火把。莫邪谷裡到處都是身穿大梁軍隊服色的屍體。谷外，還在潰逃的征北軍士卒更多。雖然他們在北胡人的刀下留了一條命，但士氣被奪，編制打散，已經變成了一小股一小股的敗軍，再無法對博爾大石麾下的北胡主力構成任何威脅。

「帶上來！」一聲高叫，一群被五花大綁的征北軍將領被帶到了博爾大石面前。

博爾大石雖然受了七八處傷，可是心情好到了極處，征北軍被打垮了，他完全不認為還有什麼人能夠阻擋他打敗大梁。走過這些戰俘面前，他高傲得如同已經征服了天下的帝王。

「咦？又一個長得很像的？」博爾大石忽然停了下來，走到一個年輕的征北軍將領面前，「我聽說蕭家有五個兒子，你也是蕭洛辰那個傢伙的哥哥？」

這個被俘的年輕軍官正是蕭家的四子蕭洛松，在亂軍中，他被砍斷了一隻手臂，痛得暈了過去，這才做了戰俘。如今看著博爾大石，雖然臉色慘白，眼睛裡卻似要噴出火來一般。

「不用那麼憤恨地看著我，你們漢人有句話，兩國交戰，各為其主。」

博爾大石帶著一種勝利者居高臨下的睥睨和微笑道：「我對於蕭家人的武勇和剛烈一直以來都是很景仰的，只要你肯降……」

「蕭家人只有戰死的，沒有投降的！」蕭洛松猛然大吼一聲，身子陡然向外竄出。一臂被斷，渾身被綁，這一衝卻是用盡了他最後的一點力氣。此刻他身上唯一還有攻擊性的只剩下牙齒，便直接用咬的，咬向博爾大石的咽喉。

只可惜，以蕭洛松的武藝，就算身體完好，也遠不是博爾大石的對手，何況如今這般情狀？一擊落空，兩柄長矛已經插入蕭洛松的胸膛，接著博爾大石身邊衛士的馬刀砍來，一顆頭顱沖天而起。

蕭洛松的首級落在地上，表情居然很安詳，最起碼他捍衛了一個大梁軍人最後的尊嚴。

博爾大石怔怔地看著這個明明就是自己找死的對手，臉上似有尊敬之色，忽然又有一絲怒意在眼神中閃過：「蕭家有什麼了不起？不肯降，我就殺光你們家的男人……哼！還剩下一個蕭洛辰！」

好在並不是每個漢人都不肯降的，又砍了幾個寧死不降的大梁將領之後，博爾大石很快就找到了一個他非常希望找到的人。

「只求……速死……」

幾乎葬送了整個征北軍的監軍太監皮公公也做了戰俘，他的前軍被北胡人前後夾攻，全軍覆沒，但是這位皮公公居然奇跡般的沒有受傷，火把的映照下，他的臉色越發蒼白，嘴上雖然還死扛著三分硬氣，但那微微發顫的聲音表明了他的恐懼。

「皮公公？哈哈，你在北疆的時候，可是殺了不少我們北胡人的細作呢！嗯……四方樓的北疆掌事嗎？這個名字我可是常聽人說起。」

皮公公最喜搶功邀功，四方樓天下四方八處八十一樓，數他這個掌事做得最高調，恨不得別人都知道自己的身分才好。博爾大石看著他那張蒼白的臉，忽然微笑著道：「四方樓不是有個不成功就得死的規矩嗎？放心，我不會殺你，我會每天餵你吃幾大勺牛脂豬油，把你餵得白白胖胖，比要下羊羔的母羊還肥，然後派使者把你客客氣氣地送回大梁，交到你們的四方樓手裡，如何？」

周圍的北胡兵將齊聲大笑，皮公公的臉色更加蒼白，冷汗涔涔而下。他鑄下如此大錯，便是有一萬條命也抵不過。想到四方樓的殘酷嚴刑，雙腿一軟，噗通一聲，跌坐在地。

北胡兵又是嘲諷地大笑，博爾大石卻是話鋒一轉：「不這樣也可以，我讀過你們漢人的史書，很久以前有個叫中行說的也是個太監，他就投了胡人的大可汗，被奉為上賓幾十年。我給你另一條路走，你看，這裡有很多漢人士兵的盔甲衣服，現成的呢，如果你皮公公帶上一群穿著漢人衣服的士兵向南逃去，我想前面那座城關一定會放你進去的，對不對？」

博爾大石伸手一指南面，那方向赫然是居賢關。

後世《梁史．蕭正綱傳》記曰：「壽光三十九年九月初三，征北軍回援中原，監軍太監皮嘉偉貪功冒進，致遇伏於莫邪谷，胡虜以伏兵火攻……大敗。亡者十萬計，踐踏潰傷不可計數，蕭正綱力戰身死，子蕭洛啟、蕭洛銘、蕭洛松同歿。監軍太監皮嘉偉受俘，叛。大梁自立國始與胡虜交兵，未有如此大敗也。」

與此同時，一個身穿北胡服色的身影，在曠野中跌跌撞撞地前行著。

「我不能死，我還不能死……活下去，活下去一定還能發揮些作用……」

博爾大石終究沒有殺光蕭家的男人，如今蕭家的男子不僅剩下遠在北胡草原上的蕭洛辰，還有一個曾經化名為達爾多的鷹奴隊長，一個從博爾大石眼皮子底下逃走，如今正被北胡遊騎到處搜尋，誓言活要見人死要見屍的男人。

當初蕭洛堂既已決定行孤身逃走報信這等凶險事，當然不會全無準備。他在北胡袍子裡貼肉穿上了兩層鎖子內甲。雖說如此還是被博爾大石一箭射穿，箭頭深入胸膛一寸有餘，可終究沒能要了他的一條命。

只是他此刻的傷勢卻也極重，能夠走到這裡，全憑一股信念和毅力在支撐他。不知走了多久，他終於看見半山腰有一個小房子，幾畝的梯田。他用盡最後的力氣走過去，一個老婦人帶著一個七八歲的小女孩，正驚恐萬分地看著他。

「我是……漢人！」蕭洛堂低沉而又嘶啞地喊了這麼一句話，陡然向前一倒，昏了過去。

「奶奶，他說什麼？」看著眼前渾身是血的男人，小女孩嚇傻了，好半天才反應過來。

「我也沒聽清楚啊……」老太太耳背。

「那……那這個人怎麼辦啊？他身上穿的衣服好奇怪，他死了嗎？」小女孩膽怯地問道。

「唉，這好端端的年景，怎麼一下子變成了兵荒馬亂的？先把他弄進屋子裡裹傷再說吧，總是一條人命，咱們不能看著他就這麼流血而死……」

老婦人和小女孩並沒有想到自己在這場兩個帝國殊死搏鬥中發揮的作用，她們只是不忍心看著一個人在自己面前這樣死去罷了。

北胡，草原。

「殺！」

同樣是鐵騎鏖戰，同樣是一揮手人頭落地，在這裡敗的卻是北胡人。

火把如長龍般在沙漠的夜空裡點亮，蕭洛辰神色憔悴地坐在一輛馬車裡，後背上的箭傷依舊時好時壞，讓他不能親自挺槍躍馬衝殺在陣前。不過，那感染所帶來的重病和高燒終於被他挺了過來。

「這群傢伙，真是耽誤我們的時間！」馮大安的嗓門依舊讓人震得耳朵疼，這段時間裡，他算是過足了帶兵衝陣的癮，只是此時此刻，這個心裡頭藏不住事的大鬍子無論是言語還是臉色，都表現不出高興的神色來。

「沒法子，這裡畢竟是北胡人的地盤！真沒想到博爾大石和漠北諸部戰了那麼久，真到和大梁死磕的時候，居然還會出兵相助！」張永志握了握拳頭，「好在，我們還是打贏了！」

「意料中事，如果我是博爾大石，臨走之前也絕對不會真的認為光憑那三萬騎兵再加兩三萬人的老弱殘部就能把征北軍拖在草原上。這只不過是惑敵的疑兵，真正的後手一定是另有安排。中原肥美之地，好處其實比草原大得多，這傢伙的野心真是太大了……」

蕭洛辰看了手下最得力的兩個部將一眼，搖了搖頭，「北胡人的思維和咱們不一樣，只要你是更強的一方，就可以要求很多部落按照你的意志行事，只要你給出的利益夠多，什麼仇怨都可以先放下，什麼協定都有可能達成，今天是死敵，明天就有可能是聯盟。換了我，在當初遲遲不肯回救草原的時候，就已經有了足夠的時間，真到打回來時，肯定已經和那邊的部落商議出了某種安排。說不定，當初他前腳回救草原，後腳漠北諸部已經在集結援軍了。」

北胡軍主力以金蟬脫殼之計殺入關內，征北軍回師救中原，蕭洛辰以五萬騎兵既要負責斷後，又要負責殲滅博爾大石留下來的牽制部隊，擔子本來已經不輕，偏在此時，留在沙漠與草原邊緣的北胡人綠洲大營居然還有後手。漠北諸部擠出了最後一點餘力，六萬援軍橫跨大漠突然出現，使他們在草原上的兵力數量幾乎超過大梁軍隊的一倍。

只可惜，他們碰見的是蕭洛辰。雖然傷勢和病痛讓他無法親自上陣衝殺，但這個在草原上幾乎快和狼神齊名的漢人男子依然是北胡人心中的夢魘。憑藉著指揮能力與計謀，蕭洛辰和北胡人周旋了二十餘日，終於依靠一場夜襲，打破了北胡人在綠洲上的聯營，十萬漠南漠北聯軍被徹底擊潰。

「將軍，我們現在怎麼辦？」談起剛剛這場勝利，馮大安臉上又浮現起了好戰的神色，「要不，咱們趁機攻入漠北？北胡人的兩大聖地裡，狼神山已經被咱們打下來了，乾脆把那個什麼勞什子的聖石也一鍋燴了！」

「後軍改前軍，讓將士們再辛苦一下，馬不去鞍，人不卸甲，咱們回大梁！」蕭洛辰眺望遠方，沉聲下達了命令。

「回大梁？」馮大安瞪圓了雙眼，「征北大軍幾十萬人已經回去收拾殘局了，大帥又是素來穩健之人。北疆也好，草原也罷，這等地方那博爾大石都沒討了好處去，在中原腹地打仗，還用得著咱們去幫忙？」

「就你這腦子還跟將軍談怎麼統軍用兵？」張永志看了看蕭洛辰，對馮大安起鬨笑罵道：「去去去，將軍怎麼說，咱們就怎麼做！你馮大鬍子到時候只管帶兵衝陣就好，這事才是你該琢磨的！」

蕭洛辰苦笑，張永志邊起鬨邊偷看自己意味著什麼，他清楚得很。他的父親蕭正綱用兵是謹慎，經驗是豐富，可是那場北胡主力脫離戰場的金蟬脫殼，說到底還是擺了大梁一道。既是有了第一次，會不會有第二次？

只是他現在是領兵一方的大將，那樣的疑惑傳了出去，會對士氣造成極大的打擊。

數萬騎兵掉頭南下，只是這一次，蕭洛辰的臉上沒有了那胸有成竹的邪氣笑容，取而代之的則是獨坐車中，面露憂色的神態。

中原，莫邪谷旁的一個小山溝，簡陋的茅屋仍在，貧瘠的薄田依舊。

蕭洛堂那句「我是漢人」其實並沒有起到什麼作用，救了他性命的實際上是兩顆淳樸而善良的心。當在他從暈厥中驚醒的時候，天已大亮。

「是妳們救了我？」蕭洛堂睜開眼睛，眼前是一張小女孩的笑臉。

「別亂動，你傷得太重了。」老婦人看著一身北胡人打扮的蕭洛堂，明顯有些畏懼。

蕭洛堂有些吃力地撐起身子，伸手褪下了腕上一個粗大的黃金鐲子遞了過去。

「謝謝，送給妳們。」

似乎是看到這個「北胡人」頗和善，老婦人鬆了一口氣，連連推辭那個黃金鐲子。又攀談兩句才知道，老婦人的兒子媳婦在多年前的一場瘟疫中喪生，只剩下小孫女和她相依為命。隨著戰火蔓延到居賢關，這裡的居民大多逃難去了，老婦人卻是捨不得這幾畝賴以活命的薄田。

「救命之恩比什麼都重，千萬別推辭。」蕭洛堂把金鐲子塞進小女孩手裡，硬撐著站起身來，緩緩地道：「請問老人家，您這裡有沒有男子的衣服？」

祖孫二人睜大了眼睛，這個男人已經遍體鱗傷，此刻還能站起來？

他這是要走？不要命了嗎？

蕭洛堂還不知道征北軍已經被博爾大石擊潰，自己變成了孤兵。

站在山腰上向著遠處望過去，他怔住了。

一道巨大的黑色煙柱從南邊沖天而起，升上天空久久不散。

那是居賢關的方向，自己昏迷之前，北胡人應該是正準備伏擊征北軍才對，怎麼這一夜之間連居賢關都出事了，難道征北軍已經……

那裡有自己的父親、兄弟，蕭洛堂幾乎已經不敢再想下去。

◉ ◉ ◉

曾經的征北軍監軍皮公公……不，現在應該說是北胡軍前的內宦總管皮公公，有些癡呆地站在那裡。眼前是熊熊燃燒的居賢關，身邊，昔日同僚的鮮血早已染紅了大地。

「居賢關的弟兄們，我是征北軍的皮公公啊……」

「北胡人實在是太厲害了，征北軍已經不行了，我是拚了命才帶著一些弟兄跑出來……」

「我有四方樓的印信為證，弟兄們，求求你們了，北胡人就在後面，打開城門讓我們進去吧，救命啊……」

剛剛詐開城門的一幕幕在腦海裡閃過，可是一切都已經成為了過去。皮公公連哀告帶哄騙，終於讓居賢關的守軍打開城門，但是他帶給這座大梁京城前最後的關隘屏障的，卻是偽裝成征北軍敗軍的北胡武士蜂擁而入，占領了城門，是又一次的焚關屠城與血腥殺戮。

北胡軍隊再次開拔了，晝夜行軍對於博爾大石麾下的精銳武士而言，算不上什麼難題。可是此時此刻的大梁京城裡，人們還不知道居賢關被破的消息。戰爭給他們帶來最突然的變化是，難民越來越多了。

「五奶奶，城裡的糧價一天一個樣，劉大人倒是從江南弄來了些糧食，可是先充進了軍庫，如今香號那邊也沒了進項，咱們又要養著工坊的匠人，家裡的開銷一天比一天大了。」安花娘苦笑地攤開帳本，一項一項地報著最近的出入。

「世道亂，這也是沒法子的事情。如今在打仗，軍庫那邊朝廷自然是需要優先的，至於咱們家裡……」安清悠皺著眉頭，正要交代些家事，忽然胸口一陣煩惡，哇的一聲吐出了一灘清水來。

懷孕六個月，身子一天比一天難受了。

安清悠噁心嘔吐，旁邊的丫鬟僕婦們一陣手忙腳亂，又是遞盆捧桶，又是拿毛巾送熱水。

林氏這段時日帶著兒子住在五房的院子裡，這當兒一邊說話，一邊輕輕拍撫著安清悠的後背，說道：「懷胎就是做娘的受苦，唉，這孩子怎麼就這麼不老實！」

「沒事，不過是有些難受罷了……算不得什麼！」安清悠半天才回過氣來，苦笑地道：「真想趕緊生下來就好了，大嫂當初懷楓兒的時候也是這般？」

「還好，我從小跟著兄長打熬過幾天身體，雖不如二弟妹、四弟妹她們那般有身手，說到底是比一般女子強健些。」林氏嘆了口氣道：「當初我懷楓兒的時候也是害喜得厲害，再過段日子，等真要生的時候便好了。」

「五嬸嬸，我要聽聽小弟弟！」楓兒撒嬌地跳著，安清悠微微一笑。

這孩子和自己相處這半年倒是混熟了，伸手抱過這孩子讓他貼近肚子，只見楓兒一臉天真地大叫道：「哇，好厲害，小弟弟在五嬸娘肚子裡就會打拳呢，將來肯定也像爺爺和五叔父他們一樣都是大將軍，騎著高頭大馬，噠噠噠……」

談起打仗，妯娌兩個不約而同被勾起了心事。

林氏想起戰死沙場的丈夫，心裡實在不願意兒子再走這條路。

安清悠則是想起了那歸路已斷的征北軍，不知道蕭洛辰等人現在如何？

安清悠撫摸著隆起的腹部，忽然道：「還不知道是兒子還是姑娘呢，我真盼著是個女兒……」

「呸呸呸！弟妹這是說什麼呢？眼瞅著妳頂多再過兩三個月就要生了，哪能說生閨女那麼不吉利的話！」林氏趕緊打斷安清悠的話：「要生咱就得爭氣生個兒子傳香火才是正理。現在這時候生兒子，嫡子、長子的名分就都占全了！要是真生個閨女……那才是人言可畏啊！就算五弟不在意，到時候也會有大把的人排隊上門給五弟送女人！妳說妳應了吧，平白弄一個惦記著生長子的側室虎視眈眈的在旁邊，若是不應，那豈不是坐實了這個善妒的名聲？所以，一定要生兒子！」

「善妒便善妒，看誰敢給那混球送女人？我可不管他是首輔大學士，還是當朝大將軍，一概大掃帚打了出去！」安清悠杏眼圓瞪，氣勢洶洶地道。

林氏噗哧一聲笑了出來，她這一笑，安清悠自己倒有些不好意思起來。

「大嫂，那些生不生長子嫡子的事情我是真的不惦記，若是真生個姑娘說不定倒好了，至少不用被家裡逼著去做官。說真的，我只盼她莫要再像我這輩子不得不摻和那些宮裡的腌臢事，能找個踏實人家平平安安地嫁了，過舒服安樂的太平日子比什麼都強……」

安清悠這裡兀自嗟嘆，林氏聽著卻有些心驚了。

不願意生兒子延續香火，不願意讓後代出來做官，這等話往小了說，那是不願意再沾惹官場皇家，往大了說就是斷絕蕭洛辰血脈，外加教子為邪的大逆不道，這等話語要是傳了出去，只怕便是老夫人那個做婆婆的頭一個搖頭。

林氏趕緊轉移話題道：「罷了，這事兒等男人們回來，你們小倆口慢慢商量再說……」

這話一說，兩人又想起了征戰在外的蕭家男兒，只是，無論是安清悠還是林氏都沒想到，蕭家的男人竟然真的有人要回來了，而且這一次歸來，不僅僅影響了這兩個女人的命運，其所帶來的消息更給蕭家帶來了一場巨大的震動。

郊外，距大梁京城西城門二十里。

這裡是京西大營的駐地，如今重組的新編禁軍在這裡操練，邊上有辰字營的女眷在做觀眾起鬨。忽然，一人一馬遠遠衝來，直衝到大營的轅門前，絲毫沒有減速的意思。

「什麼人？」守門衛兵高叫，這裡可是京西大營，什麼人敢擅闖，這是不要命了嗎？

衛兵當下吹起了警哨，大營內鑼聲四起，呼啦啦衝出一群轅門守衛來。

只是眾人上前一看，甚是詫異，這闖營之人穿著一身老百姓的服色，渾身癱軟地趴在馬上沒了力氣。詫異歸詫異，一干守衛誰也不敢怠慢，立時便有人放下轅門橫木，阻攔奔過來的馬匹。

一個膽大的士兵看著馬已停，便向馬上騎士的腿上抓去，卻是毫不費力，輕輕一扳，就將那闖營之人斜著拽了下來。

「我是四方樓的北胡密使……」闖營之人的聲音很低很微弱，強撐著說出這麼一句話來，卻是再也抑制不住，一口血噴了出來。

「四方樓……」守衛們驚了，四方樓凶名在外，是什麼地方大家都有過耳聞，這闖營之人居然是四方樓的人？

京城，蕭府。

「來來來，這是剛燉好的老母雞湯，現在北邊的通路斷了，關外成形的老人參可是有錢都買不到，這還是皇后娘娘特地從大內藥庫裡撥出來的，最能補氣補血。我說五媳婦啊，趁熱趕緊喝了……」蕭老夫人又開始給安清悠進補，彷彿少吃一口就會給未出世的孫子帶來多大的麻煩一樣。

安清悠苦著臉，端著補品，林氏在旁為她打氣：「五弟妹加油，多吃些補品，咱們一定能生個大胖小子……」

安清悠一臉無奈，實在不知道吃補品和生男生女之間有什麼必然的聯繫。

便在此時，一屋子人同時感覺眼前一花，一個人影如同鬼魅般出現在了眼前。

「皇甫公公？」安清悠瞧得真切，第一個叫出聲。

蕭老夫人看著皇甫公公，皺了皺眉頭，「我說，皇甫公公，都知道您無事不登三寶殿，可是我家媳婦如今有身孕，您就這麼神一下鬼一下地冒出來，驚了人可怎麼辦……」

平日總板著臉的皇甫公公，此時神色卻有幾分凝重。

「蕭老夫人、蕭五夫人，事情緊急，不得不從權，若有驚擾之處，還請見諒，幾位這便隨咱家入宮再說！」皇甫公公眉頭微皺地瞅了林氏一眼，沉聲道：「還有蕭大夫人，這一次也請一併入宮！」

蕭老夫人心中一沉，皇甫公公連入府通報都不肯等上一等，顯然是出了大事。

林氏更是吃驚，「怎麼還有我？」

幾個女人不明所以地進了宮，直奔北書房而去。一腳踏進門，卻見劉忠全、太子牧等人都在，而安老太爺跨前一步，沉聲道：「親家，妳來了……之前接到鷹信，有些事……有些事我們已經商議了兩天，終究還是得讓妳知道。妳是輔佐兩代大將軍之人，心裡要有點準備。」

蕭老夫人登時色變，身子晃了晃，半天才回過氣來，努力鎮定心神，聲音卻早已發顫了：「征北軍……有變？是我蕭家的幾個兒子有了噩耗，還是……還是……我丈夫……」

北書房裡鴉雀無聲，沒有人願意開口，最後，還是壽光帝打破靜默，緩緩地道：「兩天前，我們接到了鷹信，征北軍在莫邪谷遇襲，全軍潰敗。主帥蕭正綱……部將蕭洛啟、蕭洛銘、蕭洛松……先後殉國。」

蕭家的女人們都傻了，蕭老夫人怔怔地望著壽光帝的臉，一句話也說不出來。

良久，她才緩緩地閉上了眼睛，任淚水布滿那張充滿皺紋的臉。

蕭老夫人不是那種遇事會歇斯底里的女人，可是……

痛，到了極處，只剩下無聲。

安清悠亦是滿臉的不可置信，顫抖著問道：「我、我夫君……」

「蕭洛辰的事情我們還在查……我們已經和征北軍序列的部隊斷絕了聯繫，只能說他現在生死不明……」壽光帝說得很艱難，像是也有些失去了力氣。

所有人沉重而又無可奈何地看著幾個女人，什麼節哀順變的話都是多餘的。

生死不明這四個字聽在耳中，安清悠剎那間只覺得天旋地轉，林氏急忙伸手相扶，勸道：「五弟妹，遇事別往壞了想，五弟他說不定……說不定……」
說不定什麼？林氏自己也是聲音發顫，留下淚來。
「朕知道眼下實在不是時候，可還有一事實在是無法再拖，要請蕭家的幾位夫人相助……」壽光帝的話幾乎是從牙縫裡擠出來的。
「我們這些孤兒寡母，還能夠為朝廷做什麼？」蕭老夫人淒然一笑。
「這事情……其實也不能說全都是不好的消息，蕭五將軍向來古靈精怪，眼下也不能說便是不測，更何況老奴還要告訴諸位夫人，蕭家的男人們並沒有盡數為國捐軀，最起碼……」皇甫公一揮手，一陣藥味飄進了北書房，兩個小太監抬進了一個人來。他顯然是身負重傷，渾身上下被包裹得嚴嚴實實，一張臉卻是在眾人面前顯露得清清楚楚。
安清悠猶自惦念著蕭洛辰的生死，心亂如麻間還未怎地，蕭老夫人和林氏這一對婆媳卻瞬間變成了一對泥塑木雕般，再也挪不動分毫。尤其是林氏，只覺得腦子裡轟的一聲，整個世界都變成了虛無的空白，眼前只剩下那張臉。
時間微微停滯了一下，繼而是女人瘋了般的聲音響起：「相公！」
什麼帝王將相，什麼宮中規矩，此刻全都不重要了。對林氏來說，被蒙在鼓裡，守寡六年，卻發現丈夫居然還在人世，哪裡還有任何事情能夠擋得住她？
「這是……阿堂……我的大兒……」蕭老夫人顫抖著吐出幾個字。
當年她久婚不孕，這才把自己最信任的陪嫁大丫鬟提成蕭正綱的二房側室。蕭洛堂出生之時，生母難產而死。有這樣一段淵源在，蕭老夫人可以說從蕭洛堂出生那天起，就把他當作親生兒子般的撫養，母子之間的感情遠非一般人可比，如今見到這孩子竟然尚在人世，如何不驚撼？
蕭洛堂詐死潛入北胡取得博爾大石信任，這是四方樓裡的最高機密之一，往來鷹信只由皇甫公公一人過手，整個大粱國裡的知情者不過他和壽光帝二人，連太子牧也是在兩天前才剛剛得到這個消息。

林氏趴在蕭洛堂身上嚎啕大哭，似要把這些年的委屈悲憤全哭出來一樣。

皇甫公公低聲道：「自北胡人破關以來，蕭洛堂就和我們斷了聯繫，昨日京西大營發現他的時候，他渾身是傷。到現在……用盡了法子也沒能讓他醒過來，太醫們建議，說是看看家裡人有沒有辦法……」

蕭洛堂從北胡軍中逃出之時，已被博爾大石打成了重傷，等到居賢關被破，他又是硬撐著一路不顧性命地向著京城奔來。可是到了如此地步，蕭洛堂也早已力竭，昏迷了一天一夜，未曾醒來。

蕭老夫人就這麼怔怔地看著皇甫公公，半晌才道：「一天一夜……大兒已經回來一天一夜，若非是需要我們來看看能不能夠讓大兒醒來，怕是我們今天還看不到他是不是？或許後半生他都得隱姓埋名是不是？好！好一個朝廷！好一個四方樓！我蕭家、我蕭家……」

蕭老夫人想到亡夫故子，再看看臉如金紙的蕭洛堂，再也說不下去，滿腔的悲憤化成了哽咽，只剩下痛徹心扉的疼。

「朕對不起蕭家，對不起諸位夫人。」壽光帝沉默許久，忽然從龍椅上站起身來，竟是對著蕭老夫人雙膝一跪，拜了下去。

皇上這一拜，旁邊的一眾大臣皇子們紛紛跪倒，劉忠全大聲道：「蕭老夫人，無論如何，蕭洛堂也是你的兒子，且不說如今國家有難，就算是為了你蕭家這一點骨肉，還請救他一救……」

如今的大粱，實在是太需要北胡那邊的消息，蕭洛堂哪怕能睜開眼說一句話也好。藥石罔效，如今只能寄望親情能喚醒他。

其實早已經不用別人再做什麼勸解，林氏已伏在蕭洛堂耳邊拚命地呼喚：「夫君！夫君！堂哥兒……你醒一醒，你醒一醒啊……」

聲聲悲泣，如杜鵑啼血，此刻北書房裡的人，一個個低下了頭，似是不忍再聽。

壽光帝依舊跪在蕭老夫人面前，這位向來認為天下盡在掌握的大梁天子，現在也只剩下了沉默。他似是懺悔，似是向天祈禱，連同他身後的皇子大臣們一起。

可是，任憑林氏怎麼呼喚，蕭洛堂仍是雙眼緊閉。

「太醫都沒有法子，媳婦又能如何？」

蕭老夫人眼見蕭洛辰氣若遊絲，如何還不知道這已是垂死之狀，她心裡悲痛至極，對跪在自己面前的壽光帝卻沒有半點要相扶迴避的意思。

「多謝陛下開恩，無論洛堂這孩子是死是活，終究是讓我們又看了他一眼。」

這不是罵人，卻比指頰怒罵更狠了三分，壽光帝身子一顫，卻是什麼話都說不出來。

這時候任誰都已經看出來，蕭家滿門噩耗，唯一一個能回到京城的蕭洛堂，也是一條命死了九成九。這突如其來的災禍徹底擊倒了蕭老夫人，安老太爺面露不忍之色，正要再勸上兩句，卻見蕭老夫人猛地一晃，竟是哇的吐出一口血來，向後倒去。

「老夫人！」皇甫公公搶著上前扶住了蕭老夫人。

「傳太醫！」太子牧是第二個反應過來的，北書房外本就有太醫在下面候旨，這時候一聲通傳，自有人上來救護。

「怎麼辦……怎麼辦？」林氏趴在蕭洛堂身上哭得有些神志不清，見婆婆吐血昏倒，人都已經半瘋了，口中翻來覆去就是「怎麼辦」這三個字。

壽光帝長嘆一聲，身體往後一頓，堂堂大梁天子，就這麼坐在了地上。那從來都直挺挺的後背，竟在這一瞬間變得佝僂。

就在此時，一記清脆的響聲傳到了壽光帝的耳朵裡，傳到了眾人耳裡。

安清悠一巴掌抽在了林氏臉上，大聲喝道：「既是哭不醒，這麼六神無主就能讓大哥醒過來嗎？大嫂，妳守了六年活寡，難道就是為了這個時候只說怎麼辦三個字？好好地挺住了，萬一大哥醒過來，看到的卻是妳這模樣，妳是想他死，還是想他活？」

林氏撫著臉，呆愣地看著自己這位五弟妹，一臉的不可置信。

安清悠眼睛裡布滿了血絲，對著一屋子君臣皇子們大叫道：「我沒功夫和你們廢話，現在，我要的東西半個時辰內都給我送到我面前來！」

太子牧看著安清悠那雙似乎要噴出火來的眼睛，猛然大叫道：「筆錄！」

壽光帝雖然聽不懂安清悠所需的材料，卻霍然站了起來，搶著從龍案上抄起了朱筆。皇甫公公親自磨墨，劉、安兩位大學士生恐有錯，在旁邊同時複記。

「鱉木蠹、苦杏漿、鬼蛟鰾、藏錦曼陀羅、鶴頂紅、綠蠶剎……」

一樣樣物事從安清悠的口中說出，下面那些太醫聽得一樣臉色臉變上一分。這些材料無一不是劇毒之物，裡面任何一樣東西都是一星半點便能致人於死地，這……這蕭五夫人調香的本事天下無雙，可從沒聽過她還懂醫啊！這……這是要救人，還是要殺人？

安清悠眼下要調的這東西，便在另一個時空裡也是禁忌之物，不是那種政府監管之類的禁忌，而是專業調香師圈子很多人都談之色變的禁忌！

這種禁香唯有經過政府批准的大型研究機構才會有極少量的試製，此物不僅極少會被使用，對於調製者而言，更是有極大的危險性，它甚至有一個和死亡密切聯繫的名字：閻王五更。

「四方樓做事，閒雜人等速速閃避！」馬車從清洛香號裡面衝出，在金街上狂奔。在這支車隊的前面，是一隊負責開路的大內侍衛。

「爪牙！」一個在茶樓裡悠哉喝著熱茶的年輕書生，抬起頭望了一眼後，輕蔑地說了一聲，卻很快地被人堵住了嘴。

居賢關失守的消息，還沒有大規模地傳到京城，許多外地進京的讀書人還在一門心思想著皇上開恩科，取功名，他們還沒有國難臨頭的覺悟，更沒有見識過四方樓厲害的資格。

而作為京城地頭蛇的順天府差役們則是大感詫異，他們是識貨人，不止一個捕快頭兒不明所以地望著那支古怪的車隊。四方樓和大內侍衛摻和到了一起，這麼詭異的組合究竟是在做什麼，是不是出了大事了？

與此同時，四方樓自家的倉庫也被翻了個徹底。說來好笑，宮中也好，太醫院也罷，所儲備的不是珍稀補品，就是中正平和的藥物，硫磺、朱砂之類的東西都算是猛藥了。

安清悠那方子中所列的材料裡，十樣有九樣是要人命的劇毒之物，在宮中裡誰敢擅自留存？倒是四方樓還有存貨，皇甫公公親自帶人去取，就快把總部的幾大庫管逼得上吊了。

「朕不管那些，半個時辰就是半個時辰，搞不來東西，朕就在半個時辰後把經手人的後事給辦了。」壽光帝下了死令。

鋼刀架在脖子上，確實逼出了下面人最後的潛力，不到一頓飯的功夫，那支由四方樓和大內侍衛組成的古怪混合車隊已經進入宮中，開始卸器材。半個時辰後，那套曾在清洛香號裡發揮過巨大作用的大型聯合萃取蒸餾裝置，已經被組裝起來。

一千原料一字排開放在裝置前，無論是壽光帝還是幾位大臣，就算是太醫，看著地上的東西也會心裡發毛。

無數道目光聚集到安清悠身上。

此刻她正閉著眼睛，集中全部的精力默念著上一世的記憶。

「一九九二年，美國化學家達爾特．波克在一次偶然的提取實驗中，用三十餘種天然物質合成了一種香精，由於原料多為劇毒有害物，在此後的一年裡造成了多達十一人因為實驗操作不慎而中毒。儘管後來相關實驗被政府禁止，可是因為這種合芋草精幾乎是目前已知對人類嗅覺最強的刺激性物質，所以始終有人對它樂此不疲……」

「嗅覺神經，是人體中對於意識中樞刺激性感受最強的神經，其次為痛覺神經，再次為視覺神經和聽覺神經。這種合芋草精的刺激力度比四硫化合物強二十八倍，比氨水強一百三十倍，和人的嗅覺神經耐受感上限吻合……」

「孔雀膽實為昆蟲，學名南方大斑蝥，因富含斑蝥素而有特殊臭氣，有機化學分子式為……」

一條條在古代時空中沒有人聽得懂的原理，一道道工序流程和一個個材料的分子式，在安清悠的腦海中流過，她忽然睜開眼睛，雙手向旁邊一伸，「鹿皮！」

安花娘上前將一層薄薄的鹿皮從她的手指一直罩到了臂彎。

火燃了起來，焦炭的氣息讓本就有孕在身的安清悠又感到一陣噁心。這種以多種劇毒品為原料的合芋草精，就算是在自己狀態正好時，調製起來也可能失敗，更別說現在身子笨重……

撐下去，撐下去……

安清悠拚命給自己打氣。

煉化、萃取、提純、反應、催化、高溫高壓……

沒人知道一個懷胎六個月的孕婦在面對這些劇毒時要承受多少壓力，要付出多大勇氣。

太醫院的御醫們已經看傻了，先不說他們的研習之道只是針膏湯石，眼前如此特別的「製藥」法門從沒見過。光是那越來越差的面色和密布滿臉的冷汗，就讓他們瞧得心頭大震。究竟是什麼樣的力量，讓那個女子的雙手依舊保持穩定，依然能夠精確到分毫不差。

計時的沙漏悄然落下了最後一粒沙，安清悠喊道：「出香！」

安花娘立刻扭閉了那套大裝置上的活閥，飛快摘下了套在最末處的一個瓷瓶，堵上了塞子。

這是怎麼樣一股氣息啊，似香非香，似臭非臭，卻是刺激得人人如同鼻子上挨了重重一擊，連酸帶辣，五味俱雜。有人被刺激得大聲打著噴嚏，有人更是眼淚都湧了出來。

只是剛剛那摘瓶封塞中一瞬間跑出來的氣味，就有如此的威力。

「我曾經調過無數的香，這次就調一次聞著難受的給諸位瞧瞧！」

豆大的汗珠從安清悠臉上爬過，她的臉色差到了極處，狠狠地攥了一下拳頭，閻王要人三更死，誰敢留人到五更？可是有些東西卻能逼得牛鬼蛇神都不敢靠近，能刺激得死人都嗆醒過來，這是東方的調香師們為這種香精取的名字：閻王五更。

成了！

一步步走向蕭洛堂，安清悠忽然湧起了一個難以名狀的念頭，這位大伯長得真的很像……很像自己那個賊漢子！臭傢伙，你怎麼就這麼斷了聯繫，生死不明……你……你可千萬不要死啊！

咱們能撐下去的，咱們所有人都能一起撐下去的！

此時，千里之外的北胡，最後一部分仍然保持著完整建制的征北軍，正日夜兼程奔向大梁邊境，原本最是愛馬的騎兵，此刻絲毫顧不上馬的體力。好在他們打敗了漠南漠北諸部，繳獲了大批戰馬。

蕭洛辰的箭傷病痛一天天見好，可是越靠近大梁邊境，卻莫名越是焦慮。

「丫頭，等著我，妳的男人就要回來了……」

這時的安清悠，托著一個青花瓷瓶，來到蕭洛堂身旁。停步後先回頭對周圍人等說道：「此物氣味濃烈，諸位若是覺得有礙，不妨先用東西掩住口鼻，省得太過難受。」

劉忠全是第一個做出反應的，他對安清悠的手藝已經見識過許多次，聽到安清悠出聲提醒，哪裡敢怠慢，伸手拉了一下安花娘的衣角，小聲道：「那個……聽說你們清洛香號裡有一種戴在臉上的布墊，戴上以後就什麼都聞不著……」

「布墊？」安花娘詫異，隨即客氣地點點頭，遞過一個口罩來。這是安清悠為了清洛香號裡的調香師在接觸刺激性材料特地做的，用自家主母的話說，這玩意兒叫活性炭口罩。

安老太爺一言不發地伸出了手，默默把活性炭口罩戴在臉上。

一干御醫們則是誰都不肯封住口鼻，他們多是畢生沉浸於治病之道的人，可是用盡了法子也沒能讓蕭洛堂醒過來，如今見了安清悠調製出來的古怪物事，一個個見獵心喜。雖說剛才被那氣味熏了一熏，可誰都有些捨不得錯過。

「臣子有今日之苦，皆為朕一念所為，煙熏之苦，朕自不能避之！」壽光帝慢慢地道。

「兒臣亦是如此想！」太子牧緊跟其上，父子倆不知是心中有愧，還是為了別的什麼，總之，都沒有戴口罩。

皇上和太子爺都這麼說了，旁人哪裡還敢說什麼話，原本想戴口罩的也息了念頭，倒是劉忠全、安翰池兩位大學士老神在在，堅決不肯把臉上的口罩摘下來。

安清悠微微搖了搖手中瓷瓶，放到蕭洛堂的旁邊，砰的一聲拔開了塞子。

一時間，北書房裡眼淚伴鼻涕齊流，噴嚏與咳嗽聲共鳴。

御醫們一個個悔之晚矣，何苦不聽蕭五夫人的勸？人家都把布墊戴上了……

安清悠其實是反應最大的，有孕在身的人對於這種刺激性的東西最不經受，一時煩噁欲嘔，難過到了極處，可是扶著瓷瓶的手卻沒有退縮。林氏同樣不肯離開分毫，那是她失蹤了六年的丈夫，不論結果如何，她絕不肯第二個知道。

當然還有壽光帝和太子牧父子，這爺倆同樣被刺激得眼淚鼻涕齊流，卻終於還是硬挺著圍在了蕭洛堂身前。

「他動了！夫君動了！」林氏陡然大叫。

蕭洛堂確實動了，他的小手指頭似是無意識地微微動了一下，緊接著，緩緩睜開了雙眼。

林氏又一次痛哭出聲。

「娘子……」微弱的聲音從蕭洛堂的口中傳出，在北胡的六年裡，他不知道多少次想念過林氏，如今九死一生後，睜開眼第一個看到的竟是愛妻，對於他而言是莫大的安慰。

一干太醫一把鼻涕一把淚地看著安清悠。

「我……死了嗎？」蕭洛堂茫然，看得出他的神智還不是那麼清楚。

「你沒死，你回來了，回到京城來了，現在就在朕的皇宮，朕的北書房裡！北胡那邊……」壽光帝插口，卻惹來安清悠的白眼，「閉嘴！」

壽光帝一滯，住了口，能夠當著朝廷重臣的面要皇帝閉嘴的，滿大梁朝裡也找不出第二個來。

「陛下……臣……請陛下速收諸軍於城內，京師……城高防厚……堅守不戰，北胡人……不行的……」這斷斷續續的話不是什麼情報，而是直接替壽光帝拿了主意。

蕭洛堂從情報分析到應對策略都有極高的造詣，在逃亡的路上，已經不知道琢磨了多少次，如今大梁精銳盡喪，若是再派兵迎敵，短時間哪裡有人是博爾大石的對手？

收縮，徹底地收縮。

對這等放棄周邊的大膽舉措，壽光帝有些猶豫。抬頭一望身邊的劉、安兩位大學士，此二人卻是似乎同時想到了什麼，一起緩緩點了點頭。

「傳朕旨意，著大小諸軍盡歸京師城內，徵近畿民壯遷徙而入，堅壁清野……」

一日後。

京城外，博爾大石的北胡主力正快速奔向大梁最為核心之地，十餘萬大軍從居賢關來到這裡，僅僅用了三天。而此刻，那座大梁國的權力中樞和頭號繁華的名城已經在地平線上遙遙可見。

「那裡怎麼有煙？」戰馬奔馳的隊伍中，博爾大石陡然伸手指向前方。

「這個……」叛國投敵做了漢奸的皮公公順著主子指的方向一看，只見一條煙柱遙遙而起，臉上也是一臉的詫異，「這個位置好像是……好像是禁軍的京西大營？」

京城方向的周邊的確是有煙，煙柱遠不止一條。

一根根黑色的煙柱就像是黑色怪蟒，搖擺著衝向了天空。從京城的東西兩側開始，一直延伸到北面，妖豔而詭異。

「漢人這是在搞什麼？」博爾大石皺起了眉頭，皮公公過來湊趣道：「漢人素來不團結，最是喜歡內鬥，這次莫不是看著大可汗您所向無敵，自己先亂了？要奴才說，如今又何必管他們在搞什麼？大可汗您只管揮兵殺過去就好，大梁精銳盡喪，京城還不是您的囊中物？」

博爾大石看著皮公公，忽然笑了，「有意思，我剛剛想到一件事，你們漢人的征北軍有四十萬人，又有像蕭正綱這樣有經驗的將領，我麾下的北胡勇士不過是十餘萬，為什麼征北軍倒被我打敗了呢？」

皮公公的笑容微微一滯，征北軍為什麼失敗，他比誰都清楚，這話就好像是在打他的臉一樣，不過他畢竟是鐵了心當奴才的，轉眼間諂媚之色更濃地道：「那當然是因為大可汗神勇，漢人裡沒人是您的對手……」

「錯！漢人裡也有勇士，也有會用謀略的能人，之所以會被我打敗，就是因為你這樣既不懂得打仗，又喜歡拍馬屁爭功的人太多了。」

此話一出，周圍的北胡將領們大笑起來，只聽博爾大石冷冷地又道：「我不喜歡聽那些拍馬屁的奉承，我也不是大可汗，再聽到你當著眾人胡說八道，我就把你送到漢人手裡！」

皮公公面露恐懼之色，好一會兒才緩過勁來，躲到一邊不敢說話了。

「很好，奴才就得有奴才的樣子，對主人忠心的狗都知道該什麼時候叫，什麼時候又該安靜下來，現在就老老實實地待著最好，我讓你去咬人的時候，你會怎麼做？」

博爾大石一臉冷峻，皮公公卻是心驚膽戰，腦子裡急速琢磨著博爾大石這句話的意思，福至心靈，忽然四肢趴在地上，叫了一聲：「汪！」

北胡將領又是一通大笑，博爾大石目光中露出鄙視之意，臉色卻好了許多。他當然還不是大可汗，那是要北胡人的草原大會共同推選出來的，何況他也不想當，若要圖那等虛名，當初在草原上的時候又何必立什麼傀儡？

他想做的是像漢人那樣，做一個手握四海的皇帝！

北胡大軍仍舊不停向京城腳下移動著，可是眼前的形勢卻讓懷著征服天下野心的博爾大石越走越心驚。一處處斷壁殘垣還在冒著火光，一個個廢棄的村子竟連水井都被填死。

「漢人這是要幹什麼？」

「那是他們自己的村子啊！」

「那個姓皮的不男不女的傢伙，不是說這裡是大梁人的京西大營嗎？怎麼連這裡也燒了？」

一干北胡將領小聲議論著，博爾大石卻是一臉的凝重。這一招北胡人同樣有人會用，他在漢人的書上也曾讀過，這叫做堅壁清野。

「漢人這是……要拚命了嗎？」

博爾大石覺得那一道道黑煙彷彿是一道道枷鎖，壓在了他的心頭，可是如今這等形勢下，他必須向前、向前，再向前！再勝這一仗，天下之勢大定！

猛地一咬牙，博爾大石手上的令旗揮出，北胡武士們潮水般湧向了大梁國的帝都。

而此時此刻，大梁國的金鑾殿上，壽光帝的臉色同樣發青。

「陛下，北胡人此次來勢洶洶，如今我大梁戰則無可用之兵，依臣之愚見，不如先去和那博爾大石談和，歷來胡虜入關要的便是金銀錢帛……」

「賣國！此乃賣國之言！如今征北軍雖歿，但我大梁仍可一戰，太子殿下不是已經將各地入京之兵做了整訓？如今我京師之外堅壁清野，外埠之兵亦已匯聚京師城內，只消抵禦一時三刻，敵人必不支而退……」

「地方守備軍原本便鬆散，便是倉促整訓，又如何是博爾大石的對手？臣斗膽建言，陛下不如遷都以避韃虜之鋒芒。如今我大梁久戰疲憊，不妨遷都至江南民生富庶之地，託大江天險外禦韃虜，內養生息，再行徐徐圖之……」

劉忠全和安翰池兩位大學士看著滿朝的樣子，各自苦笑。大梁國終於開始為多年來重文輕武的傳統付出了代價，倒了一個李家，換上來的依舊是一批在太平盛世裡待得太久的人罷了。

壽光帝為什麼要堅壁清野？目的如何？他們兩個左膀右臂的大學士心裡如明鏡一樣，可是北胡軍隊還在途中，自己家裡卻先吵成了一鍋粥，這仗怎麼打？城怎麼守？

忽然一個如鬼如魅的身影從龍椅後轉了出來，爭吵不休的大臣們這才注意到，今天的皇甫公公怎麼在朝會開始了許久後才出現？

「皇上，北胡有鷹信至……」皇甫公公的話語聲不大，卻恰好能夠傳到金鑾殿上大臣們的耳朵裡。許多人一怔，博爾大石都打到京城了，怎麼還有北胡的鷹信傳來？

壽光帝接過鷹信一看，接著伸掌在龍椅的扶手上猛地一拍。

金鑾殿上的聲音陡然安靜了下來，卻見壽光帝理也不理，逕自低頭看著那封鷹信，上面開頭的幾個字是：「臣，蕭洛辰於北胡腹地遙叩陛下……」

排成兩列的大臣都在猜測萬歲爺那封來得蹊蹺的北胡鷹信究竟是什麼內容，只可惜壽光帝像是翻來覆去地要把這封信的內容掰開了、揉碎了般細細咀嚼，一言不發。

好在壽光帝沒讓臣子們等得太久，忽然抬頭說道：「擺駕，百官隨扈！」

金鑾殿上一干大臣們大眼瞪小眼，如今北胡兵就要打到京城，如此大的事情還沒定出個子丑寅卯來，皇上這是要帶大夥兒去哪？

一旁的皇甫公公高叫道：「起駕！百官隨扈……」

壽光帝就這麼大踏步從正門走了出去。

在皇帝的身後，劉忠全、安翰池兩位大學士緊跟而上，沒有半點遲疑。

陸之章 ● 巾幗不讓鬚眉

此時此刻，安清悠正拖著疲憊的身子操持著家事。蕭老夫人在那日噩耗傳來之時又一次病倒，這次的病情極重，二、三、四房的幾位奶奶一夜之間竟然和老夫人一起做了寡婦，對蕭家而言，不啻是晴天霹靂。

如今蕭家已經掛滿了白綾，人人一身縞素。

「五弟妹，要不……還是讓夫君看一眼楓兒吧。就算他挺不過去，也別讓他心裡……」蕭洛堂的旁邊，同樣一身素服的林氏垂著眼淚，聲音已經幾近哀求。

「大嫂，真的不是我心狠，這時候讓大哥見楓兒，對他有百害而無一利。如今大哥終於把想說的話告訴了皇上，於公已經心願得償，於私呢？大嫂，妳若是真想救大哥，那就聽清悠的，給他個念想。」

安清悠咬了咬牙，到底還是硬著心腸拒絕。

「醒了！醒了！」一個御醫忽然興奮地大叫，幾雙手差不多是同時按在了蕭洛堂的脈門上。他們可是被壽光帝下了死令，這人若救不活，大家一起陪葬。

好在蕭洛堂那日被閻王五更弄醒後，這一天一夜是昏了又醒，醒了又昏，倒是每一次醒來，御醫們就興奮一分，知道這不是彌留之際的迴光返照。

蕭洛堂悠悠醒來，喘了一陣氣，這才開口問道：「兒子呢……我想見兒子……」

林氏的眼淚一下子又流了下來，安清悠卻是搶著道：「楓兒不想在這時候見你，他說要見一個能夠坐起來和他說話的爹，不想看到自己的爹忽然昏過去的樣子。」

蕭洛堂有後的事情，林氏早在他昏昏醒醒的時候就說了。蕭洛堂看了看安清悠，艱難無比地露出了笑意，吃力地道：「小崽子……還有脾氣……果然是老子的種……我死不了的，妳是……謝謝……」

林氏早就告訴蕭洛堂許多遍安清悠的身分，不過這時他一會兒清醒，一會兒糊塗，始終想不起安清悠的身分和名字來了。

「我是你五弟蕭洛辰之妻安氏，記不得我沒關係，記得你的妻子、孩子還在等你站起來就好！」安清悠勉強擠出笑臉，提起蕭洛辰卻是心裡一痛。

便在此時，蕭大管家急匆匆跑進來，低聲稟報道：「五奶奶，皇上來了，已到了街口……」

「皇上？」安清悠皺起了眉頭，冷冷地道：「皇上若是來了，便讓他老人家先等會兒，就說我忙得腳不沾地，衣冠不整，必須先要拾掇一下才敢見駕……沒看見大伯這裡剛醒嗎？」

在隱瞞蕭家父子死訊的事情上，尤其是在蕭洛堂回歸和對待蕭家女眷的事情上，安清悠是真對壽光帝生了怨懟。

這話一說，旁邊的一干御醫們齊刷刷打了個哆嗦，這當兒不但不去接駕，還讓皇上先等著，如今敢這麼幹的，怕是只有蕭家的五奶奶了。

蕭達亦是目瞪口呆，發怔了半天才小心翼翼對著安清悠道：「皇上……是帶著百官隨扈來的，滿朝的大人們都跟在後頭，那也讓萬歲爺等著？」

「百官？」安清悠也有些愣了。

◉ ◉ ◉

「停！」剛走到蕭府所在的街口，壽光帝猛地喊了一聲停，望著前面已經被開道到清清爽爽的街面，緩緩地下了御輦，一步一步地走了過去。

等到了這般時候，誰都知道壽光帝要去蕭家了，只是皇上如此做派，百官們誰又敢拿大？連忙亦步亦趨跟在後面。

壽光帝在蕭家門前停住腳步，伸手止住身邊要喊出「皇上駕到」的唱禮太監，眼睛往那紅漆大門的對面看去。

一座陳舊的牌樓靜靜矗立在那裡，自大梁開國以來歷經了無數風雨，卻始終未曾倒下。

「武將下馬，文官落轎。開國元勳，當此殊榮。」

牌樓上面，太祖親筆手書的十六個大字，蒼勁有力。壽光帝輕輕念了一遍，轉過身來對著群臣們道：「眾愛卿，這座牌樓想來大家都見過，你們中很多人也像今日一樣，逢此牌樓下馬落轎，可是今天朕有一疑問，當年太祖皇帝為何要賜給蕭家這樣一座牌樓？」

此言一出，之前主和或是提倡遷都的大臣們臉色大變，皇上這句話的意思再明白不過，局面縱使如此，又焉能比太祖皇帝立國之時更難？

到底還是劉忠全站出來，卻是先向著那牌樓遙遙行了一個三拜九叩大禮，這才起身道：「回皇上的話，當年太祖皇帝起兵之時，身邊兵不過八百，甲不過十副，能有我大梁如今這等輝煌基業，全憑大志不輟，人心歸附，將士效死。蕭家位列開國十大功臣之一，故太祖皇帝特賜此匾以告天下，嘉勉其忠勇，激勵天下之壯烈。」

「說得好，嘉勉忠勇，激勵壯烈！」壽光帝昂首望天，「朕遙想太祖皇帝當年事，每每有悠然神往之感，可是這一句忠勇壯烈，背後卻是多少代人的鮮血。昨夜朕特地讓尚書監查了查，自我大梁開國以來，蕭家自其祖輩始，戰歿六十七人，輕重傷殘者一百零五人，滿門忠烈，當之無愧。諸卿，你們家中可有祖輩為國捐軀如此眾多之數？」

這話已經不是沉重，而是誅心之論了。

眾臣跪倒了一街，齊聲道：「臣惶恐！」

「惶恐？朕也惶恐！朕花了這麼多年的時間，準備這一場北胡之戰，到頭來卻沒想到落了個胡虜打到京師城下的結果。退不得啊，再退不得了……那博爾大石是草原上的一代梟雄，熟知戰法兵事，此刻咱們退避也好，遷都也罷，只要出了這京師的高牆厚城，你們說，他是會繼續攻打京城，還是繞過此處，直接追擊咱們的撤退隊伍？逃亡車隊就算再快，比得過北胡鐵騎嗎？大家不如打個賭，賭咱們無論是朝哪個方向撤，北胡人會花幾天時間把咱們追上？」

「至於主和？那更是個笑話！朕若是博爾大石，一定要對方先殺了那些主戰的大臣們才肯談，然後讓大梁交出京城裡的金銀作為條件，搜刮足了大梁的油水後，我必會再度攻城，那時候戰臣皆歿，人心已散，就算是背信棄義的聲音罵得震天響，你們又能奈我何？」

許多主和或倡議遷都的大臣們一個個變了臉色。

便在此時，蕭家那兩扇朱紅色的大門緩緩開啟，眾人拿眼看去，裡面是一片悲戚的白色。

「臣婦蕭安氏叩見陛下，吾皇萬歲萬歲萬萬歲。」安清悠有些吃力地要下拜，卻被壽光帝一把扶了起來，苦笑道：「丫頭，妳終於肯出來見朕這個義父了！快快起來，妳身子不便，無須行全禮！」

壽光帝在門外的一番話，安清悠在家中聽得清清楚楚，她終究沒有任性，微一低頭，輕聲道：「皇上駕臨蕭家，臣婦接駕來遲已是不敬，多謝皇上恕罪。如今北胡人只怕便要來到京城城下，城中之事千頭萬緒，不知皇上又有何差遣？」

說話之際，蕭家眾人已經魚貫而出，淨是披麻戴孝之狀。壽光帝看在眼裡，心下輕輕一嘆，緩緩地道：「朕今日帶著百官來，便是想問妳幾句話。」

「皇上請問，臣婦知無不言。」

「如今蕭家男子盡喪於沙場，妳等一干婦孺往下卻是如何打算？」

壽光帝這話問得直接而殘忍，安清悠登時臉色蒼白，「皇上此言差矣，我蕭家蕭洛堂仍在，我夫婿蕭洛辰雖是生死不知，但臣婦堅信他一定會回來，回來為皇上分憂解難，回來把北胡人打一個落花流水！」

壽光帝點了點頭，逕自轉過身看一眼下頭面色各異的眾臣，「自古大戰之前，多有祭天祈運之說，按說這京城一戰，打的是朝廷社稷祖宗基業，打的是我大梁國的江山國運，朕若要祭祀，不是去皇祠祖廟，便是去天壇地壇，可是這一次朕想換個法子、換個地方，就在這開國立下來的最後一座忠烈牌坊下，和眾卿一起追思咱們的開國先烈，不祭天地，只祭那些開國以來死去的將士。」

「臣願隨陛下！」

眾臣齊聲應諾，壽光帝刷的一下拔出佩劍，伸手在劍刃上一抹，鋒銳的劍刺破了他的手指。鮮血一滴一滴落了下來，打在地面上，只聽壽光帝振臂高呼道：「朕，大梁第八代皇帝，年號壽光，於此致無上敬意於諸將士先烈。昔我大梁開國之時正逢中原禍亂，民不聊生，太祖皇帝揭竿而起之時，敢問諸先烈將士，彼時可有兵馬甲衣？有果腹之食否？後我大梁立國之後，百餘年來為北胡所禍，敢問先烈將士，諸戰於北疆風雪黃沙之時，可有嘆息痛恨於朝廷，亦曾歲幣和親，為求一席之安否？」

「朕在位三十載，說不上是個好皇帝，拔刀揮軍的仗朕打了，歲幣和親的事情朕也幹過，今日北胡人兵臨城下，我大梁精銳盡喪，良將皆歿，朕及社稷忠臣所餘者，唯一腔熱血，此祭，先引天家之血言愧對先烈將士之事，稍後奉活牲於上，唯求我將士英烈在天之靈，護佑我京城百姓免遭胡人屠戮之苦，護佑我江山社稷永不輟於韃虜鐵蹄之下。」

一段祭詞念完，壽光帝猛地轉過身來，臉上竟是有了些猙獰之色，恨聲道：「抓人！」

皇甫公公早從懷裡摸出一張紙來，一個一個開始念名字。那些這段日子偷偷摸摸把家眷送出京城的權貴大臣，一個個地被挑了出來，還有那些先前主和主逃的大臣們亦是沒被放過。一群官員被綁得如粽子一般，數量竟有近百人之多。

「皇上開恩啊！」

「皇上，臣不過是一時糊塗啊……」

有些腦子轉得快的人，已經猜到皇上想要做什麼，一時間求饒聲四起，卻見壽光帝一言不發，冷笑不已。

「陛下，如今朝廷正是用人之際……」劉忠全瞧得不忍，出言相求。

「朕已經準備親任此戰之帥，京城就這麼大，用不著這麼多官。」壽光帝一張臉上猶如萬年寒冰，不為所動。劉忠全心中一寒，再不敢發聲。

「陛下，您要祭先烈將士以明京城軍民之志，卻不應該殺在這裡。」一個聲音忽然傳出，竟是安清悠。

「丫頭，妳也要替他們求情？」壽光帝眉頭微皺。

「臣婦不敢。」蕭家男丁幾乎一門盡喪，安清悠又不是什麼聖母，對這些逃跑派、主和派、割地賠款派的，著實沒什麼同情之意，只是對於壽光帝還心存芥蒂，真要殺人，菜市口御街前何處不行，偏偏要選在蕭家門口，這是用蕭家那些戰死者來作態造勢嗎？

「臣婦只是覺得，他們不配死在蕭家門口，更不配死在這忠烈牌坊前，何況臣婦如今身懷六甲，實不願見血光，還望皇上體恤！」

安清悠慢慢說著話，壽光帝卻是眉頭微皺，在他心中，若要激起京城軍民上下一心之勢，沒有比蕭家門前這塊忠烈牌樓前更好的地方了，可是聽得安清悠如此說，沉吟半晌，還是搖了搖頭道：「妳終究是埋怨朕這個做義父的，也罷，朕欠妳這丫頭甚多，欠蕭家更多，這次不讓蕭家的牌樓濺上血了便是。不過，今日之事朕雖是前有謀劃，但對於先烈勇士的祭祀崇敬卻是誠心誠意，發諸本心，這是妳這孩子教給朕的……」

壽光帝正說著話，旁邊皇甫公公聽一個手下來說了些什麼，神情凝重地上前插話道：「陛下，探馬來報，博爾大石率北胡大軍已過京西大營，此刻距京城不足十五里。」

「十五里……真快啊……」壽光帝苦笑，轉頭對安清悠道：「自從妳上一次救了朕的性命之後，朕便經常想，為什麼是義父呢？若是真有一個像妳這般的女兒多好？嘿嘿，本想著在這一仗之前，跟妳這丫頭化解嫌隙，可惜北胡人不給朕這個時間啊！照顧好自己，照顧好蕭家，朕這一去，怕是不知道還能不能再見妳的面了！」

壽光帝伸手把一封鷹信塞到安清悠手裡，逕自轉身道：「眾卿，博爾大石來了，各位可有膽子，隨朕一起到那城牆上看看北胡鐵騎的模樣？」

「臣等追隨陛下！」

安清悠詫異地看了壽光帝一眼，低頭看那張他遞來的紙張，目光像被什麼吸住了一樣，再也移不動分毫。

「臣，蕭洛辰於北胡腹地遙叩陛下……」

從內容上看，蕭洛辰發出這封鷹信的時候，還不知道征北軍大潰，父兄戰死沙場的消息。然而他精準地猜到博爾大石此次的戰略意圖，也同樣對北胡人極有可能一直打到京城做出客觀的評斷，更給出了自己的建議。

而對於安清悠來說，重要的卻不是那些戰爭和軍事方面的分析，而是一個讓她那疲憊的身心在一瞬間又充滿了力量的消息。

蕭洛辰還活著！

「那臭小子的確還活著，他不過是和征北軍一前一後分批回京而已，想來是為了收拾北胡人的追尾部隊。在他的手裡，還有最後一支征北軍的部隊，所以好好養著自己，等著朕的徒弟回來看看他媳婦……說不定還有他的兒子……」壽光帝說完，大聲道：「傳旨，命太子坐鎮宮中，不得臨前線一步！今日上了城牆，朕就不準備再回宮了，什麼時候北胡人撤圍，什麼時候朕再下來！士卒們打光了，將領們填進去！將領們填完了，朕就把自己填進去！京城裡還有十幾萬的新編禁軍，還有上百萬的軍民百姓，朕就不信，他博爾大石區區十幾萬兵馬，能耗到幾時！」

蕭洛辰的鷹信其實是昨日深夜收到的，放任百官議論，突然拿出北胡消息，帶百官血祭忠烈坊，不過是他的一次謀算。

安清悠忽然叫道：「皇上……」

只見她伸手把那封鷹信收入懷中，又緩緩地道：「臣婦的確從很久以前不喜皇上的手段，可是今日臣婦還要斗膽說一句，他日史書上，對皇上只怕是毀譽參半，不過作為我大梁天子，皇上總算是大節無虧。此去還望皇上保重，臣婦會在家中為您祈福，就像臣婦相信夫君一定會回來那樣，臣婦同樣相信皇上會從京城城頭平安下城。」

「毀譽參半，大節無虧？」壽光帝微微停了一下腳步，卻是沒有再回頭，陡然笑出了聲，「很好，似妳這等寧折不彎之人，猶能給這麼一句評價，朕很踏實！」

壽光帝再不停留，大踏步向著街口外走去。

這一去，前面自有金吾衛開道，後面同樣有百官相隨，只是隊伍之中卻多了一群被侍衛們押解著招搖過市的大臣。京城的百姓們看在眼裡議論紛紛，但很快就都得知了消息，那些主和、主逃、主遷都的官，都是準備押去殺頭的。

這一去，滿城譁然，但是軍臣、百姓的心卻開始向同一個方向歸攏。皇上不僅不準備跑，還親自上城樓督戰。一日北胡軍在城下，一日不下城牆。皇上尚且如此，其他還有什麼可說的？

站在高聳厚實的城牆上，所有人都已經可以看到，正北的方向塵煙大起，似有千軍萬馬滾滾而至。該來的，終於來了！

近了，更近了！那一條蜿蜒如巨龍般的長城已經清晰可見，可是……家在哪兒？

曾經的天下第一雄關不破關，如今已經變成了一片片焦黑的瓦礫，斷壁殘垣之間，瀰漫著一種令人窒息的毀滅氣息。

蕭洛辰騎在他那匹銀白色的坐騎上，這一路急追慢趕的行軍雖然緊迫，卻沒遇到什麼戰鬥，身上的箭傷倒是好了大半，如今已經能夠勉強騎馬了，只是從這個已經消失了的不破關上走過，眼前的模樣就連他也是默然無語。

就在數個月前，他走過這裡的時候，這裡還一片人來人往的景象。

如今，昔日的繁華早不復在，展現在這一批征北軍最後將士眼前的，不過是一片焦土。

蕭洛辰緊緊皺著眉頭，剛一到北疆邊境，士氣便大受影響，正在尋思之時，忽然處瞥見遠處人影一閃，似是有人從瓦礫堆中經過。

「什麼人？」蕭洛辰高聲一叫，身邊的張永志早就帶人撲了上去。

數名衛士從三面飛快地包抄上去，將那躲在瓦礫中的人逮了個正著。

推到蕭洛辰面前的，是個有些畏畏縮縮的中年漢子。

「貴人饒命！貴人饒命！我只是……咦？你們是征北軍？」那漢子顯然是被嚇壞了，可就算是嚇得傻了，沒叫兩聲，也已認出面前人的服色來。

「嗯，沒有奸細的味道……」蕭洛辰上下打量了那漢子幾眼，緩緩點了點頭道：「不錯，我們是征北軍，我是蕭洛辰！」

「蕭……五將軍……」

那漢子聽在耳中，竟似是傻了一般，就這麼怔怔地望著蕭洛辰，陡然間放聲大哭道：「蕭五將軍，你們可回來了……」

這漢子放聲一哭，不遠處有人拚了命般的大叫：「二哥，二哥……是你嗎……」

征北軍軍紀之嚴天下聞名，然而此時此刻，一個騎兵卻脫離了大隊，不管不顧地跑了過來。有第一個開了頭，就有第二個、第三個……不破關的倖存者們彷彿從地下冒出來一樣，一個接一個地出現，原本還強忍著悲痛的騎兵隊伍裡則出現了更多的認親者。

「人在就好，人在就好！二哥，你受苦了！」

「嫂子，爹和娘怎麼樣了？弟弟呢？」

「天殺的北胡人！他們都被……嗚……」

「老鄭叔，我家裡人呢？你有沒有看見他們！」

不知道多少的骨肉相認，不知道多少的噩耗傳來。一時間，廢墟上哭喊聲震天。

蕭洛辰心裡難受，卻沒有時間去安慰這些部下。

他正緊緊盯著一個在這些倖存者中的一個老人。這個老人卻像是全無所覺一樣，奔著他而來。腳步未停，手裡已經一陣快速劃動著某種符號。

蕭洛辰的眼神陡然一凝，那是四方樓的人表明身分的手語。

「小人四方樓北疆掌事劉漢，見過蕭將軍！」那老者自報身分，蕭洛辰卻是猛地一驚。四方樓的北疆分部統領不是那位兼任征北軍監軍太監的皮公公嗎？怎麼換了人？難道比自己更早回援的大軍有變？

「你以前在四方樓位居何職？」

「小人是通傳使，不破關被毀之日，北疆分部諸位兄弟為了確保能把詳細的破關消息傳鷹信回去，大多留在了城裡，副掌事帶著我們向城外衝，卻遭遇了北胡的追兵……」

所謂通傳使，不過是四方樓各個分部裡傳遞消息之人，充其量也就算是個基層幹部。然而，四方樓自有家規，確認掌事亡故，副掌事接任，副掌事亡故，第一組檔頭接任……依此類推。如今自己率軍回境，遇見的竟然是一個由通傳使接任的北疆掌事，其他人的結果可想而知。

蕭洛辰沉默半晌，忽然朝著那老者拱手道：「艱難困苦！大功！」

「職責所在！本分！」劉漢低低回了一句，並遞了一隻鷹信信筒來，上面的火漆完好無損，四方樓專有的印記猶在，他還在這裡待命，就是為了交給蕭洛辰這個信筒。

營帳內，蕭洛辰打開信筒，裡面的鷹信用的居然是明語。

「征北軍大敗，主帥蕭正綱、部將蕭洛啟、蕭洛銘、蕭洛松等戰死，全軍盡潰。監軍太監皮嘉偉叛降，詐開居賢關，博爾大石揮軍直入……」

蕭洛辰只覺得眼前一黑，胸口處氣血翻湧，身子猛地一晃，差點暈了過去。

「將軍！」張永志一把扶住蕭洛辰的手臂，瞥眼看到鷹信上的內容，亦是渾身一震。

「我沒事……」蕭洛辰臉色蒼白地推開部下扶著自己的手，深深吸了一口氣。

「將軍……節哀……」張永志怕蕭洛辰出事，想要再勸勸，可是這消息實在太過震撼，他自己都有些不知道該說什麼才好。

此時，馮大安伸手拽住他，連拉帶扯地把他和那四方樓的北疆管事劉漢拽出了營帳。

「老馮，你拽我幹啥？沒看見將軍那個樣子……」張永志又氣又急。

「將軍碰見這種事，我也碰見過……」馮大安沒有正面回答好兄弟的話，一個人出神地在想些什麼，半晌才道：「讓將軍一個人待一會兒，這時候勸得越多，越難受！」

這一等，不知道等了多久，從上午一直等到中午，半天就這麼過去了，張永志最後還是坐不住，著急地想要去看看，卻見門簾忽然一挑，蕭洛辰自己走了出來。

「全軍戴孝！咱們的速度不變，快馬加鞭往京城趕……」

蕭洛辰的聲音沙啞裡帶著平靜，馮大安和張永志兩個人鬆了一口氣，最起碼那種幾乎會逼得周圍人發瘋的恐怖感覺沒了，而自家將軍臉上的一雙眼睛顯然是剛剛哭過，腫得像個爛桃。

「博爾大石……你這傢伙比我預想的還強……」看著兩人飛奔而去，蕭洛辰抬頭望著南邊，喃喃自語道。

征北軍「殘部」又一次開拔，將士們的額頭上已經裹上了代表喪事的白布條。

蕭洛辰看看那兩張掛在旗竿上的大白床單，讓親兵把它們取了下來，咬破手指在上面寫了八個大字。

左邊一張招魂幡寫的是：「國仇家恨！」

右邊一張招魂幡上的字體更大，寫的是：「哀兵必勝！」

就在蕭洛辰以哀兵姿態，率領征北軍殘部回師京城的時候，大梁的京城裡，安清悠正因確認丈夫還在人世的消息而欣喜不已。不僅是她，在這個掛滿喪綾的蕭府中，蕭洛辰傳來的消息，無疑為所有人帶來了一點安慰。

「老夫人，剛剛得到了消息，夫君他還在人世，此刻正帶著兵馬奔赴京城！」

躺在床上聽得蕭洛辰尚在人世的蕭老夫人，精神一振，斷斷續續地道：「五郎……還活著？」

「活著！而且他手邊還有一支兵馬，正日夜兼程向著京城趕來……」

而此時此刻，另一個喜訊則是來自於蕭洛堂。

「五弟妹！」林氏風風火火地跑進來，一把抓住了安清悠的手，似乎抓住了主心骨。

「大嫂怎麼了，難道大哥又有事？」

「不是，他這次醒了以後，沒有再暈過去，那些太醫都說要請妳過去才敢再做定奪……」

安清悠再一次來到長房屋子裡的時候，迎面是一群興奮不已的太醫。

「諸位大人，我大伯情況如何？」

「奇跡啊！真是奇跡啊！」第一個衝上來的是當初診斷出安清悠有孕的司馬太醫，他衝著安清悠道：「五夫人，蕭洛堂將軍這一次醒過來，足足撐了有半個多時辰，若是這種狀態能夠保持下去，說不定……說不定這一次真能挺過去！」

安清悠看著一干太醫們面露喜色，知道是件好事。

司馬太醫又道：「我等一干太醫合議的意思是，眼下病人的形勢似有起色，正需要外力相助，是不是能夠用一些藥物添氣固元……」

這話簡單易懂，安清悠聽明白了，當下微微一笑道：「這治病療傷本就是各位專精之事，小婦人於醫道一無所知，既然是各位商議出來的，想來是好的，煩請諸位拿個方子出來，我便讓下人去弄藥。」

安清悠實話實說，那些太醫們卻是打死也不信，隨手一道閻王五更香，便讓他們這些人加起來都束手無策的蕭洛堂醒了過來，誰肯相信這位蕭五夫人不懂醫？

有個鬍子花白的老太醫認認真真地寫出了大家合計好的方子，用一種小學生對著老師請教的口吻，恭恭敬敬地道：「五夫人，您瞧這……行嗎？」

安清悠哭笑不得，但也知道自己在這時候說什麼人家都不信，只好鄭重地點頭道：「行！很好，很好……」

殊不知這等模樣落在眾太醫眼裡，很有高深莫測的感覺，瞧瞧人家蕭五夫人，這麼大的本事，對待我們這些人開出的藥方還如此嚴謹，這就是差距啊……

而此時此刻，身在北城門城頭上的壽光帝，臉色越來越不好看。

北胡人來了，卻沒有急著攻城，而是對著北城門紮下了營。壽光帝看得清楚，兩支騎兵大隊從兩翼迂迴包抄了過去，在東西兩側的城門外也擺開了陣勢，獨獨留下南門未有一兵一卒。

「圍三闕一嗎……」壽光帝的眉頭越皺越緊，「朕手軟了一線啊……」

壽光帝忽然生出了一絲懊悔，早知如此，當初博爾大石密訪京城，和蕭洛辰決鬥那次，自己就應該不惜一切代價將此人圍殺，哪怕是為此提前個一年半載和北胡人開戰也值得。

正尋思之際，忽然聽到城下北胡軍隊爆發出了震天的歡呼聲，一根白羽大旄旗猛然豎起，一個男子打馬從陣中緩緩走出。

「好大一座城，六朝古都，帝王之地，大丈夫生當居此天下之巔，才不負來這人間走一遭！」博爾大石自言自語地輕嘆，用的卻是漢話。

語畢，忽地一勒韁繩，萬軍陣前，胯下那匹戰馬猛然立起，縱聲長鳴。

◉　◉　◉

此時此刻，很多人正露出了難得的笑容。

「這藥……真苦……」一通湯藥灌下去，蕭洛堂喊了一聲苦，旁邊的太醫們無不喜形於色，身體的敏感度增強，正是生命力轉旺的跡象。蕭洛堂用藥喊了幾聲苦，便又閉上了眼睛，這次卻不是昏倒，而是沉沉睡去了。

「恭喜大夫人！恭喜五夫人！」司馬太醫撫了撫蕭洛堂的脈象，喜色更甚，「蕭大爺的脈象不僅僅逐漸健旺，甚至與之前散亂無章不同，越來越規律。今日就讓他好好睡上一覺，睡得越久對身體越好。明日早晚再用藥一次，若是還能睡得下，後日可略進些流食。只要飯食無礙，那就性命無憂了！」

林氏差點欣喜得暈了過去，安清悠也替這一對歷盡劫難的大哥大嫂高興。

看著林氏又是流眼淚又是對著太醫們拜謝，幾乎是連話都不會說了，安清悠輕輕拍了拍她的肩膀道：「大嫂別太擔心，哭壞了身子，還要大哥找人給妳瞧病不是？」

安清悠這話裡帶著三分玩笑之意，林氏卻當了真，手忙將亂地抹抹眼淚，用力地點頭道：「是是是，我不哭我不哭，如今事情已經這麼多，不能再讓夫君替我擔心……對了，這段日子全靠五弟妹一個人撐著家裡，我淨是添亂，往後……往後我也不能光是做累贅，有什麼我能幫五弟妹分擔的，儘管指派便是！大事做不了，小事也一定能替弟妹頂上幾分！」

偏在此時，蕭大管家心急火燎地跑了進來，對著安清悠附耳低聲道：「五奶奶，大事不好，二房那邊，二奶奶她……她……」

「她怎麼了？」安清悠聞言一驚，寧氏雖然素來與自己不睦，可是她的丈夫戰歿沙場，這位二嫂性子向來剛烈，之前噩耗傳來，就把自己關進屋裡，誰都不見，難道是出了大事？

「二奶奶失蹤了，她院子裡的人都急瘋了，五奶奶，怎麼辦？」蕭達已經急出了一身汗。「五奶奶，剛剛正午時，四奶奶說是要給老太太請安，卻沒帶院子裡的丫鬟僕婦，如今人卻不知道在哪！」

「五奶奶，三奶奶自從中午吃過了飯，就沒了蹤影！」

安清悠緊緊皺著眉頭，這幾位嫂子清一色不見人影，原因自然是可想而知，只是這時候……

周圍的人眼巴巴地等著拿主意，安清悠猛一抬頭道：「達叔馬上安排人手去守著前後門和家裡的院牆各處，從現在起晝夜輪換午休。安花娘呢？讓她把當初從四方樓一起出來的人都帶上，在府裡找，一絲一毫的空隙也別放過！其餘人等各司其職，有那亂嚼舌根的，一概亂棍打死！」

「這……」林氏的臉色早已經變了，「弟妹她們不會想不開吧？這……這可如何是好？五弟妹，妳說她們會不會已經出府了？妳和四方樓那邊有些淵源，要不咱們去求皇甫公公他們……」

「大嫂先別急，二嫂她們想不開是肯定的，有事也是肯定的，不過清悠猜想，人還在府裡。清悠現在就去處理此事，大伯和婆婆那邊，今兒卻是要煩勞大嫂了。」

蕭家不比別處，隨便一個普通的家丁護院，說不定都是上過戰陣見過血的。一位奶奶若是趁人不備，擅自溜出府去，還可以說是僥倖，但不可能會有三位奶奶無聲無息沒了蹤影的道理。

這一查，果然查出來了端倪。安花娘領著一幫四方樓的好手，報上了第一個線索：寧氏房裡的柳葉刀不見了。

「柳葉刀？」安清悠眉頭微微一皺。

入夜，在蕭府中原本已經廢棄了很久的柴房緩緩打開，幾個婦人的身影似是略有停滯，但還是輕手輕腳地走了出來。

「三弟妹，今日咱們走出這一步，那就是有去無回的事情。妳若是還有遲疑，現在回頭也來得及……」寧氏走在最前面，回頭看見身後的秦氏有些遲疑，便輕聲地道。

「無所謂，夫君已死，我早就不想活了。就這麼隨著二嫂和四弟妹去，明天太陽升起來的時候，想來該是能和夫君團聚了吧……」

「死也得把那博爾大石咬下一塊肉來！」烏氏同樣是哀莫大於心死，一條軟鞭胡亂地圍在腰上，滿腦子都是去找博爾大石拚命的念頭。

三個女人存了必死的念頭，就這麼奔著外院悄悄而去。只是這時卻沒有想到那一處藏身的柴房雖不顯眼，但如今過了半日，若是有人存心要查，又怎麼會放過此處？

三人就這麼一路來到了外院外牆，一路上竟是什麼波折也沒有。寧氏心下一嘆，這是老天在幫自己，還是盼著自己早死？無所謂了。抬頭看了看頭上，正是之前早就看好的蕭家一處破舊失修的外牆，吸一口氣，猛地跳了起來。

可是半空中被一股柔和的力量壓下，寧氏身不由己地向下落去。只見院牆上不知何時多了一人，正是終日跟在安清悠身邊的僕婦安花娘。

安花娘望著牆下的三女，幽幽地嘆了一口氣，「三位夫人，與人拚命，什麼也解決不了……」

話音未落，只見院牆下，一串火把驟然亮起，蕭府的家丁們不知何時已經站在三人身後，一個女子慢慢從眾人中走了出來，正是安清悠。

寧氏淒然一笑，「原來是五弟妹。」

「嫂嫂們要到哪去？」安清悠看了一眼寧氏旁邊站著的兩人。秦氏面若死灰，眼睛裡空洞洞的看不到一點生氣，烏氏卻是一臉什麼都不在乎了的悲怒之態，大聲道：「既然被發現了，也沒什麼好瞞的！夫君沒了，我們幾個也不想活了，這就要去行刺博爾大石！五弟妹，妳要是還拿我們當嫂嫂，那就讓開一條路，他日九泉之下，我們也念得五弟妹一番情義！」

安清悠卻是面無表情，淡淡地道：「行刺博爾大石？三位嫂嫂真是女丈夫！小妹手下有個僕婦，是從四方樓裡出來的，曾看過不少博爾大石的資料，幾位嫂嫂要不要聽聽，或許有用？」

安花娘從牆頭翻了下來，對著三位夫人低頭說道：「奴婢安花娘，給三位奶奶請安。博爾大石一身武藝，縱橫草原十五年，從未有過對手，更兼精明警覺，睡覺時都是用頭枕著他那把大日金弓，身邊有所謂的『十八親衛』，均為北胡裡出名的勇士，另有『鐵弓短刀奴』六百人，專司警戒護衛之職……」

「如今還有千軍萬馬護衛著他。」安清悠打斷了安花娘的話，慢慢地道：「想殺博爾大石的，恐怕不止三位嫂嫂，上至皇上，下至守城的兵丁，想要博爾大石性命的人不知道有多少，敢問三位嫂嫂，武藝比起皇甫公公如何？潛行匿蹤之法比四方樓的諸多高手刺客如何？此人若真是那麼好殺，朝廷早在其揮軍城下時便動用了這個法子，哪裡用得著等到今日？」

寧氏臉色慘白地道：「五弟妹說這麼多做什麼？我們自不是那博爾大石的對手，此去不過是盡人事罷了。死都無所謂了，還有好什麼在乎的？就算殺不了博爾大石，能夠殺幾個北胡兵也是好的……」

「對！殺一個夠本，殺兩個賺一雙……」烏氏說著說著，自己先哭了出來。

安清悠冷冷地道：「殺北胡兵？好啊！如今外面北胡人把京城團團圍住，我雖是女子，也知此時的城門早已被磚石塞死，莫說是出城，就算那城牆之上，閒雜人等也上不去，不知三位嫂嫂如何出城？」

這話一說，秦氏忽然一動，似是想說什麼又沒說，安清悠看在眼裡，聲音越發冷淡：「我倒差點忘了，三位嫂嫂本是將門之後，軍中自有人脈，若有什麼人網開一面，莫說是上個城樓，就算是用長索墜下城去，或者幾位也認為可行？只是莫要忘了，三位嫂嫂殺不殺得北胡人暫且不論，想必身死之後，屍體卻是無法自己走回來的。明日北胡兵若是將三位嫂嫂的屍體挑了出來，只怕城上城下皆看個通透外，更助長了北胡人的聲威！」

「大戰之時軍令以嚴為先，這個道理我懂，嫂嫂們懂，皇上更懂！如今他老人家便在城頭，對這私自放人下城的軍官士卒們，又會如何處置？怕是只有一個斬字了！我倒是有一事不明，三位嫂嫂勢單力薄、心思恍惚之下，單挑千軍萬馬到底能殺幾人？怕是對面一陣箭雨過來，三位嫂嫂便已枉送了性命！究竟會是殺的北胡人多，還是連累死的自己人多？」

「還有……」

秦氏猛然叫道：「別說了，什麼都別說了！我們什麼都做不了，還會連累別人，那還活著幹什麼，索性死了尋夫君去……」

說著竟是跳了起來，衝著院牆的石壁一頭撞去。還好旁邊的安花娘眼明手快，一把抓住了她，同時腳下一絆，秦氏登時立足不穩，跌坐在地，接著放聲大哭起來。

「夠了！」寧氏大喝，蹲下身去扶住了秦氏，又衝著安清悠怒道：「說這些不就是讓我們不去嗎？你有沒有死過男人？我們幾個的男人沒了，妳的男人還在！他手裡頭還有兵，甚至他也沒有像我們一樣被困在這京城裡！他是如今天下的指望，也是妳的指望！可是我們呢？我們什麼都沒有了，連指望都沒有了！」

「從妳嫁入蕭家那一天起，妳就處處比我們都高上一籌，妳會調香、會掙錢、會掌家，會耍那些計謀手段，那些什麼朝局政爭、國家大事，妳都可以摻和，可是妳懂我們這些武將家裡出來的女子嗎？懂什麼叫做沒了親人的痛苦嗎？」

「老五是婆婆的親兒子，妳也沾了這個的光！嫡子就是不一樣啊，連征北軍回京城都能躲在後面，連媳婦都已經是三品的誥命夫人！婆婆喜歡妳，皇后娘娘喜歡妳，太子妃是妳的乾妹妹，連皇上都收了妳做義女！妳厲害啊！可如今北胡人的大軍就在城外，我們這幾個死了男人的，還知道要去和北胡人拚命，妳呢？妳又做了什麼？妳還能做什麼……」

寧氏瘋了一樣地哭喊著一通發洩。

安清悠卻是一言不發，對寧氏甚是同情。

忽然間，一個冷冷的聲音在眾人身後響起：「住口，把這三個不懂事的混帳拿下！」

蕭府中能下這種令的也只能是蕭老夫人了。

只見蕭老夫人一手拄著龍頭拐杖，一手搭著僕婦的肩膀，顫巍巍地走了出來。

「老夫人，您……」安清悠大驚失色地迎上前去，一句話還沒說完，卻被打斷。那打斷她話語的卻並非是蕭老夫人或是在場的任何一個，而是從外面傳來的聲音，甚至是從城外。

「殺！」

千軍萬馬的殺喊聲，莫說是此刻正鬧成一團的眾人，就算是那些在這夜半三更之時早已睡熟了京城百姓，也不知道有多少人從夢香中猛然驚醒。

蕭大管家急匆匆來報：「老夫人、五奶奶，北胡軍突然發難，趁夜攻城！」

「慌什麼？」蕭老夫人瞥了蕭達一記，淡淡地道：「你也是上過戰場的人，什麼時候變得如此膽小了？區區一點喊殺聲，就能把你驚成這個樣子？」

林氏站在蕭老夫人身旁，一臉歉意地看著安清悠。她本就不是什麼善於作態之人，沒幾下就被看出心中有事，哪裡還瞞得過這位主母？

蕭老夫人看著幾位媳婦，慢慢地道：「妳們剛剛罵五媳婦的話，我都聽見了，妳們想的那些，我都想過。幾十年來，幾乎每一次妳們公公去北胡的時候我就在想，若是丈夫回不來，自己該怎麼辦？若是孩子們回不來，自己又該怎麼辦？如今每天都在做的噩夢成了現實，我也成了寡婦，可是連我這個這把年紀的老太婆還沒想著一死了之，妳們卻是先打起送死的念頭了？來人，給我捆起來，狠狠地掌嘴！」

蕭老夫人手中的龍頭拐杖重重頓地，身子猛地一晃，險些摔倒。

安清悠和林氏一左一右連忙伸手相扶，卻聽她不肯甘休地道：「當初大媳婦以為自己死了男人，也沒有這麼自暴自棄。如今咱們蕭家最需要人撐著的時候，妳們做了什麼？妳們以為這叫不怕死？錯了，這叫做逃兵！到了軍中應該是要……」

安清悠連忙勸道：「老夫人息怒，此事交給媳婦來處理行不行？我辦事您還不放心嗎？一點點家事罷了，何必鬧得那麼大？來人，老夫人身體都這般了，妳們還讓她老人家硬撐著出來？」

蕭老夫人神色複雜地看了她一眼，嘆了口氣道：「要真能和北胡人拚命的話也認了，再這麼愣愣地去送死……那就用家法狠狠地治上一輪，再趕出蕭家，讓她們去！」

安清悠苦笑，送走了蕭老夫人，卻是對著安花娘點了點頭，當下自有人下去安排，過不多時，卻是來了一群丫鬟僕婦，領著小的抱著幼的，帶來的竟都是各房的子嗣。

蕭家的第三代，當然不止是林氏的楓兒，寧氏育有一子，秦氏卻是兩子一女。這些孩子裡面最大的不過五六歲，最小的卻是烏氏的兒子，尚在襁褓。

「五弟妹，禍不及家人，老夫人要治我們家法，也與孩子們無干，妳這是要做什麼？」求死之心最為堅決的寧氏臉色已經變了。

「我壓根兒沒有打算對幾位嫂嫂動什麼家法，老夫人那頭有什麼，我去跟她老人家說！」安清悠搖了搖頭，「之所以帶孩子們過來，也沒有別的意思，就想讓幾位嫂嫂見見孩子們而已。就算是真要去送死，也該先見見自己的骨肉吧？」

這話猶如當頭一棒，把這幾個女人的意志打散了不少。或者應該說，其實早在她們被安清悠攔在院牆外面的時候，那心思就沒那麼重了。

寧氏還沒說話，烏氏已是一把抱過了自己的孩子，看著孩子熟睡的臉龐，放聲大哭起來。

秦氏孩子多，這時候幾個兒女已經撲進了她懷裡。

「娘別扔下我們……」

一句話就讓秦氏的心差點碎了，淚水滾滾而下。

安清悠在心裡長長嘆了一口氣，對著寧氏道：「幾位嫂嫂與我這個做弟妹的之間，早先便有些隔閡，我嫁過來之前，是什麼情況各位也清楚，打小便沒了母親，嫂嫂剛才問我的話……我也想問嫂嫂一句，妳知不知道沒了娘的孩子是什麼滋味？」

說著朝那各房的孩子們一指，淡淡地道：「我說句明白話，這些孩子已經沒了父親，各位嫂嫂若是真能狠下心，讓自己的孩子這麼小就嘗嘗父母雙亡的味道，那想做什麼就儘管去做吧！哼，如今北胡人打到了城下，要做什麼有的是事情等著呢！老大人那句話還真沒說錯，逃兵！若是拚命也就罷了，想送死的，隨便！」

狠話撂下了，安清悠再不言語，轉身向自家院子走去。滿院火光之下，卻是除了身後的寧氏之外，所有人都看到了安清悠布滿淚水的臉。

父母雙亡的滋味嗎？我清楚，我很清楚！前一世的時候，我就是這麼過了一輩子！活著，活著就會有希望的，哪怕是為了孩子……妳們這幾個逃兵……別放棄……

「五弟妹……」寧氏的聲音在身後響起：「妳說北胡人來了，我們有很多事情可以做，做飯、裹傷、洗衣服什麼的……我們這些舞刀弄棒的女子可不會……」

安清悠停住了腳步。寧氏這人太倔太傲，也太容易走極端，十有八九這個出去拚命的想法，就是從她這裡出來的，如今這話說出口，不外乎是給自己找個臺階下罷了。

還知道找臺階就好，還知道找臺階的人會去尋死嗎？

安清悠緩緩轉過身，一字一句地道：「該說的我都說了，北胡人已經打到了城牆底下，這外面的喊殺聲大家都聽得見，可做的事情真的很多。自然不會是叫幾位嫂嫂去做飯、裹傷、洗衣服，要做，咱們就做大事！」

安清悠刻意把「大事」這兩字說得極重，寧氏臉色一滯。無論如何，安清悠到底是做出了大把她從未想過的大事，更知這個五弟妹頂上是通著皇帝，手上拉著四方樓，之前無數的例子便在眼前，由不得她不信。

「到底是什麼大事？」寧氏到底還是多問了一句。

安清悠卻不肯說了，反而慢慢地道：「不論二嫂以前怎麼看我，我只問二嫂一句，我這個做弟妹的進了蕭家這麼久，可有過了不算的時候？」

寧氏怔住，一直到現在，她都不怎麼喜歡安清悠，可是要讓她找出這位五弟妹有說話不算數的事，她還真是找不出來。

「所以了，我說有大事可以做，就是有大事可以做。如今夜已深，這些大事明天再和幾位嫂嫂細談。」安清悠笑著往自己的院子走。

「等明天……那現在，咱們幹麼？」

「現在？現在當然是回去睡覺。養精蓄銳才能幹大事，二嫂不會不明白這個道理吧？」

回到院子裡，青兒和芋草兩個大丫鬟圍了上來。

「小姐，我聽外面那些喊殺聲不斷啊，北胡人會不會打進來啊？」從做姑娘的時候就跟過來，青兒這小姐的稱呼，怕是這輩子都改不過來了。

「奶奶，您這麼熬著，對身子實在是不好，也得多愛惜點自己，遇事別太拚了……」芋草倒是老早以前就改了稱呼，一心一意只替自家主母的身子著想。

安清悠看了看身邊的兩個大丫鬟，心裡一動，這兩個丫鬟對自己忠心耿耿，可是自從清洛香號打烊後，能夠做的事也越來越少……畢竟，她們不像安花娘有過四方樓裡的歷練和本事。

「北胡人要能打進來早就打進來了，如今這喊殺聲越響，反倒不一定有事。我那位皇上義父，不會那麼容易就被博爾大石打趴下的，如今他老人家既是敢親自上城頭坐鎮督戰，心裡未必沒底。想那麼多做什麼，趕緊睡吧，妳們兩個丫頭也都是不小的人了，想過自己將來的終身大事和歸宿沒有？」

青兒和芋草面面相覷，都這個時候了，自家主母還能睡得下？最後一句話是什麼意思，這時候還能提起自己的歸宿？

一頭霧水之間，卻見安清悠真的倒頭就睡，不一會兒還發出了輕微的鼾聲。

這個時候能枕著喊殺聲入眠，是本事，也是勇氣。

一夜過去，安清悠起身時天色已大亮，青兒一臉喜色地道：「小姐醒了，那喊殺聲喊了足有大半夜，到天明的時候卻是消了下去，剛才達叔出府去打探消息，街上人都說北胡人趁夜攻城，卻被咱們的守軍打了下去，連城頭都沒攻上去過！聽說他們死傷慘重，又是一場大捷呢！小姐這話可說得真是神了！」

青兒一臉欣喜地說著話，安清悠卻是搖了搖頭，對方都開始攻擊京城這最後一道防線了，還談什麼大捷不大捷的？無非是百姓們有些小小的安慰罷了。

安清悠想了想又道：「去讓達叔親自往東宮走一趟，請太子妃過府一敘，就說我有事相求。」

兩個大丫鬟聽得暗暗咋舌，太子妃是什麼人，雖說是小姐的乾妹妹，那也是未來的皇后。就算有事相商也該過去請安才是，竟讓對方屈尊過府？

蕭達出門連一個時辰都不到，劉明珠人已經到了蕭府。

劉明珠見著安清悠的第一句話就是：「哎呀，我的好姊姊，妳總算不拿我當外人看了！說吧，要是有什麼妹妹能幫上忙的，絕不推辭！」

「妹妹客氣了，按說妳是太子妃，我這做姊姊的又是求人，本該去東宮向妳請安才是，不過我這身子實在笨重，最近我們蕭家的事情又多……」安清悠苦笑。

「姊姊哪裡來的話？妹妹不是說了嗎？一天是姊姊，一輩子是姊姊！莫說是姊姊，如今身子不便，蕭家的事情又多，就是什麼事都沒有，招呼妹妹一聲有什麼大不了的？」

劉明珠說話頗有幾分豪爽，安清悠微微一笑，這乾妹妹是未來的皇后，自己也不能動不動就讓人家如何如何。

安清悠不著急開口說求人什麼，反而是隨口話家常。

現在劉明珠是有什麼說什麼，一點兒也不隱瞞。

「……除了核查嚴管城內糧秣之外，最怕的就是民夫徵調了。太子殿下和許多經辦官員的意思是按戶徵夫，逢二丁之家抽其一，逢五丁之家抽其三……」劉明珠說到這裡嘆了口氣，「其實當初居賢關被破之時，皇上就命殿下在這方面做了準備，京中官府也暗地裡召集了一些民夫，可是北胡人留給咱們的時間太少了，真打起來，到處都是用勞力的地方，沒法子只好強抽，可是太子殿下也有些發愁，如此大規模的強徵，民夫也得編排調配，也得有人管帶，可如今京城中的兵馬本就以守城為優先，再從中抽出人手來看管組織民夫……」

安清悠點了點頭，現在正在打仗，很多東西本來就是要事急從權的，太子牧這也是無奈之舉，凝神想了一想，開口道：「我這裡倒是有個法子，需民夫需勞力，未必要強徵。」

「改徵為募，凡為守城做出力保障的民夫，出力三月者將來免一年徭役，出力半年者免三年徭役，以此為酬。尤其是外省流民中加入的民夫者，由官府發放口糧，並告訴所有的民夫，將來仗打完了，凡是參與之人，皆由朝廷分發土地給他們……」

劉明珠對於這位乾姊姊的手段一向佩服，此刻聽了，雙眼越睜越大。現在京城裡最重要的是熬過眼前這場大劫，莫說是三個月頂將來的一年，就算是一個月頂一年，只怕無論壽光皇帝和太子牧都會眉頭不皺一下地應了。

博爾大石所過之地，早就是一片焦土，將來若真能把北胡人打退，少不得還得重新組織移民去恢復，此等分發土地的法子，等於一舉數得。

「不強徵，短時間哪能籌集人手來？而且這京中糧秣皆是優先做軍糧之用……」劉明珠到底是明白人，這法子初思甚佳，但若執行起來，卻又有很多麻煩。

「抄幾個大糧商，總比組織大批民夫簡單得多吧？我保證他們屯下的糧食足夠給民夫們發口糧。妹妹信不信，就算現在京城裡已經到了火燒眉毛的節骨眼了，照樣會有那朱門酒肉臭之事？」

安清悠嘆了口氣，對於民間的事情，她可比劉明珠這個做太子妃的要清楚多了。

如今京城裡最貴的就是糧食，那些難民們，原本富庶的全典押出身上最後一點家當，貧困者更是賤身為奴，賣妻當女，所得者不過是三五斗罷了。而另一方面，早在征北軍未覆沒，居賢關未失守時，各地糧商們更有不怕死的運糧到京中，發那國難財。

對於那些人，安清悠從來就沒有半點好感，抄他們一點不手軟。

劉明珠臉色變幻不定半晌，終究還是點點頭道：「若真是如此，就算招募流民不成，某些人也該抄該殺，只是這招募的法子時間上會不會慢……」

「這法子在時間上會不會慢，別人做我不敢說，若是我蕭家出頭，做姊姊的保證耽誤不了殿下的大事！」安清悠面色不改，劉明珠卻是苦笑，「蕭家滿門忠烈，連皇上都已經覺得愧對蕭家了，如今還要出頭攬這差事……姊姊的身子……」

「不怕，我身子雖然不便，卻有幫手，更何況……」安清悠說到這裡，欲言又止，思忖一下，還是覺得只有這樣最合適，便把下人們都召進來，吩咐道：「去請二奶奶到我房裡來一趟。」

劉明珠做夢也沒想到安清悠口中所說的助手，居然是剛死了丈夫沒多久的蕭二奶奶寧氏。

「拉隊伍，這事除了咱們蕭家，京城裡沒有哪家能挑得起來！」

「一捆箭送上去，能射死幾個北胡人，一塊巨石被搬上城樓，能砸死幾個北胡人？」

「把京城裡的民夫組織好，會多死多少北胡人？比妳們自己衝出去送死要強多了吧？」

「對了，我聽說那博爾大石每戰必身先士卒，二嫂，妳說會不會一個點著的油罐子從城牆上扔下去，剛好就砸在他頭上？」

劉明珠就這樣懷著疑惑地看安清悠對寧氏說話，寧氏一下子站起了身來，「五弟妹，妳說要怎麼做，我出死力！」

劉明珠目瞪口呆，她知道蕭家其他幾房與安清悠之間的關係並不好，如今這寧氏做了寡婦，怎麼就成了為自己乾姊姊出死力的助手？

安清悠心裡微微一嘆，寧氏如今要的其實不是什麼大事小事，她真正需要的是一種存在感，更是一份為夫報仇的理由與作為，具體做什麼，對她並不重要，自己說些什麼更不重要，最重要的是，她需要有一件事是她親自參與其中，然後北胡人會因為這件事情，而直接或間接地增加死亡和傷者，那就夠了。

只是就連安清悠自己都沒想到，原本只是給寧氏等人一個暫時活下去，顯得不是那麼蒼白無意義的出口，竟由此發生了一連串的連鎖反應，整個京城的軍民都開始出現了極大的變化。

寧氏其實是最難的一份，她參與到了組織民夫的事情裡來，三房、四房的兩位奶奶也是先後加入，太子牧聽聞蕭家出頭，準備操持此事，大為欣喜。對於安清悠的能力，他的信任比旁人還多了幾分。

柒之章 ● 宿敵暗夜來襲

「父皇曾言，你這位乾姊姊若非是女子，他日定當為閣輔。只可惜我大梁婦人不得為官……蕭家現在剩下一群女子，怕是行事不得方便，這樣，孤臨時任命一個民夫總督辦，前臺的事情讓她做好了！」

太子牧以監國身分認命的民夫總督辦，居然是安子良。安子良雖說平日裡大大咧咧，但是真正的明眼人都知道，這位安公子是扮豬吃老虎的好手，精明了得。

民夫總督辦雖不過是臨時職位，但安子良的背後是什麼，不光是朝廷賦予的權力，更有太子、蕭家、劉家、安家等諸般背景，誰敢在他手底下搞貓膩？

安子良做臺前，安清悠做幕後，姊弟同心，其利斷金是不用說的，不過這次真正發揮了大作用的，倒是那幾位蕭家的寡婦。早在劉明珠回東宮向太子牧稟報此事的時候，蕭家的下人就已經將一封封書信送往了京城各處。

京城裡的武將圈子與文官們不同，講究誰曾是誰的兵，誰曾在誰帳下效力。蕭家本就是軍中根深葉茂的世家，此刻安清悠以蕭家之名，書信召他們相助，便有一批人組織了起來，更別說還有那幾位蕭家的寡婦。她們雖然死了丈夫，但拜蕭老夫人當初要求門當戶對之賜，娘家皆為數一數二的軍中大族。此刻或是書信，或是親自回娘家，都把各自的母家發動起來。

一時之間，這組織民夫竟成了大梁國武將序列裡最為強勢的幾大家族挑頭，這幾大家族身邊又有大把追附驥尾的次一等家族，那些次一等家族周邊又有許多小家族……

「別的不說，北胡人的作風想必各位也聽說過吧？真要讓他們打進來，跟著就是屠城！現在咱們幫朝廷守城出力，那就是幫著咱們自己保命！」

「從北疆一路逃難到京城？嘖嘖嘖，當年我也是流民出身，實在活不下去才投的軍。我跟你說，如今朝廷可是頒令了，肯當民夫的，打完了仗不光是能抵徭役，還給分地呢！當兵吃糧拿命拚是為什麼啊？不就是為了有朝一日能混個老婆孩子熱炕頭，我要是年輕二十歲早去了！」

「他娘的，把手放在褲襠口摸一摸卵子還在不在，還是不是個男人！你們這幫做民夫的，又不用上城牆拿刀子，幫著運點東西就夠了，怕是連北胡人的面都看不見，就這麼慫？滾滾滾，連打仗是什麼樣兒都沒見過，還他媽扯危險！皇上還在城樓上呢，論危險得什麼時候才能輪到你們這些在後邊賣力氣的民夫？更別說前面還有禁軍虎賁營、驍騎營、驃戰營擋著……」

無論是免徭役還是分田地，對於百姓們都有著莫大的吸引力，尤其是那些流民、難民，能夠吃上一頓飽飯，已經是最為火燒眉毛的要求。

大梁的京城本就是繁華大城，人口眾多，如今更是有大批流民湧入，可是誰也沒想到招募開始的第一天，居然就招募到了五萬多民眾。這還是那些曾經上過戰場的退役老兵們挑挑揀揀篩出來的，皆為精壯之士。

而在這一天的招募過程中，身為民夫總督辦的安子良，也不是只做一個擺設。新官上任三把火，他笑嘻嘻地領著一幫人大搖大擺招搖過市，只是遛達到某個大米行的時候卻是伸手一指道：「就是這家，給老子進去抄東西，拿人！」

一群如狼似虎的彪形大漢登時衝了進去，搞得一通雞飛狗跳。糧行、米行裡當然也會有人連滾帶爬地跑出來，或是哀告或是求饒，也有連唬帶罵的：「安公子啊，我們可是清清白白的生意人，沒做過什麼枉法之事啊！」

「安公子，別的不說，你知道這糧行是誰的嗎？我們後面那可是……」

「安子良，你不過是民夫總督辦，大梁自有法度，誰給你的權力來這裡抄店拿人徵糧食的？我們要去告你！」

「孫子！安子良也是你個老丫挺能叫的？本大爺現在是朝廷命官，叫安大人！」

安子良在京城的商業圈子裡泡的時間比安清悠還長，平日裡跟他稱兄道弟的商人比金鑾殿上的官員還多，這時候連領路都不用，哪一家是趁機發國難財的黑心糧行，哪一家是專拿糧食換人家黃花閨女的，閉著眼都能數得出來。

「安公子我是民夫總督辦，這是給民夫們的官糧。你們這些傢伙囤積居奇，逼著人賣兒賣女，也不怕生孩子沒屁眼兒，如今倒講起大道理來了！爺就是抄店抓人了，怎麼著？愛哪兒告哪告去！」

安子良懶得和某些人廢話，轉頭一聲招呼，那些進店拿人的大漢們齊刷刷亮出了腰牌，卻是東宮侍衛。

京城裡九會二十八行，一共三十多家最大的糧商，幾日功夫裡就被他抄了個七零八落，戰果輝煌。收繳上來的糧食數目送到東宮那兒，太子牧也是不抄不知道，一抄嚇一跳。這糧食不僅僅夠最少二十萬民夫用上半年，還能有一部分補充進軍糧裡。

「如此惡商奸商，竟敢不顧百姓生死，朝廷危難，做出如此亂我京師之事，該殺！他們背後那些撐腰之人更該殺！」太子牧憤憤不已，他如今有監國之權，統攬京城調度大小事務，這一句該殺，多少人的命運就算是定了。

「商人嘛，你不能指望所有人都像清洛香號那樣公正守法！」安子良對自家的買賣還是很有感情的，先誇了一聲自家的好，又加上了一句道：「有翻四個跟頭的好處，商人就敢殺人放火，我大姊說的！」

「翻四個跟頭……」太子牧一怔，隨即明白安子良說的是四倍的利潤。對於安清悠的手段，如今他更是讚嘆，安子良差事辦得漂亮，自也是頗得他的賞識，這時候卻是拉過了他道：「來來來，這是你大姊給孤送來的另一個建議，你看看如何？」

安子良拿過條陳來一看，微微一呆。

「民兵？預備役？後備軍人？大姊總是喜歡弄這些新詞兒！」

武將世家們的大活躍，給安清悠提了個醒，沒寫出國民警備隊已經是自知在這時代不合適了，雖然她並不知道自己的一個條陳，導致大梁從此以後多了一個預備役制度。

此刻的她，正在安排家裡下人們算帳。

「民夫招募已經齊備，近三日內共運上城頭乾糧五十萬斤、箭八十萬枝、滾石八千車，抬下傷兵……」芋草在把報上來的東西整理好，對著安清悠一項項稟報著。

不過即便是蕭家最身邊的人也沒明白，這些東西報上來也就罷了，為什麼五奶奶還要派人去到太子殿下那裡尋北胡人的傷亡數字，還在那裡親自算一些東西。

「行，差不多了，二奶奶、三奶奶她們在哪？」安清悠又復核了一遍，眼見自己所算無誤，這才問道。

「從北胡人那次趁夜攻城之後，這幾日戰事就沒停過，幾位奶奶都忙活著……」

安清悠點點頭，先將手中的東西讓下人向四方樓和東宮等處各抄送了一份，接著問明幾位奶奶的所在叫車備馬後，便不顧自己身子不便，一路出府而去了。

「五弟妹？」寧氏正忙著，沒想到會看到安清悠。

安清悠身子越來越笨重，只好讓人扶著下車，又逕自把手上幾張紙遞了過去道：「有些東西給二嫂看看，想來應該有用。」

寧氏大字不識幾個，不過這段時間跟著忙活事情，身邊倒是常備了懂文識字的帳房婆子，此刻早有人在她耳邊低聲念道：「每八枝羽箭，北胡兵便平均傷亡一人。每兩塊礌石，北胡兵便平均傷亡三人……」

「我曾聽太子妃說道，原本這擴充民夫之事，太子本擬用七天做完，如今不僅僅只用了五天，輸送量和人力使用也遠超當初預期。小妹算了一算，就按剛剛的比例，咱們大概相當於幫前方將士多殺了兩千北胡兵將。幾位嫂嫂功在家國，清悠欽佩萬分。」

安清悠袖袋中另有一份給太子牧的條陳，卻是將功勞盡數推給了幾位嫂嫂。若是大梁京城能夠挨過這一次大劫，蕭家幾房寡婦最少一個誥命是跑不掉的了。

有了誥命，起碼後半生衣食無憂。

只是那一份條陳，安清悠卻沒有當著寧氏等人的面拿出來。閒話幾句便即告辭，那份條陳，她準備親自去送。

「五弟妹……」就在安清悠向著自家車馬走去之時，忽聽得寧氏在身後輕喚。安清悠腳下一停，卻是沒有轉身，而是等著對方的下文。

「謝了……」寧氏道了聲謝後竟是沉默良久，終於下定決心，要讓很多人都能聽清楚一樣，大聲說道：「五弟妹，之前多有得罪！妳說的對，我們雖是女子，但也能有大事做，我不會再幹傻事，三弟妹、四弟妹那邊也包在我身上，謝了！」

安清悠長長出了一口氣，知道這是寧氏表達謝意的方式。

就在安清悠的馬車駛向東宮的時候，城樓上的壽光帝也早就得了一份從四方樓送過來的單子，皇上他老人家說了，但凡是有朕的義女送到四方樓的東西，第一時間呈過來御覽，片刻不許耽誤。

「這法子倒是不錯，傳令兵部歸檔，以後無論禁軍還是各地的守備軍，一概照此處理，還有……下次北胡人再攻城的時候，讓四方樓精於此道的人也盯上一盯，看看他們要多少枝箭才會讓咱們的士卒有一個傷亡。」

說實話安清悠送這份單子的時候本是無意，她並不是軍事專家，只是隱隱覺得這樣的統計資料對於皇上有助益罷了。

「老奴遵旨。」皇甫公公躬身領命，他是行家，對這法子亦是大讚。可是與此同時，他同樣清楚地看見，在壽光帝嘉許的神色下，雙眼中那絲一閃而逝的擔憂。

京師城堅防厚，攻城的一方本來傷亡就大，但即便是這樣，還是八枝箭才能讓北胡人添一個傷亡啊！雖然因為陛下那位義女的古怪主意，新編禁軍的整訓成效已經遠遠超出了所有人的預想，可是留給這些京城防衛部隊的時間到底是太少了……

從地方的守備部隊到京城的新編禁軍，番號可以一下子就改，戰鬥力也可以通過訓練來逐步提升，不過從雜牌到王牌，那不是一朝一夕能完成的事情。那些被整頓為新編禁軍的士卒本就不是什麼精銳，壽光帝心裡明白，這幾天的戰鬥不過是剛剛開始而已。

自從蕭洛堂暴露回歸之後，大梁對於博爾大石身邊的動向就徹底斷了掌控，壽光帝並不知道，此刻他不過是心中擔憂而已，對面的北胡陣營中，博爾大石卻比他更難受。

遙遙望著對面的這座雄城，博爾大石的臉色陰沉得可怕。

明明對手已經精銳盡喪，明明知道此刻大梁的京城裡剩下的不過是一幫剛整編不久的雜牌軍，可是至今為止，北胡人每一次進攻都被打了下來，對手的戰鬥力明明不如自己，可就是老差著那麼一點兒。

北胡勇士是勇猛，面對著如此高的城牆，他們同樣敢於用最簡單的撓鉤繩索，可是勇氣有，命也捨了，博爾大石依舊是身先士卒，有兩次他甚至都已經登上了城牆，卻僅僅到此為止，就沒法子再進一步。

那個漢人裡古怪的老太監，他的招數幾乎和那個蕭洛辰一模一樣，只要自己一登上城牆，他就會將自己死死纏住，讓自己再騰不出手來做任何一點突破縱身的行動。而其他的北胡戰士們，則是要應付潮水一般湧來的漢人守軍。

兩次登上城牆的結果都一樣，博爾大石都是打著打著，忽然發現自己身邊的人都死光了。漢人們的那些小兵小將之類的打不過他，卻會在旁邊放冷箭。而每在這個時候，那個老太監就會劍法一變陡然淩厲起來，彷彿處處要和自己同歸於盡一樣。

那個老太監就是把自己身邊這個叛降的漢人嚇得要死的什麼皇甫公公嗎？看得出來，他是真敢玉石俱焚，此人非常明白與自己這個北胡統帥同歸於盡的意義。

如果不是博爾大石的本領實在夠強，如果不是兩次的運氣都夠好，如果不是那個老太監年紀實在老了，兩次他都差點下不來。

不過，就是這樣，博爾大石也夠害怕了。說來好笑，在草原的時候他從來就沒想過什麼生死的問題，他有足夠的勇氣直面死亡，可是現在，他忽然覺得有些捨不得死。

唾手可得的天下便在眼前，有幾個人捨得死呢？

幾天的仗打下來，漢人被一擊即潰的可能性變成零，而博爾大石身邊已經有了這樣的聲音。

「博爾大石，咱們的兒郎傷亡不小啊！」

「博爾大石，這個京城和咱們以前叩開的漢人城池不一樣啊，這麼一味猛攻不划算！」

「對啊，博爾大石，我們這次入關已經收穫很多了，很多兒郎們包裹裡的錢帛都鼓鼓的，不如……草原才是我們北胡人的家……」

那些叫嚷著草原才是故鄉的聲音，博爾大石並沒有大發雷霆。

在他內心深處其實很羨慕對面的壽光帝，能夠一口氣把「怯戰投敵」的一堆臣子砍了腦袋。

做皇帝就是和做部落聯盟的頭兒不一樣啊……博爾大石心下一嘆，更眼熱那對面的京城繁華，可他卻是不知，對面那位壽光帝是不是又曾經羨慕他這個北胡首領在草原大漠上曾經的快意恩仇？

其實，若是博爾大石此刻選擇撤圍北上回老家，帶著他在中原的大批收穫到草原上休養生息，重整旗鼓，鹿死誰手還真是未可知，可問題在於，江山如此多嬌啊……

「派兩個萬人隊去，把南門也圍上。」博爾大石當然知道如今的京城未必好啃，可是他用這種方式表示了他的決心和想法。既然對手沒有絲毫逃亡之意，又何必圍三闕一？四面受敵，更容易讓京城裡的漢人們顧此失彼。

當然，博爾大石也不再是一味不計傷亡地拿人墊，那個投降過來的皮公公打仗不行，對付曾經的漢人同胞卻是一把好手。如今他獻了一策，跑到京城周邊的州府去搜捕百姓，雖然說大梁搞出了堅壁清野，但是中原富饒，那些離京城稍遠一點的市鎮鄉村還有很多。

開京城難，開這些小市鎮卻容易得緊。這個叛逃過來的閹人，不僅給博爾大石弄來了更多的糧食、物資，還有工匠，他把當初四方樓的那一套用在了這些無辜的漢人身上。

「在規定時間內趕不出來北胡老爺們要的攻城器械，就得死！」

漢人們敢怒不敢言，只能低頭幹活，心裡早已經將皮公公這個漢奸的祖宗十八代都罵了。

博爾大石則是滿意地看著一架架攻城器械不斷製成，北胡軍依舊是經常搞搞攻城，用博爾大石自己的話來說，狼的爪子不磨礪，早晚是要變鈍的。當然，力度小了很多，更大程度是為了讓守京城的大梁方面日日不得安寧而已。

不過，就在博爾大石一邊搞小規模進攻，一邊等待著攻城器械完工而發動一擊而中之役的同時，大梁方面的情況也在悄悄發生著變化。

「小人四方樓情訊堂管事黃昌華，給五奶奶請安。這是從北邊新傳來的鷹信，皇上特地讓小人來送給五奶奶的。」

一個中年太監畢恭畢敬地站在安清悠面前，伸手遞過一個羊皮捲筒，如今皇甫公公一直陪著壽光帝在城樓，轉遞鷹信的差事換了人。而伸手接過那鷹信，安清悠心裡卻是一陣激動。

北邊……這是蕭洛辰傳來的鷹信！

◉ ◉ ◉

太陽照在城頭，有些暖洋洋的，壽光帝臉上帶著些疲憊的神色，不過看著城頭上的大梁官兵，他心中卻是頗為欣慰。

這些天來北胡人的攻勢弱了下去，守城部隊的任務倒是沒那麼繁重，對手的輪番小規模進攻，不但沒有給京城造成什麼威脅，反而讓大梁的新編禁軍有了歷煉的機會，眼看著面對攻城之時，士卒們的表現越來越熟練，軍官們的指揮越來越有沉穩，壽光帝也越來越開心。

壽光帝帶著幾分疲憊、幾分欣喜的同時，安清悠正在自家宅裡看著丈夫發來的鷹信。

蕭洛辰率領的隊伍已經到了關內，又和四方樓重新建立起了聯繫，十日八日即有訊息來到。

「臣蕭洛辰遙叩陛下，自入關來，目睹北胡諸燒殺事，憤不可遏……臣家小身在京城，望陛下照拂顧之……丫頭，妳還好嗎？我每天夜裡都會夢到妳。」

如今京城的防務倒沒有那麼吃緊，大梁軍隊正一點一點地縮小與對方的劣勢。不過，對於這些事情，安清悠既不是內行也不懂兵，她此時此刻的目光正緊緊盯著那鷹信的最後幾個字。

丫頭，妳還好嗎？我每天夜裡都會夢到妳……這幾句話堂而皇之地出現在臣下給皇帝的加急鷹信中，著實有些不倫不類，不過這才更是蕭洛辰的風格。

「賊漢子，你是怕皇帝始終不告訴我你的消息，又怕我不知道消息太擔心你，才特地這樣做的嗎？我知道，我知道你每日每夜都在想著我……」

安清悠咬著嘴唇，心裡柔腸百轉。

安清悠癡癡地看著蕭洛辰的筆跡，忽然聽到旁邊黃公公低聲道：「蕭五將軍正在做大事，皇上理解五奶奶和五將軍之間烽火相隔多有相思之苦，卻是特地頒下了恩典，額外調撥信鷹，可以由五奶奶您親自寫封回信給蕭將軍，也好報個平安……」

「這個義父啊……」安清悠心裡微嘆一聲，皇上如今日盼夜盼最盼的就是蕭洛辰回來救京城，所謂「相思之苦」未必分量多重，「報個平安」才是最主要的。自己這位夫婿既然提到了家人，朝廷方面自然得有所表示，而最適合回信之人，便是自己了。

只是這提起筆來，卻是千言萬語不知從何說起。

思忖良久，安清悠牙一咬，提筆在那鷹信上寫道：「我很好！家裡你放心，有我！活著，好好回來，帶更多的人一起好好回來，我等著你，你快當爹了！」

然而，無論是此時的壽光帝還是安清悠都不知道，就在他們各有各的心事之時，一場可能給這場戰爭帶來極大變數的事情，正悄然降臨。

「老爺，最近街上除了民夫就是百姓，雖有軍兵巡街，但大家都在忙著對付北胡人，依學生看，倒是沒人能顧得上咱們了……」

一間閣樓之上，一個師爺模樣的人小心翼翼地對主子說著話，在他面前，赫然便是沈從元。

「你覺得如此？」沈從元眼睛微微一瞇，看向湯師爺的眼神中陡然閃過一絲精光。說實話，他一直盯著街上的情形，甚至已經看了無數次，如今，若說是問情形多一點，還不如說是要看湯師爺的態度多一些。

「當然如此，這時候，正是我等該為老爺效命之時！」湯師爺悚然而驚，連忙大聲道。

「很好！」沈從元點點頭，臉上揚起猙獰的笑容，「到了最後，還是師爺你對本官最忠心。所謂絕處逢生，說的就是咱們。如今北胡人已經將京城團團圍住，壽光老兒身邊不過是一群新兵，沒有什麼善戰之將，如何守得住？北胡兵的風格，不管各位以前知不知道，如今都已經聽說了，到時候博爾大石打進城來，滿城皆屠。眼下無論是留在城裡，還是想辦法逃出城去，左右都是個死，所以……」

沈從元如今已經落魄到這個樣子，還沒忘了自稱一句本官。

「大人說所以如何？」湯師爺連忙改口，心中猛地一突，沈從元臉上陰得怕人，縱然他這幾十年來鞍前馬後地相隨，卻是從未見過。

「京城是早晚守不住的，這樣的話，我們就必須要給北胡人立個大功才有最後的機會，所以若要活命，我們就必須搞玄的，搞狠的！如今誰都知道，那博爾大石真正所忌不在京城，而在身後！蕭洛辰那個臭小子正日夜兼程來解京城之危，這臭小子是博爾大石一生的對手，可是誰想制住他也難，既然如此，那蕭家的一門寡婦可就值錢了……」

沈從元的聲音陰惻惻的，很多人情不自禁地打了個寒顫，一時間，眾人心裡竟是不約而同轉過了一個念頭：「老爺瘋了……」

沈從元的確是開始了他的瘋狂，可無論是城中的大梁兵將，還是城外的北胡大軍都不知道，這一場瘋狂帶給所有人的，竟是一份影響了整個戰局的驚天之變。

當夜，三更的梆子聲敲過，一個晃晃悠悠的身影正走在某條小胡同裡，這人名叫孫來盛，乃是前吏部孫侍郎家的世子。

說起來，這位孫侍郎早在謀逆案發生之前，便是有名的牆頭草。睿親王府和太子之爭也好，李家要求官員們站隊也罷，他都是搖搖擺擺誰都不得罪，算得上是那一場政局之變中，少數置身事外，躲過風浪的大臣。只可惜當初北胡人打到城下，這位孫侍郎的折中習慣，卻給他招來了大禍，一句議和妥協的主張，使他成為壽光帝在城牆上殺掉的那批大臣之一。

如今京城攻防戰略有平緩，又是傳來了蕭家五將軍正領兵回援的消息，軍民無不歡欣鼓舞，就連那些當初主張議和的大臣家眷們，也成了被鄙視的對象，走到哪裡不是被罵漢奸，就是被罵軟骨頭，孫來盛心中苦悶又覺得不服氣，終日借酒澆愁，這一晚又是喝得酩酊大醉，晃晃悠悠地往家裡走去。

「孫公子，久違了，可還記得在下？」

孫來盛醉眼迷濛地一看，微微一愣地道：「哎？你是……」

話剛說了個開頭，只聽砰的一聲，一根粗木棒重重地砸在了他的後腦，幾個黑影迅速閃出，把他七手八腳地塞在了麻袋裡，挾裹著消失在茫茫黑夜之中。

第二天早上，前吏部孫侍郎家的大公子被人發現橫屍在一條污水溝裡。短短的五天之中，數名曾經屬於妥協派的前官員家人被殺。

這些人的家裡人當然向官府報了案，可無論是京城的順天府衙，還是刑部，在與北胡人攻防死戰的大背景下，沒人顧得上這樣的案子。不過是幾個主和、主逃的犯官家人罷了，如今大家手頭的事情多得很，誰樂意去替這種被皇帝砍了腦袋的犯官家屬伸張正義？刑部的差官們甚至有一種錯覺，這是不是四方樓暗地裡下的狠手？

家裡死了人的前官員家眷哭天搶地，更多曾經在妥協派、求和派隊伍裡站隊的犯官家眷們，卻是膽戰心驚，人人自危。

在這樣的情況下，一些看上去很神祕的人，開始和這些家族悄悄進行勾兌。

「事情已經很明白了，除了咱們自己，沒有人會幫咱們。今兒輪著孫家、楊家，明天就會有更多人衝著咱們來，至於打完了仗更別想了！北胡人殺進城來是屠城，若是大梁打贏了，按著咱們那位萬歲爺的性子，秋後算帳是一定的，到時候就算他不主動說，肯定也會有那些想借機上位的大臣們拿各位開刀，用各位的血撐起自己的烏紗，別說誅九族，誅三族試問諸位受得了受不了？左右是個死，為今之計只有橫下一條心……」

諸如此類在某些陰暗角落裡的聲音，安清悠當然是聽不到的，就在沈從元終於冒險出來活動，一點一點串聯起某些勢力的時候，她的心情漸漸放鬆。

蕭洛堂的傷一天天見好，楓兒終於見到了他的親生父親，整天膩在蕭洛堂的身邊。林氏也已經不再像以前那般終日一臉苦相，臉上也有了笑容。

壽光帝倒是天天派人來，一邊將戰局通報給蕭洛堂，一邊由他口述北胡及博爾大石方面的情勢，再寫作筆記轉呈。倒是蕭洛堂自己心憂國事，今天終於是誰都攔不住，坐著軟榻上了城樓，他一走，一群太醫也是呼啦啦地跟著去保駕護航。

民夫的事情忙得差不多了，一個體系只要運轉起來就必然有其自發的規律，再加上「預備役」與民夫體制的融合，太子牧那邊派出的監管人員越來越多，蕭家的幾位寡婦媳婦能夠插進去手的空間越來越少，以寧氏為首的幾位奶奶又回到了蕭家，只是這一次她們卻是沒有再鬧什麼要去找北胡人拚命之類的傻事，而是專心伺候起蕭老夫人，照顧自己的孩子。

唯一不好的消息恐怕就是蕭老夫人。蕭老夫人年紀大了，又有宿疾，接二連三的打擊後，病情纏綿，好幾天壞幾天，就這麼一直糾結著。

而自從那次親筆傳書後，蕭洛辰像是在奏報中夾帶私貨上了癮般，壽光帝無奈，索性給他這位得意門生，在鷹信往來上開了特別通道，如今安清悠幾乎是天天都能收到鷹信。而隨著北歸大軍一天天奔向京城，距離越來越短，收到消息的時間差從十天、八天到七天、五天，到了現在，鷹信自蕭洛辰手中發出，只需三天就能夠傳到安清悠的手裡。

「娘子，今天我流淚了，是不是有點丟人？可是我沒法子忍住，妳沒看到，那些老百姓他們已經被北胡人禍害得夠慘了，聽說我們是回來打博爾大石的，他們就把牙縫裡最後一點糧食送了出來，只是希望我們不要放過那些北胡人，替他們的親人報仇……」

「我要當爹了啊，不知道那孩子將來會像誰，我倒是希望隨妳，讓他離血腥味遠點好……」

安清悠每次回信時都會想到丈夫的擔子已經夠重，不想再給他什麼心理上的壓力，便揀些家中還好的事情寫了進去。不過，她更知道，每次家中的往來書信四方樓必然是要檢查的，也必然是要呈到壽光帝那裡的，對這種侵犯他人隱私的事情，安清悠非常不滿意，便偶爾來上兩句肉麻的，比如我愛你，愛著你，就像老鼠愛大米之類，弄得壽光帝每每在檢視之時哭笑不得。

「阿安，阿蕭什麼時候能回來？」

偶爾，蕭府五房院子裡最沒心機、最不懂的人情世故的郝大木，會愣愣地問上安清悠那麼兩句。在家裡除了這小倆口外，他自己也不愛搭理什麼人，除了安清悠和蕭老夫人，倒是他對蕭洛辰的思念之心最濃了。

「快了，我猜會在下雪前吧！」

「哦哦哦，下雪前啊，好好好……」郝大木每次都這麼高興地回答著。

戰爭這種事情對粗線條到了極致的郝大木來說，幾乎沒有絲毫的影響，倒是安清悠的另一個乾妹妹，金龍鏢局的大小姐岳勝男最近往蕭家跑得很勤。這鐵塔一般的大漢遇上鐵塔一般的女子，兩個人越混越熟，居然很有看對眼的架勢。

所有的一切都似乎在向著好的方面發展，可是有些東西卻終究未必能如人所願。

「什麼，蕭洛辰已經快到居賢關了？」博爾大石拿到探報，神色一變，果然如蕭洛辰和壽光帝等人所料，博爾大石在面對京城之餘，並沒有放鬆對於後路的警戒，蕭洛辰的前鋒距離居賢關尚餘百里，他就已經接到了手下的報告。

北胡將領人人色變，蕭洛辰這個名字，很多人恨他恨得要死，卻又聞之無不心驚。

「我再給你最後五天……不，三天！所有的攻城器械必須到位！」博爾大石冷冷地瞧著身邊點頭哈腰的皮公公。這個叛臣太監會為此而逼死多少同胞，他從來就不放在心上。逕自又轉過身，對著一干北胡將領大聲道：「讓兒郎們該精神的都振作精神吧，小打小鬧夠久了，這一次咱們北胡人的馬刀，要連天空一起劈開！」

接下來的幾天裡，京城戰場上陷入了一種詭異的寂靜。大梁方面由壽光帝親自坐鎮督戰的，也是一直以來承受著博爾大石攻擊主要力量的北門，罕見地連騷擾都沒有。與此同時，站在城樓上可以清楚地看到，北胡人幾乎每天都會進行大規模的調動。

原本距離城牆五里遠的北胡大營裡，每天都在做著拔營立營的工作，整個大營像一座緩緩移動著的巨大戰陣，一點一點向著大梁的城牆移動，到了三日後，幾乎已經是貼著大梁的北門而設，相距不足一里。

「大戰之前多寧靜，這是山雨欲來啊！」壽光帝看著對面北胡人的情況，轉頭卻是問向了身旁：「蕭一，你怎麼看？」

蕭洛堂瞇著眼睛又看了一陣北胡人的陣營，這才有些疑惑地說道：「回皇上的話，臨城紮營，兵家大忌，博爾大石雖是北胡人，但熟讀兵書，當不至於會如此行事。此人用兵詭詐，慣有聲東擊西之略，既行於此，未必是面對這北門，如此大張聲勢，倒是另有所圖也說不準，臣以為在其他幾門亦應該多加防備……」

話正說著，下面有人來報，說是東西兩門各有北胡人大舉進攻，壽光帝一拍大腿道：「果然如此，虧著愛卿提醒，博爾大石消停了幾天，恐怕也知道你五弟那邊回援在即，這也坐不住了！」

蕭洛堂緊緊地盯著那些北胡兵，卻是總覺得有點不對，可是這些北胡兵將就在眼皮子底下，也不是假的啊，越看越怪，眉頭越皺越緊了。

博爾大石翻身上馬，身邊居然是一片漢人打扮之人，北門那些兵將不過是他派少量部隊挾裹用擄來的漢人百姓假扮的，人數雖多，卻是哄騙大梁軍隊罷了。此刻東西兩處攻得正急，更是將大梁京城裡的兵力盡數牽制調動到了東西兩翼，而這幾天的反覆更改營寨更是障眼法，他早就趁夜把主力調撥到了南門一線。

從開戰以來的圍三闕一，到後來的封鎖圍困，南門幾乎是一仗未打。

「是時候了，這時候漢人皇帝大部分的兵馬已經放在北西東三面了吧……我就不信，這區區一個南門，還能擋得住某的大軍！」

手一揮，一片漢人打扮的北胡武士大叫著衝向京城的南大門。這等驅趕百姓在前做盾牌的陣仗，北胡人倒是常用。南門的京城守將大聲招呼著守城兵卒準備滾木礌石和床弩弓箭。南門這些守城的新編禁軍本就不像北西東三門的官兵多歷考驗，這時候見是同胞又不禁心軟，一個個把那弩機弓弦拉偏了幾分，只盼著一會兒打起來，這些無辜百姓能夠趁亂逃跑。

就這樣，這一次北胡人攻城，開始階段傷亡小了許多，只是那些守軍眼看著這些「無辜百姓」近了，卻是陡然聽他們發了一聲喊，齊刷刷從身上亮出兵刃來，這時候哪裡還不知道是對方的招數，那南門守將大喊：「有詐……」

話音未落，卻見一大塊黑黝黝的物事冒著濃煙從空中橫飛了過來，砰的一聲砸在不遠處的城垛上。石屑紛飛之下，那城垛登時便缺了一角，緊接著火焰四起，那石彈上竟是裹了燃燒的牛脂豬油的。

「投石……」那南門守將倒也算得上是曾歷戰陣之人，對於投石機對於這種東西不陌生，此刻眼見這南門之外一架架怪物一樣的投石機慢慢豎起，好像還有更多的正在組裝，不禁大驚失色，偏偏面前出現的還不僅僅是投石，一架架與城牆高度相仿的井嵐被推了出來，上面的北胡兵終於可以站到與大梁守軍們類似的高度，彼此對射之際，這北胡人的射術卻是遠強於那些城頭上的新編禁軍。

「快去向陛下求援！向太子殿下求援……」

身邊的傳令兵早已經拚命忙著去發信，四方樓的信鷹在這個時候起到了關鍵作用，遠隔萬里尚且不拒，區區一個京城，不過一時三刻之間而已。

南門一下子從原本最清靜的所在變成了最火熱的戰場，城裡卻是有一雙耳朵聽著四面傳來的喊殺聲，一雙眼睛在陰暗之中緊緊盯著事情的發展。

「本官就說那博爾大石是更會打仗的，沉了幾天，接下來不就是要來一場大的？」沈從元臉上的陰狠裡混合著變態與瘋狂，一件件地對手下派著任務。

你們、你們、你們，還有你，你們去南門，你們幾個跟著本官去蕭家……

身邊一大群人聚在院子裡，這都是這段時間裡沈從元在城裡拼湊起來的反對壽光帝之人，竟然有近千人之多。

而此時此刻，蕭家還不知那南門正打得天崩地裂，也更不知道正有人要在城中裡應外合地作亂，如今蕭家的實際主事人安清悠，和平日一樣接受著面前太醫對她的普通檢查：「五夫人這脈象與一般孕婦的脈象略有不同，時而脈搏極旺，時而趨弱，老夫思忖很久，還是不得要領，敢問五夫人可是自覺體質有異於常人之處？」司馬太醫問道。

「我這體質沒什麼異於常人之狀啊……就是當初害喜的時間比一般人長……這有關係嗎？」

「這……關係倒是不大，老夫不過是好奇隨便問問罷了。各人體質不同，老夫還見過從頭害喜害到尾的。從這脈象上看，這脈不過是略有些古怪，未見什麼病象，眼看夫人這月份已是快到九個月，按老夫算……嗯，最快的話，也就是十幾二十天的事情了，這段時間裡定要注意，切勿勞心上火，情緒激動，尤其莫要累著，多靜養……」司馬大夫絮絮叨叨，寫了護胎養神的普通方子，又再三叮嚀種種調養之事。

安清悠微微苦笑，如今戰火不斷，靜養可不易，也不知道外頭的仗打得怎麼樣了。

正自站起來對司馬太醫道謝，忽聽得砰的一聲大響，隨即是第二下、第三下……

很快有人驚慌地從外面跑來，大聲叫道：「五奶奶，不好了，大門外被人扔了火罐子，好多人拿著刀槍衝進咱們府裡來了……」

「什麼？」安清悠猛地大驚。

蕭家如今是壽光帝和太子身邊最有勢的一門，從朝廷方面帶來禍事的可能性幾乎沒有。

「讓所有人退，集中往後花園退，往後門退！派人去把老夫人和幾位奶奶接去後花園，還有孩子們……」安清悠幾乎是從正門處遙遙飄進一陣喊殺聲的同時便下達了命令，這當兒一邊被人攙扶著向後院退，一邊沒忘了皺著眉頭想了一想，可能性只有兩個，一是北胡人打進城來，另一個是城中有人作亂。

不對……若是北胡人打進來，以蕭家的水準肯定不可能是在人家到了門口才知道，只怕城門剛破就已經知道消息了，定是城中有人作亂了。

想通了是有人作亂，安清悠心裡反倒稍定，如今的京城中固然是被博爾大石圍得水洩不通，可是四面八方都有軍隊，又是有大量太子牧手下的「預備役」，這作亂之人未必便能得手，蕭家這麼大的府邸宅業，總不可能會有人看不見的，到時候只要有兵馬過來彈壓，那作亂之人定是無法得逞的。

「到了地方後，封住內門，斷不能讓人衝進來……至於前院、正堂……先棄了。」安清悠在剛才那條命令之上又加上了一句，此刻人人都在看著自己，不能沒個章程。

實際上，這時候前來襲擊蕭家的人不過是剛剛進了前院，卻很快又退了出來。

「咳咳……你們真是豬腦子！」正門之處，沈從元勃然大怒。

像蕭家這種頂級的門閥，平日裡大門自然是關著的，有客來訪之時「開正門」、「開側門」之類便是講究。如今外面戰事正緊，蕭家亦是怕有事端小心翼翼，平日裡供府中人進出的小門也是關著，只有進出之時才打開。沈從元帶領這一批人不是他曾經的打手長隨，便是從那些自覺活命無望，反對壽光帝的京城家族裡弄來的護院保鏢，之前又是有所準備，區區一個大門自然早就算計過，一堆火罐扔進院子，緊接著一隊人拿大木樁猛烈撞擊，三兩下便破門而入了。

只是那火罐摔在地上，熊熊大火固然是把蕭家的房舍毀了不少，可也把他們自己的路阻住了。沈從元氣得好一通亂罵，卻無可奈何，好在他組織眾人又是避火又是開路，好不容易從火場裡破開一條路時，卻見面前靜悄悄的，倒似蕭家人都憑空失蹤了一般。

「他娘的，這蕭家人倒是跑得快，不過，沒關係，本官早已經安排妥當，就不信他們能跑上天入了地去！」沈從元狠狠地罵道。

與此同時，安清悠卻是在後花園中又是一驚，只見從那後花園的後牆外拋進一排火罐來。那作亂之人竟然連後門也做了布置，顯然是要將蕭家一網打盡了。

便在此時，忽然間幾條人影竄出，飛身而起，一腳一個便將尚未落地的火罐踢出了院外。

安清悠眼前一亮，這些人她自是識得的，有很久以前便隨她來到蕭家的四方樓舊部，也有最近四方樓派來保護蕭家之人。

便在此時，只聽得前面一陣高叫伴著狂笑聲傳來：「大侄女，我知道蕭家現在是妳當家做主，沒想到我這個世叔會以這種方式到蕭家來吧？別急著跑啊！」

安清悠幾乎是一瞬間就聽出了那大叫狂笑之人是誰。

沈從元！竟是沈從元！

後花園門前的一片空地上擠滿了人，黑壓壓的一片人頭，少說也有三四百號，後面還有人不斷向裡面湧進。沈從元面色狠厲地站在中間，大聲笑道：「大侄女，妳也不用太緊張，怎麼說妳也曾叫過我一聲沈世叔，就衝著這面子，難道本官還能難為妳？妳就乖乖地把門開開，把蕭家的老弱病殘們交出來，難道我這做世叔的還能真把妳怎麼樣不成？拜妳那出征在外的男人所賜，北胡人現在最忌諱的恐怕就是蕭洛辰那個渾小子了，所以妳值錢啊！京城裡除了壽光老兒，怕是就屬妳和那蕭老太婆值錢了，我又怎麼捨得殺妳？我們這裡許多人的身家性命、榮華富貴，可都要仰仗著妳這位大侄女呢，哈哈哈……」

沈從元被安清悠收拾了無數次，這一回終於殺進了蕭家，鬱悶一掃而光。

幾個翻上房頂了望之人聽得起了一身雞皮疙瘩，翻身下房報給安清悠時，卻見自家主母猛然變色，一張臉白得像什麼似的。

蕭府人手雖多，卻未必都放在府裡當長隨，此刻身邊的家丁不過六七十，四方樓出身那些從人亦不過二三十名罷了，剩下的人數倒是有將近兩百人，不過卻全是些老弱婦孺、僕婦婆子，裝備全無，倉促集結，對於外面那數百名持械凶徒，很難有勝算。

「不就是人多嗎？大不了和他們拚了！這些亂臣賊子送上門來，殺一個少一個！」寧氏這時候倒是站在了安清悠身邊，不過她那性子還是沒改，聽著這些衝進蕭家的凶徒嘶叫之聲，眼睛都紅了。

「打不過，突圍，逃！從後門……衝出去一個是一個……只要咱們蕭家香火不絕……」蕭老夫人乍聞得有凶徒衝進蕭府，大驚之下傷了神。好在有司馬太醫恰巧在蕭家，連忙施針治療，這時候勉力支撐，說話卻已是斷斷續續。

安清悠蒼白著臉，微微苦笑，沈從元不知怎麼謀劃串聯，竟是弄了這許多人手來。

老夫人這話倒是有幾分道理，可是這一衝，那些婦孺老弱只怕是損折最重的，別的不說，單說老夫人這樣，能保證衝得出去？就算衝得出去，這樣折騰不是要了老太太的命嗎？

「為將帥者……軍令就是人命……總有軍令是讓人送死的……如今……如今妳就是咱們蕭家的將帥……」蕭老夫人掙扎著吐出幾個字，緩緩地閉上了眼。這意思已經很明白了，無論如何，她是不會甘心落在沈從元手裡的，更是不會落在北胡人手裡做要脅自己兒子的人質的。

林氏又紅了眼圈，「這……老夫人，您可別想不開……唉，要是五弟在就好了，他一定有法子……或者我們家那個也行啊，怎們就偏偏碰上了咱們一群女人在家……」

安清悠猛地靈光一閃，陡然想到了什麼，一把抓住林氏的手大聲道：「大嫂，妳說什麼？」

林氏嚇了一大跳，「我說咱們一群女人家……」

「不是，不是這個，前半句！」

「我說要是五弟在……或者我們當家的在……」

「對對對！」如果蕭洛辰在家，他會怎麼辦？以他的武藝自然不怕這些凶徒，可是他也同樣不僅僅是自己一個人，他也會為了保護家裡的老弱婦孺而分身乏術，所以他會……他會……

安清悠心念如電而轉，外面的沈從元卻是一點都沒閒著。蕭家會投降？安清悠會投降？這種事情他早就不惦記，叫上兩句刺激刺激裡面的人罷了。他指揮著外面的人把一根巨大的粗木樁抬進了蕭家內院，眼看著這撞門之物到了眼前，又是大笑著道：「大侄女，妳既不肯出來，世叔我只好進去了！你們蕭家這後花園門可真是薄啊，你們在裡面正忙著找東西填堵門洞吧？慢慢堵，不著急！

大侄女，妳不妨猜猜看，究竟幾下會把你們這內門撞開呢？」

說話間一招手，幾個凶徒登時抬起那根大木樁，眼看便要向那內門撞去，只是誰也沒想到，偏在此時，那門居然砰的一下子開了，蕭家幾位奶奶魚貫而出，一個個面色憤然，手中執物，不是把柳葉刀架在自己的脖子上，就是把匕首對著自己的胸口，數林氏的東西最簡單，卻也是一支鋒利的銀簪抵在咽喉，捅下去也是可以要人命的。

安清悠卻是沒有拿這些東西，她這當兒走路都有些吃力，靠著兩旁丫鬟僕婦攙扶著才慢慢走出了內門，卻是站在了幾位奶奶的最中間，身邊一名丈二壯漢，顯然是神力驚人的樣子，正是她的貼身護衛郝大木。他雙手環抱著一只碩大的水缸，上面用紅布蓋著，卻不知道是什麼東西。

「呵呵，大侄女……肯出來了？」沈從元臉色微變，仰天打哈哈之際，心裡一震。他來蕭家是想要殺人的，卻更想要擄人。一個活的安清悠、一個活的蕭老夫人、一群活著的蕭家親眷獻給北胡人，那才有價值，才有要脅正星夜前來解救京城之圍的蕭洛辰的可能。若是這些人死了，自己對於北胡人而言，哪裡還有半點意義？

看看沈從元的表現，安清悠鬆了一口氣，這傢伙果然捨不得讓蕭家人死絕，或者說不敢讓蕭家人死絕。看著沈從元故作聲勢的樣子，冷冷地道：「沈世叔厲害啊！居然沒忘了最危險的地方就是最安全的地方，硬是在京城裡縮了這麼長時間的腦袋，這个出殼則罷，一出殼就能咬人啊！」

這話自是繞著彎罵對方王八不出殼了，對面的那些作亂之人聽在耳中，有人想笑又不敢笑。

沈從元的臉色僵了一僵，忽然說道：「臭小娘們兒，妳別以為這樣就能唬得住本官，妳這是算定了本官不敢殺你們蕭家全家不成？妳若真是有本事，現在就讓她們把那些刀啊簪子啊之類的東西戳下去捅下去，讓蕭家人闔府上下一起去見閻王，看看本官怕不怕？」

「哦？」只可惜沈從元的這些招數對於安清悠卻是不好使，她無所謂地望了沈從元一眼，淡淡地道：「我蕭家一門忠烈，我們雖是些老弱婦孺之輩，也知什麼是忠孝操守，你好像把我們小瞧了些，死沒那麼可怕，死了拉上幾個墊背的，這才是我們蕭家人的風格，大木！」

郝大木伸手一托，那只大水缸竟被他雙手輕輕鬆鬆地舉到了頭頂。就在所有人的眼睛都看向那只蓋著紅布的神祕大水缸時，只聽得安清悠的聲音陡然轉厲，猛然指著沈從元的鼻子，劈頭蓋臉一通大罵：「姓沈的，你這個豬狗不如的東西，無君無父也就罷了，現在居然還想去做漢奸！如今賣了祖宗來抓我們蕭家的婦孺去搏你的富貴，你還知不知道這世間有半分廉恥？」

「好啊，你這想投韃虜的狗漢奸也不妨猜猜，這大缸裡究竟裝的是什麼？猜猜我安清悠調出來的香除了能給人去味養生，是不是也能用香要了人的命！今兒咱們就來個卷包大燴，你也試試這一缸香露砸開是個什麼味兒！來啊，方圓兩百里的人誰都跑不了！明著告訴你，自打北胡人圍城的那一天起，老娘我就準備好了！有種你就再說一句讓蕭家人一起去見閻王試試？」

◎　◎　◎

「假的，這些北胡兵將是假的！」

就在蕭家被凶徒攻入的時候，北城門的城樓上，蕭洛堂狠狠一拳砸在城垛上，大聲道：「陛下，這北胡人的陣型有詐，這大營裡人數雖多，卻並非是北胡人，是他們擄來的老百姓，是疑兵！」

壽光帝猛地一驚，隨即而來的正是南門的鷹信，眾人一看之下，臉色大變。京城之中各處兵力都被牽扯得死死的，從哪裡來的機動兵力去增援南門？

「南門……居然南門才是主力！若面前真的是疑兵……好，朕就北門這些身邊的部隊派過去，蕭卿，你可還上得馬領得兵？」

「帶傷作戰，臣早就習慣了，先前傷重至此，不也從千里之外趕回京城來了嗎？臣萬死不辭！」蕭洛堂身上的傷勢雖好轉，可仍舊不能硬扛，只是他是個愚忠性子，此刻咧嘴一笑道：「臣萬死不辭！」

「別死，活著！」壽光帝言簡意賅，「朕欠蕭家太多，不希望蕭家再搭進去一個兒子了。」

就在蕭洛堂率領北門軍馬馳援南門的時候，蕭府裡的局面卻是陷入了僵持。

安清悠的臉色蒼白得嚇人，可是那一雙眼睛卻是目光如電，攪得數百名凶徒心驚肉跳，眼瞧著那一口巨缸，誰也不敢賭裡面會甩出些什麼東西來，若真是什麼毒液毒香，會不會真的是像安清悠所說，方圓兩百里誰都跑不了？

一時間，許多人都看向沈從元。沈從元比別人更知道對面用香的厲害，看著那巨缸，臉色到底是變了，他還真沒這個種再說一句讓蕭家人一起去見閻王。

沈從元到底不是善碴，瞇著眼睛看著安清悠，忽然陰惻惻地一笑，「大侄女也不用嚇人，妳若真想和我們同歸於盡，那口大缸早就扔過來了。我知妳心腸極善，還是捨不得讓蕭家一門死絕吧？妳不過是在行拖延之計罷了，等著外面的官兵反應過來，將我等一網打盡！這等小伎倆又如何瞞得過我？大家拚個魚死網破，你們蕭家還不是同樣誰都活不成？」

被沈從元這麼一說，那些凶徒們又露出了狠色，卻見安清悠嘆了口氣道：「沈世叔果然厲害，侄女算是被您老琢磨透了。我確實是不忍心讓蕭家上下一門死絕，這樣吧，你不是要抓我們蕭家人去獻給博爾大石嗎？放過蕭家人，我跟你走，如何？」

安清悠這話一說，蕭家眾人齊聲驚呼不可，沈從元卻是面色陰晴不定，冷笑道：「大侄女，妳當妳沈世叔是三歲小孩子，妳跟我走？我可不信妳會那麼容易跟我走，捨己為人好偉大嗎？大侄女妳的計謀手段沈世叔已經領教過許多次了，妳又想耍什麼花樣……」

「我懶得和你耍什麼花樣，一會兒官兵聞聲衝過來，到時候只怕還是一片混戰，我蕭家死傷必多罷了。」安清悠冷冷地打斷了沈從元的話，「我敢跟你走，第一是料定你不敢殺我，你還要去向北胡人獻媚，還要用我來要脅我那來解京城之圍的夫君，如何敢殺我？第二，你可別忘了我男人蕭洛辰是什麼人，論到潛行匿蹤的功夫，天下再無第二個能比得上他。你既是不敢殺我，定將我囚禁於北胡人手裡，我的沈世叔啊，您老人家倒是猜猜，我那位夫婿究竟有沒有從萬軍從中救出一個大活人來的本事？」

「妳倒是對蕭洛辰那小子有信心……」沈從元臉上冷笑，心裡早就氣得七竅生煙。

咬咬牙，沈從元到底是沒有再等，外面的官兵隨時可能到來，便點頭答應了安清悠的要求。抓住一個是一個，他心下已經打定主意，只要安清悠一被拿下，立即擄了她找地方藏起來，再來一把縮頭縮到底的把戲，無論是南門那邊作亂事成，還是能熬到北胡人破城，自己都算一份天大的富貴跑不掉了。至於這些同黨……沈大人做事，什麼時候有理會過旁人死活？

「好！沈從元，你可記著，若是你在抓了我之後不守信用，大家可是一塊完蛋！」安清悠又向郝大木手中的大石缸看了一眼，在身邊一個使喚婆子和司馬太醫的攙扶下，一步一步向著對面走去。兩旁沈從元的幫凶不約而同給她讓開了一條路，卻聽著沈從元陡然大叫道：「妳過來便過來，怎麼身邊還跟著僕婦、太醫？讓他們退下，就妳一個人……」

沈從元這話剛說了半句，便被安清悠打斷：「我身懷六甲，不日生產，沒個婆子扶著，連走路都困難，至於太醫，你沈大人應該也認得宮裡頭的司馬太醫吧？我這身子如今脆弱得很，沒個醫術高超的大夫在旁邊，難道你就不怕我有個三長兩短？別忘了，我可是你的護身符呢，沈世叔！莫不是縮頭縮成了習慣，見到什麼都怕？」

沈從元氣極，他就沒在這丫頭面前落得好過。不過，仔細瞧瞧，那司馬太醫他是認識的，旁邊那使喚婆子頭髮花白，顯然已經是個老婦。當下也沒再多加理會，只連催促著安清悠趕緊過來。

「急什麼？我既說了會跟你走，又何必催促？」安清悠慢慢走到了沈從元面前，皺著眉頭看著這個曾經的安家世交，一雙眼睛裡滿是不屑。

沈從元瞅著手下已經將安清悠等幾人圍了起來，陰狠地道：「妳瞪……」

沒人知道沈從元這後半句話想說安清悠瞪的是什麼，因為在下一刻，他的下巴已經挨了重重一拳，出手的竟然是那一直扶著安清悠的使喚婆子。此刻她一擊而中，伸手就捏住了沈從元的脖子，隨手往旁邊一拉。一邊的司馬大夫卻是猛地把沈從元箍進了自己的臂彎裡，手中不知何時多了一把削藥材用的小刀，緊緊貼在沈從元的喉嚨上。

「有詐！」旁邊的凶徒之中人叫了起來。

當然有詐，她之所以跟沈從元廢話這麼久，不過是給後面的安花娘爭取一點打扮成使喚婆子的時間而已。至於那位司馬太醫，那也是老熟人了，既是從四方樓中出來之人，又哪裡能拿他當一個普通太醫來看？

場面大亂，一群最早由沈從元帶出來的直屬手下更是紅了眼，紛紛搶上前來，卻聽到安清悠那清脆的聲音猛然響起：「大木，砸缸啊！」

一團巨大的黑影帶著風聲飛上了半空，帶起了一條優美的拋物線，直向院中砸來，所落之處，正是入侵暴徒們最密集的地方。

眼看著一口黑黝黝的大缸帶著風聲砸過來，眾凶徒嚇得魂飛魄散。先不說這大缸砸來是不是真的會有「兩百丈內一起完蛋」的毒香散出來，單說這口石缸最少有數百斤重，要是被砸到，頓時就是骨斷筋折的下場，因此眾人紛紛閃避，只聽那石缸砰的一聲砸在地上，成為無數碎片。

空的？

當然是空的，安清悠從來就沒弄過什麼闔家一起上西天的毒香。作為一個曾經死過一次的穿越者，她向來認為活著才叫勇敢，更何況蕭洛辰一定會回來，這個念頭在她心中一直都很堅定。

沈從元被司馬太醫挾持著，看一眼地上碎裂的石缸，忽然面若死灰，剛剛他也許原本有機會的，就差那麼一點……

可是，天下沒有後悔藥吃，趁著這一陣大亂，司馬太醫和安花娘一邊挾持著沈從元不放，一邊死命護著安清悠向後退。眾人投鼠忌器之餘，忽聽得一陣響，卻是本就蓄勢待發的蕭家家丁和四方樓護衛們殺了出來。

衝在最前面的郝大木一臉憨氣地哈哈大笑，他扔出了石缸，身邊反而沒了稱手的東西。左右看看，忽然朝原本暴徒們撞院門的大粗木樁奔去。這粗木樁大概是從哪家卸下來的柱子，一人多粗，足有數百斤之重。郝大木一撈分量，憨笑一聲，雙手合抱，竟是直接將此物當作兵器，橫掄豎砸，掄到哪裡哪裡便是一團血肉模糊。

烏合之眾到底是烏合之眾，暴徒們和正規軍最大的不同便是順風順水之時氣勢洶洶，真遇上麻煩之時卻是一團散沙，更別說現在沈從元被安花娘、司馬太醫等人橫拖豎拽著抓進了後花園，沒人指揮下更是群龍無首，一片大亂，郝大木誤打誤撞，卻是蠻有蠻打。不知道是誰看著這鐵塔般的巨人先嚇破了膽，發一聲喊就向外院逃去。

有人先撂了挑子，就有了第二個、第三個……蕭家的家丁護院們大多是行伍出身，人數雖少眼睛卻亮，許多人一眼便看出了這是崩潰的前兆，卻是一個個士氣大振，許多人撿起了凶徒們掉落的兵器上前衝殺，加上四方樓出身的護衛們本就訓練有素，此刻按照四方樓的群戰之法，一組組地結成了小陣勢，一鼓作氣將那數百暴徒從中庭裡趕了出去。

兵潰者，崩也！

蕭家的家丁護院反客為主，一個勁兒地窮追猛打，直將這數百名暴徒追得心驚膽寒，眼看著快逃出蕭家大門，人人只恨爹娘少生了兩條腿，只要出了這蕭家，那便是逃出生天了。

便在此時，不知是哪裡殺來一票人馬擋住了去路。為首之人身高體健，寬肩粗臂，手提一柄九環潑風金背大砍刀，正是一名鐵塔般的……大姑娘。

「安姊姊！安姊姊……」來人正是金龍鏢局的大小姐，安清悠的另一位乾妹妹岳勝男。岳大小姐最近和郝大木這憨漢子瞧對了眼，平日裡常找個藉口往蕭家跑，安清悠看在眼裡，給了他們不少方便。這一日她又來蕭家，卻見這群人手持兵刃衝進蕭家，登時知道不好。

岳勝男長得雖然粗豪，但是江湖經驗比一般人豐富，這時候居然沒有熱血一湧，傻乎乎地當場衝上去，而是回金龍鏢局叫人，這才晚來了一步。

金龍鏢局可不是軟蛋，岳勝男一聲招呼，跟來的百來號鏢師個個功夫俐落，從門外往裡一衝，登時將本就已經沒了戰意的凶徒們衝得七零八落。

「阿安沒事……抓緊拍人！」郝大木從煙火中躍出，居然還抱著他那根用順手的大柱子，一掄一掃，倒了一大片人。

「人家知道啦……」岳勝男見了郝大木，忽然變成了小綿羊，廝殺之餘，居然還給郝大木拋去一個媚眼。周圍無論是蕭家的家丁，還是金龍鏢局的鏢師們，見到岳大小姐這模樣，齊刷刷起了一身雞皮疙瘩。

有這股生力軍加入，讓戰鬥徹底沒了懸念，不到一炷香的功夫，暴徒們不是橫屍在地，就是被縛就擒。數百人攻入蕭府，以全軍覆沒告終，這恐怕是被綁得像粽子一樣的沈從元始料未及的了。

「五弟妹，真有妳的！五弟若在，只怕也是這個路子，擒賊先擒王，用計拿下他們的頭子，讓他們群龍無首再……再幹他娘的！」消息傳到後花園，登時一片歡騰，便是柔弱的林氏也忍不住爆了粗口。

「大嫂誇得太過了，我也是被逼得沒法子……若是夫君在這裡，以他的本事又何須這麼麻煩？」安清悠的臉色依舊蒼白得嚇人，今日可說是僥倖至極，現在事情過了，回頭一想，還是心有餘悸。只是這念頭剛起，忽然又想起一件大事，臉色大變，脫口而出道：「不對啊，咱們蕭家可不是什麼偏僻小戶，事情鬧得這麼大，為什麼官兵竟是一點動靜都沒有？」

這話一說，眾人也變了臉色，連岳大小姐都帶了鏢師來幫忙，難道官兵都是聾子瞎子不成？安清悠身邊一下子安靜了下來，眾人面面相覷。

忽然一陣笑聲從旁邊傳了過來，這笑聲似癲若狂，傳到眾人耳中竟是說不出的讓人難受。是沈從元。

「你們在想為什麼官兵還沒有來嗎？哈哈哈……朝廷顧不上了，你們當我只盯著蕭家？笑話！匹夫一怒尚且血濺五步，又何況本官這搏命一擊？從蕭家到金街，從北宮門到南門，我到處都做了安排，到處都是我的人……」沈從元縱然被綁成一顆粽子也狂笑不止，笑到自己都快喘不過氣。

「呸！你這個奸賊，都這樣了還敢如此猖狂！」寧氏最恨的便是這等數典忘祖的敗類，此刻手持柳葉刀衝過來，砍在沈從元的大腿上，隨手一拖，血一下子流了出來，卻仍未止住沈從元的狂笑。

「砍我？你們還敢砍我？一會兒北胡人殺進來，倒看還有誰替你們說話！我和博爾大石早就打過交道，你們蕭家呢？你們蕭家是北胡人的死敵吧？哈哈哈，現在你們還敢砍我？砍啊，落到你們蕭家手裡，我就沒想著還能活，我就在這裡死了也會變成厲鬼，看著北胡兵怎麼衝進你們蕭家，殺光你們的男人，摔死你們的孩子，撕掉妳們這些女人的衣服……」

寧氏氣得臉色發紫，又是一刀砍下，這一下卻是直奔沈從元的腦袋。

只聽叮的一響，一柄單刀從旁架住，沈從元這才避免了身首異處的下場，出手的人居然是大管家蕭達。

「二奶奶，這人還殺不得，他是朝廷欽犯，私殺欽犯是大罪，會連累咱們整個蕭家……」

「都這時候了還管什麼欽犯不欽犯，朝廷不朝廷！達叔，你讓開，我非得……」

兩人爭執不休之際，外面下人來報：「不好了，京城裡到處是大火，亂了套了……」

蕭家眾人臉色大變，衝出家門觀望之時，只見果然一條條煙柱沖天而起，京城中少說也有數十處火頭，真的是出大亂子了。

沈從元說到處都有他的人，自然是有誇大其詞之嫌，但是京城的這場大騷亂確實與他有關。之前發動變亂之時，沈從元手下原本有兩隊人馬，人數最多的主力人馬準備趁北胡人猛攻南門之時，裡應外合從內部打開城門。另一路則是由沈從元率領，準備襲拿蕭家老小。如今襲取蕭家的這一路全軍覆沒，另一路也出了問題，誰也沒想到這問題會演變成一場大騷亂。

博爾大石猛攻京城南門，北胡精銳加上大量的攻城器械，打得十分慘烈。抬頭遙望城頭，滿眼都是熊熊的火光和時不時砸在城垛上的石彈，身邊是流水一般送下來的傷兵和屍體，缺胳膊少腿者不計其數，殘缺不全的屍體更是隨處可見。

南門顯然已經打不開了，古代醫療條件差，這時候到處都是呻吟慘叫之聲。戰爭，這才是戰爭。

這些暴徒們雖然橫下一條心來作亂，但他們原本不過是一些家丁護院、跟班長隨，何曾見過這等光景。如今尚自離南門有些距離，可是此等模樣在他們心中已經是修羅地獄，再遙想一下城頭處，那該是怎生模樣？

凶徒們還沒奔到南門，一顆燃燒著的石彈忽然越過城頭從天而降，雖然沒有打到暴亂分子的隊伍裡，但光是旁邊火花四濺的屋頂，就足夠令這些人心驚膽戰了。

這一顆石彈算是徹底打消暴徒們偷擊城門的念頭，負責帶隊的沈從元的隨身幕僚湯師爺面如土色，旁邊的人更是兩腿發顫，往日裡淨是湯師爺給別人出主意，如今卻是別人給他出主意：「師爺，如今這樣，我們真的要衝上去嗎？南門打得這般慘烈，我怕衝過去是有死無生啊！就咱們這幾百千個人，衝到那戰陣裡還不夠給兩邊塞牙縫兒！」

「就是就是，就算咱們能夠把城門給砸開，也不知道還能剩下幾個人，一旦那北胡兵衝進來，見到的第一撥漢人就是咱們，會不會連咱們一起砍啊？」

說起來沈從元並不是一個真正懂兵的人，讓這麼一批人來砸城門已經是不智之舉，找湯師爺這麼一個書生幕僚去帶隊亦壓根兒就不是一個恰當的人選。

「那怎麼辦？」湯師爺面如土色，自己已先退卻。

「要我說，這南門衝不上去了，不如就在這裡鬧場事，左右這裡距離南門不遠，到時候就算北胡人衝進來，咱們也有得說，到時候也能交差不是？」

這些人在官府裡混久了，一眼就看出湯師爺自己也不想上陣拚命，這時候竟然把交差二字說了出來。

湯師爺看了看城頭，又看了看周圍的一片屍體和傷兵，咬了咬牙道：「行，那就這麼辦，你們這些人可想好了，這一下子捅下去，到時候秋後算帳起來，可都得說圓了！」

「師爺您放心，咱們哥幾個可是實際動手的，到時候有什麼事情，還不是先殺我們？」

湯師爺終於是重重一點頭，可是這一點頭，京城百姓裡可就遭殃了。

這些暴徒們沒膽子燒城門，但打砸民居這種事情做起來，可是輕而易舉！

終之章　攜手浪遊紅塵

深秋之時天乾物燥，一個火罐點燃了扔進民居，很快便燎起一片火勢。這南門一帶本就是京城貧民聚集之處，此間民居可不像是蕭家那樣的深宅大院，有什麼青石墊地、磚瓦鋪頂。許多老百姓住的是茅草房子，火勢一起，四處延燒，老百姓哭喊著往外逃更增混亂，那些作亂的暴徒們忽然發現一件很恐怖的事情——他們自己也陷入了火海！

事情一鬧大，自己先亂了，擠成一堆地慌忙逃出火海，等到湯師爺一臉煙熏火燎逃出火海的時候，忽然發現自己不知何時竟已經變得形單影隻，手底下的人呢？

從南門開始，一路向北、向西、向東，暴徒們一哄而散跑了出去，一群七八個人一夥，一路燒殺出去，更有那地痞無賴之輩趁機打家劫舍，一時之間，竟是半個京城都亂了。

接到報告的壽光帝終於變了臉色，可是他也已經沒法子，如今東西兩邊北胡人攻城正急，他身邊已經沒有多少部隊。唯一的指望，就是去增援南門的蕭洛堂能夠守住這個博爾大石的主攻方向，只要京城不被攻破，騰出手來鎮壓這場暴亂，一切還猶有可說。

蕭洛堂帶著增援的部隊直奔南門而去，一路上遇亂戳亂，那些暴徒和趁火打劫之輩自是攔不住他這等精銳將領。只是蕭洛堂越發心驚，京城大亂，博爾大石又不是傻子，如此城內的火光濃煙如何瞞得住他？若是趁勢強攻南門，只怕是京城危矣。

沒料想這半路上卻是遇見了太子牧，如今也是焦頭爛額，領著一群王府侍衛到處當救火隊員，見到蕭洛堂帶著部隊從京城中穿過，如見救星一般，隔著老遠便高聲叫道：「蕭將軍，可否借兵一用，如今這亂子……」

蕭洛堂暗暗叫苦，這位太子爺到底還是沒經過戰事，經驗缺了，以太子之尊上街已是不妥，再這般高叫，不是明著說他這個本該坐鎮的太子監國手邊已經沒力量可調？這當一咬牙，卻是高聲回道：「殿下休慌，京城預備役還有十萬民夫，亦軍亦民，上陣殺敵雖不堪用，應付這亂局卻是足夠了！如今南門危急，臣實在不敢分兵他顧，待臣打退了南門博爾大石的進攻，再來助殿下一臂之力！」

「啊？城裡都這樣了還不肯撥兵？」太子牧瞬間便曉得輕重緩急，怒氣頓消之際，想想自己剛才在無數人面前那一嗓子，不由手腳冰涼，愣了半晌，忽然狠狠給自己一個耳光，大聲叫道：「來人，隨孤去調撥預備役之兵……」

太子牧總算見機得快，這時候一聲大吼，一撥馬頭去調撥預備役，把此刻京城裡的最後一分戰力調動了起來。而蕭洛堂緊趕慢趕，待到了南門之前，卻是直叫一聲苦。

火光熊熊，早已將南城的貧民窟燒成一片火海，亦燒斷了去路。如此火勢早已經不是人力所能及，若要以大軍強行增援南門，只怕未上城頭，大梁的增援部隊先在火場裡燒死了十之七八。

而此時此刻，蕭家眾人一個個面色凝重，安清悠說了一句官兵為何不至，早有下人去外面詢問情況，眾人已知曉城中大亂之勢，這等局面對這場大戰究竟有什麼影響，誰心裡都沒有底，偏生旁邊沈從元還不停狂笑大罵，惹得人心慌意亂。

「花姊，讓這個沈從元安靜一下……」安清悠的臉色越來越蒼白，額頭上已經滲滿密密麻麻的汗珠，旁邊的司馬太醫越瞧越是詭異，忽然出手扣住她的手腕，診脈未得幾下，登時大驚失色道：

「不好！五奶奶，妳這是……」

「我沒事，就是有點不舒服……」安清悠還在硬撐。

「沒事個屁！妳不要命了？」司馬太醫急得爆粗口，大聲高呼道：「快去準備熱水棉絮、乾淨的單子褥子……府中可有產婆？」

「我這是……」安清悠自己也變了臉色，沈從元率眾殺進蕭府時，自己大驚之際就覺得下腹處隱隱作痛，後來這諸多事情只讓人心力交瘁，下腹也越來越疼。自己本就對某些事情完全沒有經驗，此刻光想著闔府上下都在看著自己，一個勁地咬牙硬撐，不讓人看出自己的不妥之狀，卻沒想到一件大事竟悄然而至。

「妳這是要生了！」司馬太醫的臉色都綠了，「怎麼不早說？早產……還偏偏趕上這時候！」

這通嚷嚷一起，蕭家上下登時一片手忙腳亂，人人惶急不提，被綁成粽子的沈從元則在旁邊狂笑，「要生了？好好好！生了好，生出來讓北胡人當著妳的面……」

笑聲剛出口，卻聽喀嚓一聲，沈從元只覺得口顎奇痛，被人以重手法打脫了下巴。安花娘這一下手法俐落得緊，隨即一轉身，逕自去做自己該做之事。

寧氏眼尖，心裡對沈從元恨到了極處，此刻默不作聲地走了過來，手中柳葉刀看似隨意地一擺一拖，登時在沈從元的手臂上又劃出一道長長的口子。

沈從元卻是再也說不出話來，蕭家的人各自忙碌，無人顧得上他。

對於蕭府來說，外面的事情他們已經無能為力，如今所能做的就是保著五奶奶平安生產了再說。司馬太醫急出一腦門子汗，比預產期提前了二十多天也就罷了，偏生還在安清悠經歷了如此重大巨變之時。產婦最忌精疲力盡時生產，加上五奶奶一直硬撐，耽誤了不少前期的準備工作……

一眾家眷們聚了起來，一個個心神不寧地在門口等著消息。只聽屋裡不斷傳出安清悠的痛苦呻吟，眾人都是提心吊膽。

「阿彌陀佛，這孩子的出生日就是娘的受難日，五弟妹……五弟妹這麼好的人，一定是……吉人自有天相……」林氏說話都已經有點哆嗦了，手裡攥著一串佛珠，不停向天禱告。

「晦氣晦氣！說什麼受難日？五弟妹一定沒事，生下來的孩子也一定健健康康的！」寧氏依舊是那副著急的脾氣，可是一轉頭卻對著旁邊的下人道：「去，給我也找一串佛珠來……」

林氏和寧氏一起為安清悠祈福，這在幾個月前的蕭家簡直是無法想像，可是不知道是不是蒼天弄人，無論是祈福還是眾人的期盼，此時都沒有起到大家渴望的效果，這一等足足等了一個多時辰，只見兩個產婆滿頭大汗地從屋子裡出來，一臉惶急地對著司馬太醫說道：「太醫爺，這……這可得……加把勁，五奶奶是初次生產，精神氣力都極為需足之時，不然就開副喜藥吧？」

這話一說，等在門口的眾人都變了臉色，像蕭家這種大族女人生產自有講究，不吉利的話絕對不能從口裡冒出來，難產不能說難產，要說需要「加把勁」，身體的精神氣力不足要說成「需足」。

司馬太醫面色一變，他雖是名醫，此刻也進不得產房，充其量只能在外面開些催產的藥方，但幾乎所有的喜藥都是十足的虎狼之藥，一副藥灌下去，要麼就是生產下來大家平安，要麼就是……這二人既如此說，難產自不用提，只怕還有更大的麻煩，司馬太醫提起筆來竟是手上微微一顫，待要開方子，一滴墨汁滴落在紙箋之上。

便在此時，一個人滿頭大汗地跑進了蕭府，口中高喊：「大姊……大姊呢？我……」

來人是安子良，還是安花娘反應快，猛地一拉他的胳膊道：「安公子，主母正在產房要生了！你千萬別大叫大嚷的，產婦這時候最怕驚神！」

「啊？大姊……」安子良張大了嘴巴，一副不可置信的樣子，猛一跺腳，又是一陣風般衝向了門外。他這麼沒頭沒腦地一進一出，讓眾人一頭霧水，只是安公子此刻心急，卻是沒法跟任何一個人細說。

南門丟了！

這是安子良這個民夫總督辦剛剛得到的消息。

城裡一片大亂，暴徒們雖然沒有攻擊到南門，但是這種亂局顯然影響到了那些在這場戰爭中沒怎麼經受過強大考驗的南門守軍的心態。心一亂，這仗打得就更糟。博爾大石久歷戰陣，見得京城上空左一股右一股的濃煙不停冒出來，哪裡察覺不到城內有變？充足的攻城器械掩護之下，更是帶著手下搏命般的猛打，城牆上的守軍本就不是他的對手，此刻大火一燒，後路被斷，增援也上不來，竟被那北胡人用撞車撞開了城門！

「去告訴家裡了？」南門外，剛剛率領預備役民夫將城內暴徒平了個七七八八的太子牧一臉平靜，這時候京城裡還是有小股的暴徒作亂，不過他已經顧不上了，能調集起來的民夫伴著蕭洛堂率領的部隊，已經盡可能集結到了南門。

「沒說！」安子良擦了一把額頭上的灰塵汗水，喃喃地道：「我大姊要生了……沒給他們再添亂，反正四面圍得緊，也沒地方再跑！」

太子牧點點頭，看了看身邊的蕭洛堂和安子良，這個時候，身處他們這樣位置的男人已經沒心思再去想什麼女人生孩子的問題。南門的大火阻斷了城內軍隊赴援的道路，可也阻住了北胡人入城的來路，讓守衛者們有了那麼一點集結反擊的時間，只是這火勢終有時，能燒的東西就這麼多，如今這火勢漸小漸熄，而北胡兵們，已經有人衝上了城牆，正在向著兩邊逐步擴展著城牆上的占據之地。

「二位，想不到最後竟然是我們來守這南門，今日如若不死，以後咱們就是兄弟！能和你起作戰，孤很榮幸！」太子牧忽然說了一句，與此同時，一陣由遠而近的北胡兵吶喊聲忽地驟然變得強烈。

「臣幸何如之！」蕭洛堂微微躬身，臉上帶著一絲笑意。

「別拽文了……不他娘的就是拚了嗎……拚唄！」安子良嘟嘟囔囔念叨了一句，手裡胡亂拿著一柄長劍，卻沒有半分書生上陣的英武之態。

轟的一聲大響，原本已經被撞開半扇的城門又挨了撞車一擊，北胡兵潮水般從裡面湧了出來，當先一人從城門處的一片火光中竄出，正是博爾大石。此刻他鬚眉俱燃，卻是毫不在意地哈哈大笑，口中高聲道：「兒郎們，進了這漢人的京城，隨你們的喜好，二十天不封刀，殺！」

「殺！」太子牧沒再做什麼廢話，一揮手間，大梁的兵將們已經衝了上去。

兩支軍隊毫無戰術地撞在了一起，這時候沒有什麼多餘的東西，不是你死就是我亡。令所有人都沒有想到的是，那些被稱為「預備役」的半兵半民的漢子們，竟然爆發出了空前的戰鬥力。

他們之中有不少便是京城居民，此刻後退半步，裡面就是他們的家小親人。二十天不封刀……博爾大石這句話雖然是北胡語他們不懂，可是北胡人會帶來什麼，他們非常清楚。

遠處，塵煙大起，同樣有喊殺聲，只是距離這裡太遠，更是被淹沒在了無數人拚命死鬥的呼喊聲中。那一支軍隊卻是真的存在，白衣白甲，全軍戴孝，軍旗上斗大的一個字：蕭。

可是此時此刻，城裡的蕭洛堂等人還一無所知。

拔刀、擋箭，蕭洛堂的身子急速向後仰去，大日金弓射來之箭鑲的一聲飛上了半空，蕭洛堂緩緩地從馬背上直起身來，背上的傷口又一次迸裂，他強忍著。

「殿下還不快走！去找皇上，讓他從北門殺出城去，大梁國統尚在……安家的小子，你是幹什麼吃的？保護殿下走啊！」一聲大吼，透著無比的決絕。

「孤不走……」太子牧滿面悲憤，卻被安子良一劍柄敲在後腦杓上暈了過去，在他身旁的東宮侍衛居然沒有攔著。

「蕭大哥，我留下來陪你！」安子良衝著那些侍衛大吼一聲：「他娘的！你們都是幹什麼吃的，護著殿下走啊！」

侍衛們如夢方醒，正要擁著太子牧撤往北門，卻聽見一句漢語遙遙傳來：「嗯？這個人是漢人的王子嗎？哼！最煩你們這些漢人搞這些無謂的愚忠！達爾多，你的刀法比在草原時差遠了，這麼個打招呼的一箭都擋得這麼吃力，你的傷還沒好利索吧？」

博爾大石眼光何等厲害，遙遙見了蕭洛堂，再看他擋這一箭之時竟似頗為吃力，登時猜想到了實情。大日金弓之下連珠箭發，又是一連三箭，竟是置太子牧於不顧，朝著蕭洛堂射來。

漢人的皇子無所謂的，這個在北胡隱姓埋名多年的達爾多熟知北胡戰法，他才是這南門戰局的真正指揮者。殺了他，城門之事定矣，京城之戰定矣！

蕭洛堂手上長刀疾揮，擋開一箭，閃過一箭，第三箭卻終究沒有躲開，只來得及微一側身，正中大腿。舊傷迸裂之下，再也支撐不住，一下子翻下馬來。

「今天就取你這奸細性命！」博爾大石哈哈大笑，待要躍馬向前，卻聽得一陣輕微的呼喊之聲從城頭上傳來。

「蕭！」

「那是蕭……蕭字旗！」

「是蕭字旗！是蕭字旗！是大梁的兵馬！援軍！是咱們的援軍！援軍來啦……」

呼喊聲傳來，轉瞬就變成了一大片，無數大梁士兵、參戰的民壯聲嘶力竭地喊著，很快從城上傳到了城下，從城門傳到了戰況最慘烈的各個角落，從一個人的口中，傳到了無數人的口中。

聽著身邊驟然響起山呼海嘯般的蕭字，看看周圍猛然士氣大振的大梁兵將，博爾大石眉頭微微一皺，忽然撥馬便走。

京城的南門已經被徹底打爛了，短時間內沒有恢復的可能。說來好笑，漢人總是喜歡把自己圈在一個可笑的包圍中獲得安全感，這個號稱天下最堅固的城池，一旦被擊破，就好像再沒有了任何的作用，北胡人如果想來，隨時可以來。

而既是大梁的援軍，又能打出蕭字旗號的，博爾大石實在想不出還有第二個人。

蕭洛辰，這個名字他不知道念叨過多少遍，在那個漢人太監皮公公叛降後，他曾經一點一點地詢問過蕭洛辰在北胡草原上的打法。那種天馬行空般的做派，那種不畏險地的風格，這個男人不僅僅武藝上不比自己差，而且是個真正會打仗的傢伙。

好比現在，這傢伙怎麼會從南面出現？他不是一路尾隨著自己的進軍路線來的嗎？他不是一直在搜羅潰兵嗎？按說就算是回援，也應該先在北門出現啊！自己派出的偵騎怎麼一點消息都沒傳回來？

一堆疑問在博爾大石心頭盤旋，真要是一個一個去研究，怕是狼神都搞不清楚……

哦，對了，這傢伙是不怕狼神的，連狼神山都被他打下來了。

博爾大石到底是一代梟雄，北湖草原上數百年一出的人傑，這些疑問既然搞不清楚，他就不去想了，而是選擇最簡單也是最有效的方式：戰！

如果繼續往京城裡面打，以蕭洛辰的本事，從背後掩殺上來一定是雷霆萬鈞之勢。前面的漢人們得知援兵到來的消息們也一定會拚死抵抗，到時候窩在京城的民宅裡面一邊打最慘烈的巷戰，一邊被前後夾攻，這顯然不是一個明智的主帥會做的選擇。

博爾大石選擇了收回力量最後一戰，如今突破南門的部隊不過是他的先頭部隊，他的大隊還沒衝進京城。北胡人習慣輪番衝陣、輪番休息的方式讓他有很多生力軍，幾乎是在衝到城外的同時，他清楚地看到了不遠處揚起的塵土，清楚地看到了不斷迫近的對手軍隊。

蕭洛辰的先鋒來得好快，轉瞬間，距離南門外北胡人的營地後隊已是只有一箭之距。

很多眼力強的北胡人幾乎都已經看到了這支軍隊的服色，那是征北軍的服色。

可是幾乎所有的北胡兵將們都有一種錯覺，眼前這支軍隊又不像是征北軍，不是說蕭洛辰手邊的兵馬應該是征北軍的殘部嗎？為什麼如此熟悉又如此陌生？

沒人能說得清楚，因為這支軍隊的氣質已經變了，不再像曾經的征北軍那樣穩如泰山，一路行來，有個男人已經給這支部隊注入了不一樣的靈魂。

哀兵，如今這支部隊的靈魂叫做哀兵。

哀兵出陣，極少有遊刃有餘好整以暇的從容，卻多了一種血性的悲壯與一往無前的慘烈。

那是一支怎樣的部隊啊？全軍戴孝卻又勢若瘋虎，就好像一把利劍切開了北胡人在南門的後陣，原本怪獸一樣巨大的投石機一個個冒起了濃煙，繼而轟然倒下。

「好強……這才是蕭洛辰的兵嗎？」博爾大石眼角的肌肉微微一跳，他幾乎是在衝出城外整頓兵馬的同時，就已經下達兩條命令，放棄後陣一切器械物資，以及讓士兵們向兩翼分散。可是北胡人的調遣竟然不如他們突進的速度快，轉眼之間，後陣已經被打穿了個通透。

「我的馬奶酒呢？」博爾大石陡然一聲大喝，旁邊的親衛伸手遞過了一個皮袋。

這一袋馬奶酒從草原帶出，經歷了大梁和北胡之間的千山萬水，大軍鏖戰卻始終封存著。此時此刻，博爾大石拍掉了皮袋子上的蠟封，一仰脖子，酒入喉中——這是北胡人在與最尊敬的對手生死對決之前的最高禮儀，而博爾大石的心中，如今這世上值得他如此做的人只有一個！

在那被穿透的後陣前，一個由大梁騎兵組成的三角形尖陣，已經出現在眾人眼前。

這是征北軍最典型的陣型，甚至可以說它代表著大梁騎兵們的一個時代，而在這三角陣型最前方的銳利一點，一個白衣白甲的男子臉上正露招牌的邪氣微笑。

「蕭洛辰！」博爾大石把手中的馬奶酒拋向了身後，仰天大叫道：「可還記得當初京城之中，你我戰陣之約？今日一戰，某與汝以天下為注！」

「博爾大石！」蕭洛辰橫槍躍馬，銀槍一指，吼聲裡卻充滿了悲憤與哀痛：「天行有數，不予暴者，還我父兄命來！」

無論是漢人還是胡人，這一次兩方都沒有退路，血性和勇氣雙方都不缺乏，各自的領軍人物也都有著必能擊殺對方的信心，無數的戰士們跟在他們所信奉的領袖後面，各自化成了一股滾滾洪流奔向對方。

鐺的一聲大響，破虜銀槍與大日金弓猛地相擊在一起，巨人的馬匹衝擊力之下，無論是蕭洛辰還是博爾大石都無法停住腳步。一擊之下，誰也沒能傷得了誰，各自錯蹬而過，殺入對方陣中。

而在他們身後，大梁與北胡的騎士們則是奏出了這個時代重騎兵對撞的最強音，彼此對衝之下，滿目皆是翻倒的戰馬，不知道有多少人被擊落馬下，對手之間甚至沒法給那些摔落的目標補上一刀一槍，接踵而來的馬蹄就已經將他們踩成了肉泥。

在騎兵身後，是雙方陣營各自密密麻麻的步兵，一人高的重盾，碗口粗的長矛，雪亮的戰刀。士兵們交織著砍殺嘶吼，用盡全力把兵器捅進對手身體，然後再被其他人用利刃的冰冷收割自己的亡魂。

生命與死亡，成敗與傾覆，生存和沒落，恩仇一朝。

這是一個決定兩個國家，甚至兩個民族命運的一戰。

從中原到塞外，從大梁到北胡，這個時代裡最耀眼的兩顆將星，展開了他們宿命中必然的最終碰撞。

與此同時，在那遍地焚炎的京城裡，在剛剛經歷過一場劫難的蕭府中，一碗虎狼藥剛剛熬好遞進產房，遞到了安清悠的嘴邊。

看著面前產婦蒼白到沒有血色的面孔，看著她那滿臉的汗珠，產婆的手竟也有些發顫。

「五奶奶，您可想好了……這藥一灌下去……」

「我知道，要麼順利產子，要麼母子俱亡是不是？如果不喝，現在還來得及保大人棄孩子對嗎？」安清悠的聲音很微弱，臉上居然掠過一絲笑意。眼睛微微閉了閉，那一瞬間的表情似是在回味著這個世界上所有的一切。

「我要活著，我要我的孩子也能好好地活著，來啊！」一雙眼睛猛然睜開，裡面透出的是滿滿的不肯低頭，沒有什麼能夠阻擋一個不願失去自己孩子的母親。

黑色的藥汁伴著辛辣的氣味灌入喉腔，一飲而盡。

◉　◉　◉

角聲連連，利刃閃爍著寒光，兵甲宛若鐵一樣的烏雲。

東西兩門的北胡兵如潮水般的退去，原本城上城下廝殺一片的赤紅戰場，轉眼間變得說不出的冷清寂寥。東西兩門的梁軍守將不約而同喘了一口氣，終於挺過去了。

「幸好博爾大石沒在我們這邊……」

看著北胡兵不斷向南移動的隊形，東西兩門的梁軍守將不禁有些害怕。如此惡戰，堪為北胡兵圍城以來絕無僅有的慘烈，就在他們忙著檢視手下的傷亡和重新整頓防務的時候，卻不知道信鷹已經從大梁北門的壽光帝處飛出，傳令兵也同時在路上拚命打馬飛奔著，他們即將收到兩條一模一樣的命令。

「調兵！調兵！調兵！從南門殺出去！」

壽光帝的命令很簡單，但是一連三個調兵的重複卻透露出不容質疑的意味。此時此刻，他的手正微微發顫。這個讓他恨過氣過愛過罵過的臭小子終於回來了，在京城幾乎被破，在大梁江山幾乎傾頹的時候終於回來了。

他現在所能夠做的，就是把京城裡還能調動的力量集合起來，去支援、去幫助那個他生平最得意的學生，進行反擊。

「你好像有點累了？」萬軍中，博爾大石手中的大日金弓削掉了身邊一個大梁士兵的半個腦袋，翻身拉弓之際，口中高聲呼喊，手上卻是向著蕭洛辰連射三箭。

「你也好不到哪去，大家半斤八兩！還記得當年你我京城一戰嗎？我就算累了，同樣能殺得了你！」蕭洛辰身上的征袍早已經染紅，長槍從一個北胡騎士的咽喉中輕巧拉出，卻是在地上閃電般一撥兩挑，兩柄遺落在地的單刀向著博爾大石的方向飛去，空中擋開了對手的箭枝後餘勢不歇，直向對手飛去。

這等千軍萬馬中的廝殺，遠比什麼單挑更加凶險萬分，冷刀冷槍、明刀暗箭說不定便會從什麼地方襲來。類似蕭洛辰和博爾大石這種高手當然經驗豐富，在人海之中衝殺亦沒忘了對方。

可是，便在此時，一陣呼哨之聲從東西兩面傳來，竟是北胡的另外兩支部隊從東西兩門趕到，加入了南門的戰局。

「我說過，小巧功夫你比我強，馬背和戰陣，你不是我的對手！」博爾大石哈哈大笑，不過他的笑容很快微微一滯，因為那從東西兩門新加入戰場的北胡兵呼嘯裡竟然有些散亂，來兵再近一些，竟然是旗幟淩亂，隊伍不整，頗有狼狽之感。

「殺！」就在這東西兩翼的北胡兵出現不久，接踵而來的居然是漢人們的喊殺聲，追在這些北胡兵身後的大梁兵將居然兵力更加雄厚。

原來在東西兩門的北胡兵前往南門之時，突然又是兩支大梁援軍在他們移動的半路上出現，同樣是征北軍的服色，同樣是全軍頭上裹著戴孝的白帶子，可是這一次卻輪到了他們半途而擊。

說起來博爾大石麾下的北胡主力不可謂不精銳，事起倉促之際居然能夠按照調遣，邊走邊戰聚集到南門，可是在梁軍的衝殺之下，早已經遭到不小損失。

「戰陣不是你的對手？」蕭洛辰冷笑，「我們漢人的老祖宗寫兵書玩分進合擊十面埋伏的時候，你們還在草原上放羊呢！後兩隊人馬比我晚半個時辰發兵而已，怎麼樣，我算得準嗎？」

博爾大石臉色鐵青，忽然想到蕭洛辰在率眾衝陣時候的詭異笑容，怔了一怔，忽然一提韁繩，猛地朝蕭洛辰衝去。除了戰陣，他還有馬背，若是能擊殺對手的主將，此戰或許還有勝機。

冷冷地看著對面衝來的博爾大石，蕭洛辰又露出詭異的笑容，大吼一聲，挺槍提馬，向著對手猛衝而出。

夫戰者，唯其不可戰而強戰，固為大忌，緣起大利也。

博爾大石猜的不錯，若論馬背功夫，他的水準不但不比蕭洛辰差，甚至還猶有過之。此刻若是收兵敗走，蕭洛辰還真未必能留下他，以這位梟雄之能，他日未必不能東山再起，可是如今草原上的北胡人已經被掃得七零八落，他不能不戰，天下就在眼前，他也只想一戰。

相距不遠，搏命的兩人不約而同縱身躍起，撲向對方，借助馬勢再加上這發力的縱躍，可以將人的速度和衝力提升到最快。

抽箭、發射，一連七箭連環射出。博爾大石率先變招，單論力量，他本身便比蕭洛辰略勝，躍起的高度已是比對手高了半個身子。

這招「大日落七星」是北胡古老相傳的最強殺招，此刻空中激發，寒光閃閃的箭頭配上大日金弓的閃光，在陽光的照耀下真的如太陽散發出的寒星一樣，炫目得奪人心魄。

然而，博爾大石居然還有第八顆星，大日金弓在此刻猶如和他化為了一體，鋒銳無比的弓緣在他手中直劈而下，直奔蕭洛辰的項上人頭而來。

撥箭、閃躲。蕭洛辰躍起的高度比博爾大石矮了半個身位顯然吃虧極大，手中破虜銀槍連撥帶打，連撥六箭，那大日落七星的最後一箭竟是沒法躲開，嗤的一聲輕響正中右臂，原本一直迎著大日金弓的槍尖登時歪了方向。

博爾大石大喜，手上已經發了十二分力，只求一擊必殺。

可是槍尖偏了，槍尾卻倒捲了上來，倒像是蕭洛辰右臂控制不住銀槍一般，捲住了那大日金弓的弓弦，反倒讓蕭洛辰在半空中有了借力之處。一纏一拉之際，整個人又沉下去幾分，巨大的衝力加上蕭洛辰的體重，登時將那大日金弓拉滿。

撒手、鬆槍，那槍柄倒捲上來，猶如被大日金弓發射出去的一枝最為粗大的箭矢，就這麼捅進了博爾大石的小腹。

兩條人影在空中錯身而過，幾乎是同時重重摔在地上。

蕭洛辰吃力地爬起身來，慢慢向對手走去。

他的右臂中了一箭，髮絲落下，絲絲飛舞。博爾大石那最後一招中的大日金弓幾乎是貼著他的腦袋橫劈過去的，甚至削掉了他的一塊頭皮，鮮血順著他的臉流了下來，流得滿面都是。

而在他的對面，博爾大石也在努力起身，那柄銀槍的槍尾捅穿了他的小腹，從後背處直貫了出來，帶著這樣的一桿銀槍，這個草原上的最強武者居然掙扎著站了起來，雖然他清楚地感覺到，身上的力量正在漸漸流逝。

「殺！」一票人馬忽然從京城的南門處殺出，那是從各處集結到南門內外夾攻的城內守軍，行動上雖然來遲，卻是勝在人數不少，連那些預備役的民夫們都混在了其中。此刻一衝，登時將北胡人衝得大亂。

一隊騎兵忽然斜刺裡衝到二人身旁，為首一員武將正是蕭家的長子蕭洛堂。

博爾大石的口鼻都開始緩緩流出了血，可是對著周圍的一切，他就好像是全不在意般，就這麼直勾勾地瞪著蕭洛辰，忽然開口道：「我不服！你哪來這麼多兵？三路分進合擊……兵力比我還多……」

蕭洛辰同樣地看著他，慢慢地道：「曾經的征北軍四十餘萬眾，居賢關守軍二十餘萬，真正被你們擊殺的不過十餘萬，大部潰散罷了。我不過登高一呼，四面八方從者雲集。你永遠不會明白我那死在你手上的父兄，在大梁軍隊中的威望到底有多麼高，想為他報仇的人究竟有多少，北胡人實際上是敗在他們手上。馬背上的功夫你的確比我強，可是結局……我殺了你，如此而已。」

博爾大石眼睛裡滿是不甘之色。雙方那最後一擊之前，他的心的確有那麼一點亂，亂在看到了遠處鋪天蓋地而來，穿著征北軍服色的士兵。

此時此刻，鮮血從貫穿小腹和後背的銀槍處不停湧出，不停帶走他的生命。

此時此刻，他的喉嚨裡咯咯作響，忽然大叫道：「我是北胡人的英雄，不可以死在漢人的手上，你們不過是兵多罷了！」

那把大日金弓成為自我了結的最後工具，最後的一分氣力被他花在用力把弓緣揮向自己的咽喉，可是這把北胡人的聖器通體為黃金所鑄，無比沉重，博爾大石拔起一半，只覺得手臂痠軟，那曾經引以為天下無敵的武勇竟似消失得無影無蹤。

噹啷一聲，大日金弓落地之際，他仰天而倒，就此氣絕。

「是不是英雄，在於怎麼個活法，而不是死在誰手上！」蕭洛辰喃喃地低聲道，忽然一轉身，就這麼滿面鮮血地帶著右臂上那枝羽箭，掙扎著爬上自己的戰馬。

「大哥，好久不見，你這一入北胡可瞞得家裡人好苦，連我都不知道……不過，你是英雄！」

蕭洛辰對著蕭洛堂微微一笑，手上的兵器也不要了，就這麼打馬向著城門處緩緩走去。在他身邊，是大隊剛從城裡衝出來的大梁戰士。

「五弟，你要去哪裡？」蕭洛堂眼見他越走越遠，大聲問道。

「博爾大石已死，北胡兵勢已呈大敗之象，我帶來的兵將該怎麼打，亦是早就安排好的。剩下這些殘兵敗將，以大哥的本事，指揮處理起來還不跟玩兒一樣？」蕭洛辰的語氣裡又多了一絲久違了的玩世不恭，吊兒郎當地道：「何況這麼大一場戰功當然是肥水不流外人田，大哥，你在北胡苦了那麼多年，弟弟我怎麼能不留給你……我去抱老婆孩子，哈哈，我要當爹了！」

「你給我回來，大軍作戰，豈能如此兒戲……」吼了兩嗓了，卻見蕭洛辰頭也不回，竟然是奔向城裡早就去得遠了。蕭洛堂目瞪口呆地騎在馬上，按大梁軍律，主帥臨陣脫離部屬以逃兵論，其罪當斬，可是蕭洛辰這縱橫千里的所作所為……誰能說他是逃兵？

好在上陣親兄弟，蕭洛堂到底是做了六年王牌間諜的人，發脾氣歸發脾氣，卻並不迂腐，手上絲毫不慢地從博爾大石屍身上拔出那桿銀槍，一挑便挑起了那頂象徵著北胡共主身分的金盔，大聲吼道：「大梁征北軍都督蕭洛辰，擊殺北胡共主博爾大石於陣中！」

「蕭洛辰擊殺博爾大石於陣中……」一聲而動，四起回應。

蕭洛堂身邊的親兵亦是扯著嗓子大叫，轉眼間，這叫聲已在戰場吼成了一片，如山崩地裂。

不可能！

不知道有多少北胡兵將聞聲一怔，博爾大石是北胡人的驕傲，一身的武勇，天下無敵，怎可能敗？怎麼可能就這麼死了？

下一刻，那些在戰場上分神發呆的北胡人，最少有一半被殺紅了眼的大梁將士砍掉了腦袋。

京城中，蕭府。

一群剛剛經歷過劫難的蕭家家丁們正緊張地守著大門，他們這些做下人的不像主子們一樣能夠知道大消息，所得到的命令不過是緊緊守住門口，如今京城裡的暴亂雖被鎮壓大半，可是街上仍有些為非作歹之徒，不可不防。

便在此時，一個渾身是血，臉上也都是鮮血的男人打馬飛奔而來，直闖蕭府大門。

家丁護院和那些金龍鏢局來幫忙的鏢師們幾乎是下意識地刀槍一舉，迎了上去……

一聲馬鳴，白馬立起，那滿臉是血的男子一個縱躍，身在半空，口中早已破口大罵出來：「你們幾個混帳王八蛋，連五爺我都認不出來了……」

「五爺！是五爺回來了！」蕭大管家眼尖，第一個認出了滿身是血的騎士便是蕭洛辰，此刻一聲大喊，竟是激動得渾身顫抖。

蕭洛辰在空中一個轉折，落地之時全無曾經瀟灑優美之感，甚至差點一個屁股蹲坐在了地上。站起身來之時，卻是如雄獅般大吼：「我媳婦兒呢？」

「剛剛城裡暴亂，沈從元帶人攻打蕭府，五奶奶心力交瘁以致於早產……難產……」蕭達顫抖地說著，五爺的脾氣他再清楚不過，這一發起脾氣來……

「城裡暴亂？沈從元？四方樓是他媽幹什麼吃的……」蕭洛辰果然大怒，一輪暴風驟雨般的大罵之際，腳下絲毫不停，往內院奔去。

蕭達幾乎被罵暈了，不過沒錯，這做派才是五爺！半天回過味來，抬起頭來，面前哪裡還有蕭洛辰的影子，如夢方醒之際，猛然大喊道：「五爺，去不得，那是產房，男人進去的話會不吉利，多少年的規矩了……」

從京城到草原，從草原到京城，蕭洛辰殺人如麻，經此京城一戰，只怕那混世魔王之名更是響徹天下。和這般的人物談規矩？他要進產房，又有誰攔得住？

蕭家雞飛狗跳之際，終於被他挑開了簾子，只是便在這一刻……

一陣響亮的哭聲驟然響起……

「蕭五爺……您快出去……這婦人生孩子對您不吉利……」兩個產婆看見滿臉是血的蕭洛辰已經嚇傻了，半天才回過味來，其中一個竟是下意識結結巴巴說出一句。

另一個產婆可就明白得多，連忙將新生的嬰兒抱起道：「恭喜蕭五爺喜得貴子！是位小少爺，壯得很！您看，那小茶壺還翹著呢……」

蕭洛辰並沒有先看孩子，而是直接一把撲到安清悠的床頭，「娘子，妳怎麼樣？」

兩個產婆羨慕得死去活來，她們接生無數，當年自己也是過來人，可是在這個傳宗接代是第一要務的年代，當爹的第一眼不是先瞧兒子，而是擔心老婆的男人，少之又少。

「我……還很疼……」安清悠驟然見到蕭洛辰，猛地一喜，下身卻不知為何疼痛更甚，兩個產婆臉色齊變，叫道：「不好，還有一個……」

此刻的安清悠臉色蒼白，艱難的生產幾乎耗盡了她的力氣，便在此時，手上一暖，手被人輕輕握住，一個溫柔的聲音在耳邊響起：「雙胞胎啊！娘子，別怕別怕，我在，我一直都在！從今天起，我哪兒也不去了，再也不和妳分開，無論有什麼事情，有我……」

是精神，還是那劑非死即生的虎狼藥起了作用，沒人知道，手握在蕭洛辰的掌中，安清悠不知道從哪裡來了一股力氣，一聲尖叫，帶著母性的堅韌與苦難，猛地從她的喉嚨中大聲地吼出：「啊……」

身邊傳來了兩個產婆驚喜的叫聲：「頭出來了……」

與此同時，城外的戰鬥已經進入尾聲，博爾大石的死像是最後一根稻草，壓垮了這支大軍。

北胡兵驚恐著，徹底陷入了崩潰，曾經屬於大梁軍隊的大崩潰和兵敗如山倒降臨到了他們身上，無數人像是無頭蒼蠅般到處亂竄，可是上天下地，居然無路可逃。

蕭洛辰沒有吹牛，他帶回來的軍隊比對手的數量還多，北胡兵潰逃之時，他手下兩員得力幹將張永志和馮大安，忠實地執行了他早就下達過的命令，兩翼包抄，將對手團團圍住，接下來……

哀兵的可怕，在於他們心中的悲憤和不甘，甚至還有仇恨。

北胡人燒殺姦淫，屠城無數，早就在無數人心中埋下了怒火，此時此刻，無論是曾經的征北軍、守城的新編禁軍，甚至是那些從京城裡衝出來的預備役民夫們，所有人很有默契地執行著一個心照不宣的原則。

不要俘虜，不留降兵！

這些北胡人幾乎每個人的手上都沾滿了無辜百姓的鮮血，在他們屠城焚關的時候，在他們隨手用刀槍把漢人的嬰兒挑進熊熊燃燒的民房的時候，在他們狂笑著剝開漢人女子的衣衫肆意揉捏著雪白胸膛的時候，在他們不理那些漢人老者的苦苦哀求隨手揮上一刀的時候，他們可曾想過漢人也有一句話——殺人者，人恆殺之！

天可憐見，安清悠是個美人不假，可是這時候卻在拚命。隨著嘶聲力竭的一記嘶喊，身子陡然一輕，少頃，身邊終於響起了久違的嬰兒啼哭，響亮而有力。

「恭喜五爺，又是一位小公子！您看……」產婆長長地吁了一口氣，捧著孩子起來報喜。

「先看看還有沒有！」千軍萬馬指揮得揮灑從容，蕭洛辰這時候聲音卻是有些發虛了，低下頭去對著安清悠顫聲道：「娘子，妳怎麼樣……」

安清悠此時的臉色蒼白無比，身上早就已經被汗水浸透了，渾身上下軟軟的沒有一點力氣，即便以蕭洛辰的耳力之靈敏，也要俯下身子才能聽到她嘴唇微微翕動時發出的微弱聲音：「混球……

我又不是母豬……沒有了……」

「老天保佑啊！」蕭洛辰長長地吁了一口氣，安清悠在這時候還會罵人？好事啊！天大的好事兒啊！蕭五爺這一輩子挨罵無數，從來沒有挨罵得這麼感激過。

能罵人就是精神還沒差到那個讓人不敢想的程度，如果不是雙胞胎而是三胞胎、四胞胎，在這種遇上難產的情況，娘子只怕是非死在這裡不可。即便是他這等仙佛不敬、殺人如麻的混世魔王，這時候居然也破天荒地感謝起上蒼。

「我想……看看……孩子……」又一個微弱的聲音從安清悠的口裡發出。

兩個產婆一邊一個，連忙把一對雙胞胎送到她眼前。只見這一對孩子長得極像，皆是濃眉大眼，像極了蕭洛辰。

「可惜啊可惜，要是一男一女就更好了！」蕭洛辰一拍大腿，聲音裡充滿了遺憾，「我原本盼著生一個閨女，像妳，那就是最幸福不過的事情了！」

產婆倆手一抖，差點把孩子掉地上。人家都說多子多福，蕭五爺是怎麼想的，剛頭胎就盼著生閨女？

「沒事……我喜歡男孩……像你……」安清悠微微瞇著眼，看著床邊那雙心疼自己的眼睛。從那眼神裡，她知道自己這個丈夫的想法，異於這個時空裡的其他男人，若非如此，她又怎麼會選擇他？

「生啦，一對公子！」

產婆們把孩子們放在安清悠的枕邊，按規矩出去報喜。外面一陣歡騰，只可惜突如其來的早產和城裡的大暴亂，即便是蕭家這種大族也只能美中不足……沒有鞭炮。

缺了三分熱鬧，可是從另外一個角度來說，這時候的安清悠和蕭洛辰，卻真的不想再有什麼熱鬧，他們各自經歷的大場面、大熱鬧已經夠多，那間內室小屋中，一種暴風雨後的寧靜和團聚才是最可貴的。

兩個孩子哭了一陣，先後安靜下來，似是睡著了一般。

在這個數百年來京城裡殺戮最重、死人最多日子裡，兩個新誕生的生命睡得如此安詳而可愛。而另一方面，執子之手，與子偕老。安清悠的手依然被丈夫溫柔地握著，也沉沉睡去。

她太累太倦了，現在終於有了一份平靜的安全感。

蕭洛辰慢慢起身，在妻子的額頭輕輕一吻，輕得不知不覺，輕得沒有聲音。

劫後重逢，無數風浪都已經過去的時候，不需要再有什麼轟轟烈烈。

有的只是默然相愛，寂靜且歡喜。

◉　◉　◉

「你說說你，傻子都能看得出來當時大局已定，仗打贏了，滅北胡殺博爾大石，潑天一般的功勞……你說說，你這個不著調的玩意兒，你就算在戰場站著什麼都不幹，等到塵埃落定之時，都少不了一個總攬全局指揮的功勞，非得弄上一齣拋下戰局跑到城裡來抱老婆，好端端的王爺成了護國公……」

蕭家的內院裡，蕭老夫人嘮嘮叨叨地在飯桌上數落著兒子，一提起蕭洛辰提前進城這件事，她就氣得不打一處來。

滅北胡者可封王，這是開國太祖皇帝立下的遺願，從前朝到如今，數百年的北疆烽火終於熄滅，可是立下天大功勳的蕭洛辰拋下部隊提前進城的事情，終究鬧出點首尾。

一等護國公加太子太保銜，位列天下封爵之人前，遇天子並及皇家血脈概不行禮，見官大三級，這是他最後獲得的封賞。

「娘，瞧您說的，我這樣的人要是真封了王，誰在那位置上都睡不好覺啊……」

蕭洛辰伸手指了指天上，卻是笑嘻嘻地夾了一塊燉得軟爛的雞肉放到母親碗裡。

他依舊是沒有學會炒肉，不過自從發現燉肉雖然耗時，但不用考慮油溫的問題後，就堅定地宣稱自己成為了燉菜的忠實愛好者。

結果，今天這一桌燉五花肉、燉排骨、燉老母雞，還有一份燉甲魚……這是給媳婦補奶的。

「老夫人，夫君也是為了我。那天要不是他在我身邊，我真不知道自己能不能從難產中挺過來……」安清悠喝了一口甲魚湯，輕聲細語地幫自己的丈夫說著話，「再說，咱們蕭家到底還是出了一個王爺，而且是世襲罔替的。大哥那人亦是個有本事的，為人方正，由他來領這份差事最合適不過，朝廷也放心不是？」

那一場差點讓大梁傾覆的京師大戰已經過去一個多月，安清悠的健康也漸漸復原了。如今已是太醫院院正的司馬太醫曾經親自登門，仔細幫她做了一番檢查之後，連呼奇跡。

難產加上虎狼藥，竟然沒有給安清悠留下一星半點的後遺症。眼下出了月子，精神反倒健旺，一張俏臉白裡透紅，更是嬌豔動人。

「妳這孩子啊，就知道護著男人……咳咳……當初他要不是那麼胡鬧，弄不好咱們蕭家能出兩個王爺！你們兩口子老是這麼沒出息下去，可怎麼得了！」

蕭老夫人無奈地看了兒子、媳婦一眼，輕輕咳嗽了兩聲，很是不滿。

她的老病終究是沒好利索，可是比之當初動不動就昏倒吐血，已是萬幸。

據說，老夫人娘家再往上追溯幾代，有一個古怪的現象，她的父親、祖父、曾祖父，一個個年紀大時都是身體不好的藥罐子，就這麼病病歪歪時好時壞，卻又是一個個長壽。最厲害的是蕭老夫人的曾曾祖父，人過五十就開始天天鬧心口疼，卻活了一百零四歲。

「老夫人，您當心，這天氣馬上轉涼了，該保養的地方還是要多注意點才是！」安清悠輕輕地幫蕭老夫人拍了拍後背。

不過，說小倆口沒出息……這話兒也就當老太太的嘮叨罷了，如今滿天下誰敢說蕭洛辰沒出息？誰會說安清悠沒出息？如今蕭家長子蕭洛堂還算是沾了這個弟弟的光，已故大將軍蕭正綱也被追認為武勳親王，世襲罔替。

蕭洛辰堅持不肯襲爵承宗之下，只能由蕭洛堂這個長子長房繼任王爵。

如今蕭洛堂已經帶著兵馬重返北疆，不過這北疆的定義卻與當年大大的不同。

北胡已經被徹底打殘了，大梁老實不客氣地把大漠以南所有水草肥美的地方收歸治下，開疆擴土，蕭洛堂帶著大軍過去，不過是穩定當地局面，另外就是幫著派過去的大小官員們開衙設府。

朝廷已經著手從江南、湖廣、川中、兩廣等新征服的地區大規模移民，依漢文化的融合力，用不了幾十年，這些地方被同化幾乎是一定的。

「大姊！大姊……」一陣高呼聲遠遠傳來，以蕭家如今的地位威勢，敢跑到這裡來大呼小叫的，除了安子良安還有誰？

挑開門簾子，安子良登時樂了，「我剛好沒吃飯呢，到姊姊、姊夫這裡混個飯……姊夫的手藝又見長了！」

「你這個不著調的……什麼時候才能不這麼整天咋咋呼呼？」安清悠一副恨鐵不成鋼地訓斥著弟弟，手上卻不慢，丫鬟剛剛添上了一副碗筷，一塊燉排骨已經夾到弟弟碗裡。

「沒事，二胖這孩子我看著就喜歡，很實在，和那些裝模作樣的文官兒就是不一樣！」

蕭老夫人對於安子良的做派倒是喜歡，如今年輕一代冒了頭的官員裡，她就看著安子良順眼，笑吟吟地看著他甩開腮幫子啃排骨，這小子一身肥肉現在越來越有像他師父劉忠全的趨勢發展，胃口越來越好。

蕭老夫人瞅著他樂了半天，居然還加了句：「你們瞧瞧了良，多知道上進！哪像五郎你這個沒出息的……」

安子良現在是絕對的上進，當初在城門口打昏太子牧，自己陪蕭洛堂留下禦敵的事情，反倒讓那位太子殿下深感其忠勇可嘉。

事後太子牧也履行了自己的諾言，真的把安子良和蕭洛堂當兄弟看，賜同進士出身，並領江南各路鹽漕航轉運使行銜待務實職，遇缺即補的超級肥差事不說，二十歲不到，官服上就有了三品朝廷命官的孔雀補子，三十歲之前很可能就是大梁開國以來最年輕的一省巡撫。

很多人已經把他視為朝中最有前途的年輕官員，外面傳言，安家的二少爺很有可能走他老師劉大人的路線，從地方督撫升上去，將來出將入相亦未可知，真正的前途無量。

「爺我就是不去科舉，也絕對不是慫人！」

安子良如今經常掛在嘴邊上的就是這句話，不過，這也得看是在哪裡，在他那位如今已是內閣大學士的祖父面前自然不敢說。在安家第二代裡繼承傳統，如今也成了左都御史掌管監察院的老爹安德佑面前，亦是不敢說，放到蕭家……

「老太太喲，您這不是明著打我的臉嗎？我姊姊、姊夫沒出息？他們都沒出息，天下還有幾個能活的？」安子良小眼睛眨巴眨巴地連聲叫苦，卻是向著一邊的小倆口遞了個狡猾的神色。

其實他早就看明白了，蕭老夫人整天把親兒子沒出息掛在嘴邊，這種嘮叨其實是顯擺呢！

只是老小孩兒，安清悠也好，蕭洛辰也罷，這麼久誰都沒說破，安子良又怎麼會犯傻？當然是陪姊姊、姊夫一起哄著老夫人心裡暗爽罷了。

啃了幾口排骨，安子良忽然抬頭道：「對了，今兒姊姊、姊夫有個朋友我一起帶來了，大夥兒一塊兒吃唄？」

安清悠心中詫異，什麼朋友能讓安子良隨便啃幾口排骨就停下來？這小子在吃飯的時候可是九頭牛也拉不回來的。思忖一下，忽然大驚道：「你這不著調的傢伙，居然敢……」

「沒事沒事，這事情可不怪安卿！哈哈……省得他一會兒又抱怨攪了飯局！」一記笑聲在門外響起，簾子挑開，有人搖著扇子走了進來。

蕭家眾人一看此人，無不大驚，蕭洛辰率先躬身道：「皇上……」

「行行行，洛辰表弟，你又來這個，趕緊起來吧！哈哈哈，朕也沒吃呢，到你們家湊合一下行不行？讓子良跟你們開個玩笑，這一次，表弟你總算沒察覺到了吧？」

說話的人自稱朕，卻不是安清悠的義父壽光帝。

自京城之戰後到現在，最為震動天下的事情，只怕就是壽光帝宣布禪位做了太上皇，傳位於太子牧了。

說起來，壽光帝到底還是個明白人，這一場大梁和北胡之間的滅國大戰打下來，大梁雖是贏家，卻損失慘重。回顧整個戰事過程時，壽光帝才發現，他自命天下無雙的運籌帷幄，其實裡面無論是破綻還是失誤都不少，甚至有一些戰略性的失策。

壽光帝復盤半月有餘，輕嘆一聲，「天下能人何其多也，朕自視太高，以為能將世間人皆弄於股掌之間，想著以最小的代價征服北胡。孰料算來算去，最後這結果居然是付出代價最大的一種。若是以堂堂正正之師，四平八穩之陣，入北胡而戰，說不定反倒沒這麼多損失。天下最繁卻不如最簡，古人誠不我欺。朕有罪，罪在天下……也罷，有什麼民怨、朝野不滿、清流怨懟，朕就全擔了。朕的事朕這一代了，不留給後人。」

不得不說，壽光帝還是很有一個皇帝應有的氣概和擔當的，下罪己詔和禪位太子牧者兩件事，可以說是給了天下悠悠之口一個交代。

用蕭洛辰當時對安清悠的話來說，老頭子到底還是個爺們兒，不愧是我師父，妳義父。做天子的好大喜功容易，肯主動認錯認到放手九五之位的皇帝，史書上也就那麼幾位。

「太上皇現在可真是悠閒了，每天看書畫畫，然後就是一門心思招呼人弄表弟妹送來的那個遊戲……我說表弟妹啊，妳把葉子戲改成一塊一塊的樣子也就罷了，朕當時欽賜個名字叫做麻將也是覺得恰如其分，可是妳不該告訴太上皇他老人家這東西能掛彩頭啊，弄得老爺子那點權謀之術全使這上頭了，整天拉著皇子皇孫們摸八圈。先不問誰能贏太上皇他老人家，咱就說誰敢贏他老人家啊？朕這一個賜名算是倒了大楣了，皇弟們每次見了朕就罵，都以為這玩意兒是朕發明的……」

太子牧……啊，不，現在應該稱他為仁和皇帝了。

雖說這年號要過了新年才能改，不過這事情倒是早就定下來的。

他身上本就有蕭家的血脈，和蕭洛辰等人亦是從小廝混到大的，如今做了皇帝，事情多，蕭家反倒算是他難得能放下心的地方。

這邊和表弟妹安清悠發了點牢騷，反倒是對著蕭家的親近之意。笑罵兩句，猛地一轉頭向著蕭洛辰劈頭問道：「真想好了？朕可是捨不得你走……如今朕與表弟你正當盛年，正是做出一番大事業的時候。我聽說漠北之外還有好大一片廣袤的土地，疆域比大梁和北胡加起來還大，西域那邊也是大有可為。人家史書上三顧茅廬，朕可是為了你這個表弟往蕭家跑了多少趟自己都記不清了，這天下兵馬大元帥……」

「別別別！皇上，我這人只喜歡遊手好閒，當王爺我都怕事多，天下兵馬大元帥？這得多少操心費神的事啊！您行行好，就讓我一輩子做個閒散護國公吧，養尊處優沒人敢惹，這好好的富貴日子不過，搞那些勞什子的打仗幹麼？以前打仗是為了保家衛國平邊患，現在嘛……您沒看殺了博爾大石之後，我連破虜槍都不摸了？」

蕭洛辰笑嘻嘻地搖著頭，弄得仁和皇帝一臉無奈，眼巴巴地瞅著表弟妹安清悠，希望她能夠幫著說兩句話。

安清悠如今已是國公夫人，插口道：「皇上，臣婦雖是女子，卻也知人之所欲，永無止境。平民百姓如此，帝王也未必能免俗。開疆擴土，便算再大又如何？不若百姓安居樂業才是最好的。如今大戰剛過，朝廷雖勝也是慘勝，正當休養生息，重振百業之時，至於那漠北也好，西域也罷，若以大梁滅北胡之威遣使以懾，未必不能兵不血刃盡數促其臣服。開疆擴土的皇帝史書上不少，真正四夷降服八方來賀的又有幾人？在內為天子，對外為天可汗，亦是千古流芳之作……」

「天可汗？」仁和皇帝聽到這個稱呼，怦然心動。

安清悠微微一笑，知道話說到這裡就夠了。

此時此刻，仁和皇帝沉吟半晌，忽然嘆了一口氣，「護國公夫人蕭安氏上前聽封！」

安清悠微微一愣，瞬間反應過來，跪地道：「臣婦蕭安氏恭迎聖諭，吾皇萬歲萬歲萬萬歲！」

「護國公夫人蕭安氏，品行賢淑，性格純良，上孝父母公婆，下為夫家賢內助，實為天下婦人之楷模。其本為太上皇之義女，亦可受天家貴胄之位也，朕以手足姊妹之待，封其號香國公主，賞雙公主銜制，其夫一等護國公蕭洛辰，同賞駙馬鈞遇，賜『天下第一混世魔王』金匾，夫婦二人特享不遵天家子不離封邑之權，欽此！」

仁和皇帝說完這段話，自己先繃不住笑了起來。

蕭洛辰目瞪口呆。

按大梁例制，駙馬不可帶兵，仁和皇帝這意思倒是明白得很，這是讓自己不做軍職就不做個乾淨好了。而先封賞女子，丈夫因此而沾光的聖旨可謂罕見至極，但歷朝歷代並非沒有先例，可是這「天下第一混世魔王」的金匾又是怎麼回事？

「皇上，臣這個諢號是不是就……」

蕭洛辰一句話還沒說完，便被仁和皇帝揮手打斷，憤憤地道：「你不肯出來做官幫朕，朕允了，說後半輩子要去遊山玩水，朕也允了，將來一堆軍國大事倒要朕在這個位置上勞心費神！不收拾你這小子，朕實在出不了這口氣！出去玩也不許你太閒著，朕賜你密摺專奏，依大梁律而行遇事臨機專斷之權，一路上有什麼貪官污吏、土豪惡霸，你就替朕順手收拾了吧！總之，不能讓你這小子太清閒了，不然朕也太不忿了！明天早朝朕就將此旨讓內閣明發昭告，誰也攔不住，那天下第一混世魔王的諢號，你這輩子就好好背著吧！」

蕭洛辰苦笑，仁和皇帝到底做了件前人未有之事，而旁邊的小舅子安子良已噗哧一聲笑了出來。這場家宴算不上不是家宴，微服私訪算不上是微服私訪的飯局，就這麼在大笑聲中散了。

十日之後，一塊「天下第一混世魔王」的金匾居然還真就大搖大擺抬出蕭府。蕭洛辰本是豁達之人，這諢號既然要背，索性背個得意萬分。

安清悠這次卻不是坐普通馬車，而是六道駿馬拉著的金鑾鳳輦，用足了公主的儀仗。一行隊伍浩浩蕩蕩，在京城裡面招搖過市，待行到金街時，圍觀的百姓早已人山人海，忽然旁邊一個老和尚呵呵大笑著，一閃身便插入隊伍之中。

「了空大師？」安清悠坐在鳳輦上驚喜一叫，蕭洛辰則是翻身下馬，也不管別人眼光，一把拉起老和尚的手道：「您怎麼來了？」

了空大師如今已被封了天下僧道之首的御封，他和蕭洛辰夫妻兩人關係本就極佳，又是曾一起出生入死過的交情，此刻見面，著實親熱。

「呵呵，蕭檀越別來無恙？今日二位出京遠遊，此後逍遙天下，著實讓人羨慕得緊啊！老衲如何能不來送行？只是可笑老衲身在空門，卻不如賢伉儷更能放下諸般空相，新收了一個關門弟子，卻為點化他心中最後一件俗務，少不得還得叨擾二位一次，罪過罪過！」

俗務？安清悠和蕭洛辰均是一怔，卻見了空大師向後面揮了揮手，輕聲道：「非塵，你出來向二位施主見個禮，盼能解開你心中那不解之結吧！」

「阿彌陀佛，貧僧非塵，見過二位施主！」

一個年輕的和尚走到近前，蕭洛辰和安清悠猛地一怔，這人竟然是沈雲衣！

當初京城暴亂，沈從元喪心病狂地進攻蕭家不說，還弄得這帝都之中處處狼藉。卻是虎毒不食子，做這等勾當之時，早把沈雲衣藏在了民間。後來北胡兵敗京城，沈從元被擒後，按照一百零八刀的「漁網剮」凌遲處死。沈家九族俱被誅滅，只留下沈雲衣這一絲香火。

他流落街頭東躲西藏，機緣巧合遇見了了空大師。

「蕭施主、安施主，貧僧……」沈雲衣望著蕭安二人，似是想說什麼，可是喉頭像是被什麼堵住了一般，兩行清淚流了下來，什麼都說不出口。

他與這二人之間有多少的恩怨情仇，多少的千言萬語，此刻便是能說，又如何能說得盡？

「是空非空，是塵非塵。塵世之間緣起緣落，總有聚散離合之時。出一步入空門，進一步亦是紅塵。蕭檀越連天下兵權都看得破，安居士素來便是心中自有空明，你這糊塗小子，難道還有什麼想不通嗎？」

了空大師一聲大喝，沈雲衣渾身一震，望著安清悠那雙無比清澈的眼睛，忽然微微一笑，什麼話都沒有再說，而是低下頭去輕聲誦道：「是謂離一切分別執著，我佛有大智慧波若七十二，和緣護法波羅密一百零八，護持以奉，唯助世人……」

沈雲衣越說聲音越小，臉上的微笑卻是越來越自然。一部「安和加持咒」本是出家人送別親屬之時常念之語，取佛祖以法力加持遠行者平安喜樂之意。沈雲衣此刻念來，竟是真已有了幾分喜樂味道。

安清悠看在眼裡，心下嘆氣，對著沈雲衣頷首道：「非塵大師，一路走好，保重！」

「二位一路走好，保重！」沈雲衣抬起頭來，雙手合十一笑。

兩類不同的人，兩條不同的路，各自走好或許是彼此最後的祝願。

沈雲衣本是天資過人，才學滿腹的榜眼，大喜大悲之際，萬念俱灰，遁入空門，今日一朝而悟，此後便是豁然開朗。師從了空大師之後得傳衣缽，終成一代得道高僧，這卻是許多年後的事情了。

了空大師也不多送，君子之交淡如水，一聲保重，便帶著沈雲衣消失在茫茫人海中。

只是他這般淡如水，別人卻未必如此，有些繁文縟節是少不了的。

比如仁和皇帝的確夠意思，固然送了小倆口一塊匾，可也給了他們一個「代天子巡視四方」的名義，讓這遊山玩水變得名正言順，如今正帶著百官等在京城南門，偷懶偷到皇上帶朝臣們親自相送，小倆口也算是空前絕後了。

「不過，娘子啊，我是真覺得麻煩，妳說一會兒拜別表哥，只怕還得弄一齣君臣離情依依的戲碼。我一想這事，就渾身上下起雞婆疙瘩，要不，咱們換個法子……」

「你又想怎地？」安清悠笑道，看看夫君臉上那詭異的笑容，就知道這傢伙又在冒壞水了。

「要我說吧，等一會兒快到南門的時候，咱們讓整個隊伍突然加速衝過去，不給他們送咱們的機會……」蕭洛辰的眼睛裡帶著一絲惡作劇式的快感。

「也行！」安清悠噗哧一笑，忽然掰著手指頭開始算，「咱倆罵過大臣，整倒過首輔，扳倒過一個李皇后……我曾經打過皇上的頭，你更殺了一個北胡共主，咱們還沒做過的事情，好像就只有衝撞皇帝及百官了。左右咱們也不想回京城了，要不，今兒就當著全城百姓試試？」

「這個……」蕭洛辰撓了撓頭，私下裡和那位皇帝表哥怎麼鬧都行，可是真當著全城百姓鬧上這麼一齣，天子和百官下不了臺，朝廷體面可就真毀了。

不給朝廷留體面，皇上表哥真會護著自己？

蕭洛辰愣了半晌，搖頭苦笑道：「省省吧，還是我去做做戲！娘子，妳那個聞了會讓人淚眼汪汪的香物還有沒有？我怕一會兒哭不出來啊！」

「乖郎君，我早備著呢……」安清悠鬼鬼祟祟地遞過一個瓷瓶，小倆口這才心中大定。

誰料想天算不如人算，眼瞅著來到南門，卻見一堆文官們圍在道路兩側，忽然猛地打出了兩個對聯大條幅，上面寫著。

「朝廷用人之際，豈容心意慵懶？」

「家國無己可私，必為臣子辛勤！」

文武文武，歷朝歷代幾乎從沒有一個皇帝能夠解決文武相輕的問題，如今仗打完了，下一步是以國內建設為中心，文官們自然不甘於寂寞，若是找武將打嘴炮誰最合適？當然是蕭洛辰了！

這打著巡行天下的旗號出去偷懶，誰看不出來啊？藉口是明擺著的。

仁和皇帝看到這副對聯也是一驚，但此時也只能一臉苦笑地站在這些文官們身後，使勁兒地給自家的表弟、表弟妹這小倆口打眼色……

安清悠和蕭洛辰對視一眼，猛地齊聲喊道：「衝啊！」

（全文完）

番外篇

仁和二年，蕭老夫人熬不過病痛的折磨病重，在外遊玩的蕭洛辰與安清悠夫婦二人回到京城，伺候老夫人一年後，老夫人撒手西去。

家中的兩個小傢伙，蕭啟正與蕭啟鴻如今三歲，正是滿地跑的年紀。原本四處掛白的喪事，倒是讓這二人給攪和得哭笑不得。

長輩們也無法責怪他們，誰讓這兩人的爹娘都是不著調的人呢？

仁和皇帝親自來拜祭蕭老夫人，其他的官員們也都適時閉嘴不提，誰敢提？莫說是仁和皇帝，單是如今權傾朝野的安老太爺和劉閣老都與蕭家關係親密，誰能招這份不待見？

縱使尋常把彈劾蕭洛辰當成家常便飯的都察院，也都在此時閉上了嘴，其他人就更不敢多嘴多舌了。

蕭洛辰獨自為母守靈，安清悠便收了心，清洛香號再一次開張，她也分了一部分心思來教導兩個兒子。

蕭啟正的性格更像蕭洛辰，走路磕磕絆絆的就開始擺弄刀槍棍棒，眼下個兒還沒棍子高，便被人抱著也得手舞足蹈，而蕭啟鴻倒是個蔫壞的懶蛋，整天就窩在安清悠的身邊寸步不離。

一家子把他們倆當成了寶貝，只有蕭洛辰是最抑鬱的。

守孝不能與妻子同房便罷了，自己兩個兒子整天在媳婦身邊蹭來蹭去，特別是老二蕭啟鴻，整天坐在安清悠的腿上不肯下去，小臉更是貼在安清悠的胸脯上。白白嫩嫩的地方多了個小腦袋，蕭洛辰是怎麼看怎麼來氣，儘管那小腦袋是自己兒子的……

「臭小子，也不向你哥哥學一學，整天就在你娘身邊黏著能有什麼出息？」

蕭洛辰一進門就看到這小子正舉著小手在摸安清悠的臉，沒法說自己心底的嫉妒，只能拿不上進來訓上幾句。

小傢伙扁了扁嘴，滿臉委屈，「娘，爹凶。」淚眼汪汪，好像馬上會哭出來。

安清悠連忙安撫地拍了拍，隨即瞪了蕭洛辰一眼，「凶什麼？才三歲的小傢伙，你指望他領兵出去打仗嗎？」

「那也不能整天在妳身上黏著啊！」蕭洛辰的眼神往安清悠胸口處瞟幾眼，安清悠哪能不知道他是什麼心思？狠瞪他幾眼，隨即摸著兒子的小手親一口，「再過幾年便不讓我這麼抱著了，能親近一會兒是一會兒。」

「娘最好，跟著娘！」蕭啟鴻在安清悠的臉蛋上親了一下，隨即小腦袋瓜又靠在她的胸口處閉上眼睛睡著了。

蕭洛辰待要罵，安清悠輕斥：「閉嘴！」

蕭洛辰啞口無言，看著安清悠抱著小傢伙進屋，臉色都青了。

全家老少都想要兒子，可要了兒子有什麼好？自己的媳婦都被黏跑了！誰再跟他提生兒子的事，他就跟誰急！

蕭達匆匆進門，見到蕭洛辰便道：「五爺，宮裡來消息，請您和五奶奶去一趟。」

「不去！」蕭洛辰心裡正窩火，口氣也衝，「正在給老太太守孝，進什麼宮！」

「這不合適吧？好歹那也是萬歲爺……」蕭達不知自家這位五爺抽什麼瘋，抬頭就見安清悠正從屋裡出來，只得把目光投向了她，「五奶奶，您瞧這事兒？」

「還是得去一趟，估計也沒什麼大事，就是再安撫一下，要不，我去？」安清悠湊到蕭洛辰身旁輕碰他一下，蕭洛辰順手握住媳婦的小手不鬆開。

不能同房也沒說不能牽手，他這也算是自我安慰。

「不見得沒什麼事，這幾天皇上可沒少派人來打探消息，我是不去了，別回頭一個什麼摺子再給我召回做事，我寧可沉上三年帶著妳出外雲遊。」蕭洛辰認真地道，安清悠便點了點頭，「那我就帶著兩個小傢伙去……」

夫妻二人臉上湧起壞笑，儘管誰都沒戳破，但都能明白這倆小子的重大作用……攪亂！

蕭達看著五爺和五奶奶的奸笑，不由得抹一把額頭的汗，宮裡的物件恐怕又保不住了……

於是，安清悠帶著兩個兒子進宮，結果……

身為皇后的劉明珠，指著宮內的太監打掃著北疆新上貢的一套瓷碗，苦笑著道：「這兩個小東西每一次來，本宮都想著給點好玩意兒，可每一次不是碎了就是壞了東西，這可真隨了你們爹了！」

安清悠已經賠禮習慣了，起身福了福，「孩子太小，家裡又都忙著老夫人的事，實在沒轍，才帶來了，可來了就給宮裡添麻煩，我心裡可真是過意不去。」

「行了，姊姊，跟我還弄這一套虛禮幹什麼，我也是在宮裡無事，想你們了。」劉明珠擺手便讓太監上了果盤點心。蕭啟正奔過去便吃，蕭啟鴻笑咪咪地拿了一個果子跑到劉明珠面前，「姨，吃！」

「喲，這小傢伙真乖！」劉明珠憐愛地把他抱起來親一口，隨即把手上的冰種玉翠鐲子褪下來掛了他手上，「跟著你哥哥去玩吧，想要什麼就告訴他們，儘管拿去玩。」

蕭啟鴻笑著下去了，安清悠的心中一動，這麼大方，顯然是找他們有事說……

劉明珠也不是笨人，自當看出安清悠目光中的疑問，思忖半晌，嘆了口氣，「想了半天該如何跟姊姊說，話到嘴邊真開不了口，可這是皇上交代的，姊姊可別埋怨妹妹才好……」

「皇上有什麼吩咐？」

「皇上想讓姊夫掌管兵部。」

「這事兒我可做不得主。」安清悠心中早已做好準備，兩手一攤道：「妳也瞧見了，蕭家如今幾位嫂嫂都各忙各的，大嫂跟著大哥去了北疆，二嫂、三嫂忙著去管農夫練兵，四嫂管著其他幾個孩子，我如今被這兩個小傢伙纏得渾身乏力，還要顧忌著店鋪的事。說起來，老夫人在時，並不覺得這個家少什麼，可她一不在，好似沒了主心骨。」

「姊姊是有能耐的人，姊夫在家不也是閒著？何況皇上如今是真棘手，姊姊就幫忙說合一下。」劉明珠撒嬌地道。

「只要孩子能讓我放下心來就行。」安清悠皺著眉。

「一定行。」

嘩啦一聲脆響，打斷了劉明珠的話，宮嬤匆匆從後面跑上來回稟：「回皇后娘娘，是……是青花翠瓶碎了。」

劉明珠的臉抽了抽，這一個半人高的青花翠瓶可是她最喜歡的物件，價值連城，但看安清悠馬上要起身，她立即攔下道：「別擔心，不過一個瓶子而已，碎就碎了！」

安清悠苦澀地道：「我就說這孩子一會兒不盯著都不成，原本有一個就行了，我這還弄了兩個，實在是分不了神啊！」

「三歲的孩子正是淘的時候，不淘氣哪裡還是兒子了？這也說明他更像姊夫，將來一定是員武將……」劉明珠說著，也笑了起來，「姊姊，妳看我剛才說的……」

啪啦！又是一聲響。

小太監匆匆跑上來，「回稟皇后娘娘，是……是漆器箱子砍裂了！」

「你們這幫奴才也不守著點，他那麼小的孩子你讓他們拿刀子，萬一傷到可怎麼辦？」劉明珠咬牙切齒，安清悠連忙起身，「我還是先帶著孩子們回去……」

劉明珠急忙阻攔，「別啊，姊姊，咱們再坐下說一會兒！」

「我這實在是不放心。」

「沒事沒事，能有多大的事？」

砰！

劉明珠和安清悠兩個人都愣在當場，一陣小風吹過，傳來了陣陣古怪的香氣，不用宮女太監回稟，安清悠立即大叫不好，「是熏香罐子，快開窗，這味道若全散了會熏人！」

劉明珠不敢怠慢，連忙讓宮嬤太監們過去清掃。

安清悠跑到屋中，看到哥倆兒沾了滿臉的灰，嘻嘻地笑著。

挨個上去輕拍幾下屁股，安清悠又心疼又生氣，「兩個小祖宗喲，一天不闖禍就難受！」

劉明珠看著被灑了一屋子香粉也哭笑不得，安清悠顧不得說什麼，扯了兩個孩子便匆匆告退。

劉明珠也無心再阻攔，這一句話不等說完，自己的宮裡都快成了戰場了，如若再說下去，恐怕這皇宮大內都容不得兩個小子了。

劉明珠原本很羨慕安清悠一次誕下兩個兒子，如今瞧見這場景，那羨慕之情都煙消雲散了。

兒子不會都是這麼恐怖的吧？

安清悠帶著兩個小傢伙上了馬車，拿沾了水的面巾幫兩人擦拭。

蕭啟正噘嘴看著弟弟，「碎了吧？我比你有力氣！」

蕭啟鴻點了點頭，「大哥厲害，弟弟服氣！」

兩人是商量好了要砸碎熏香罐子，那什麼青花翠瓶和漆器箱子都是附屬品，一竿子沒打準……

安清悠看著他們倆，用手點著蕭啟鴻的腦門，「你這小子到底出什麼壞主意？」

「娘……」蕭啟鴻撒嬌地爬到安清悠懷裡，從兜裡掏出個小香囊來，「皇后姨娘身上的牡丹芍藥味道不好聞，沒有茉莉清香……」
安清悠傻傻地看著他，蕭啟鴻拿著香囊湊到鼻端聞了聞，就好像在欣賞美味佳餚一樣，「這個味道才好聞！」
「你是怎麼發現這個物件的？」
「聞到的啊！」
安清悠傻眼，這小子從小就聞香，將來不會是個花花公子吧？
「引男人恨，引女人哭，其實他們都是愛我，我就要做這樣的人。」
十二年後，蕭啟鴻笑咪咪地自我評價，可話剛說完，就聽到門口砰的一聲巨響，隨即一個氣勢洶洶的女聲喊道：「蕭啟鴻，我要還你清白！」

後記

《鬥芳華》完本了！

弦子喘了好長的一口氣。

其實弦子在後期寫了很多戰時場面是個冒險，可女性們就不該多涉獵這樣的情節嗎？我們厭惡戰爭的殘酷和血腥，但不代表我們要迴避它。歷史上滴滴點點到如今，我們能夠看到的都只是文字而不是場景。

弦子的腦海中時常會蹦出那樣的場景，男人在戰前，女人在戰後，前輩們都是一步一步踏出今日土地的英雄。

或許因為弦子的父親和先生都是軍人出身，所以我才有這樣的暢想和願望，如今把腦海中的場景寫成文字，如願了。

在此再說一下本文的女主角安清悠。

安清悠性格獨立、剛強，敢愛敢恨，但弦子並沒有把她設定成一個完美無缺的女人，她的優點是有韌勁兒，缺點也正是如此。

我們身上每一個特點都是雙刃劍，但這把雙刃劍力求自保、力求能夠創造出更多的正能量讓心思不正的人得到惡果，這是支撐生活的靈魂。若靈魂沾染污點，總會有受懲罰的一天。

男主角蕭洛辰雖然不重視禮教，更是與時代相悖，但他內心當中的堅毅和果敢，讓他成為戰爭中的勝者。

無論是安清悠，還是蕭洛辰，他們被社會環境交疊在一起，讓他們互相輔佐，成就默契，心有靈犀。他們的心中都有愛，也正是愛，讓他們最終有了愛的結晶，有了完美的結局。

有很多讀者說沈雲衣的下場悲涼，但弦子卻並不這樣認為。

他從最初的參與者成為旁觀者，他是心中最清明的一個人。在正義與邪惡、親情之間，他猶豫不決，最終被了空大師收為徒弟，這是他從心靈上得到了救贖。

遇到困難不可怕，可怕的是我們始終陷在泥淖中無法自拔……

生活中，我們有無限的困難和挫折，我們要一步一步跨過，就像安清悠和蕭洛辰，以及安家、蕭家兩個沒有交集的文武魁首一般，堅持我們的信念，那就是勝利。

說了這麼多或許太正經了，那就再說點兒不著調的。

弦子的下一本書已經開始動筆啦，男女主角的性格比較活潑，風格也更輕鬆幽默，至於再多的不能多說，只期望大家能夠等待，等待他們與你們見面啦！

漾小說 131

鬥芳華 ⑦ 完

國家圖書館出版品預行編目資料

門芳華 / 十二弦琴著. -- 初版. -- 臺北市 :
麥田, 城邦文化出版 : 家庭傳媒城邦分公司發行,
2014.09
冊 ; 公分. -- (漾小說 ; 131)
ISBN 978-986-344-147-2 (第7冊 : 平裝)

857.7 103009426

作者	十二弦琴
封面繪圖	畫 措
責任編輯	施雅棠
副總編輯	林秀梅
編輯總監	劉麗真
總經理	陳逸瑛
發行人	凃玉雲
出版	麥田出版 城邦文化事業股份有限公司 104台北市中山區民生東路二段141號5樓 電話:(886)2-25007696 傳真:(886)2-25001966
發行	英屬蓋曼群島商家庭傳媒股份有限公司城邦分公司 104台北市中山區民生東路二段141號2樓 客服服務專線:(886)2-25007718;25007719 24小時傳真專線:(886)2-25001990;25001991 服務時間:週一至週五上午09:00~12:00;下午13:00~17:00 劃撥帳號:19863813;戶名:書虫股份有限公司 讀者服務信箱:service@readingclub.com.tw
麥田部落格	http://blog.pixnet.net/ryefield
香港發行所	城邦(香港)出版集團有限公司 香港灣仔駱克道193號東超商業中心1樓 電話:852-25086231 傳真:852-25789337 E-mail:hkcite@biznetvigator.com
馬新發行所	城邦(馬新)出版集團【Cite (M) Sdn Bhd】 41, Jalan Radin Anum, Bandar Baru Sri Petaling, 57000 Kuala Lumpur, Malaysia. 電話:(603) 90578822 傳真:(603) 90576622 Email:cite@cite.com.my
美術設計	洸譜創意設計股份有限公司
印刷	鴻霖印刷傳媒股份有限公司
初版一刷	2014年09月04日
定價	250元
ISBN	978-986-344-147-2